이나이다 소

Illust.하치피스☆왕

VI

악역 영애입니다만

공략대상의 상태가 이상합니다

contents

AFTER HAPPY END

차례

일러스트 하치피스☆왕 디자인 AFTERGLOW

미스티아 아렌

주인공. 전통 있는 아렌 백작가의 영애. 전생의 기억을 떠올려 자신이 여성향 게임 [두근두근 러브 스쿨]의 세계 속 악역 영애 캐릭터라는 것을 알게 된다. 일가족과 사용인들이 뿔뿔이 흩어지고 투옥, 사형당하는 데드 엔딩을 피하고자 분투 중. 전속 메이드인 멜로와 사이가 좋다.

레이드 녹터

미스티아의 약혼자. 신사적인 성격으로 공부, 체술, 예술 모든 분야에 우수한 왕자님 캐릭터. '미스티아가 웃는 모습을 보고 싶어, 친하게 지내고 싶어'라고 생각하지만 공포심을 유발해 피하게만 만든다. 매우 딱함.

에릭 하임

미스티아보다 한 살 연상인 선배로 소꿉친구. 게임속에서는 거만한 캐릭터라는 설정이었으나 미스티아와 만나 성격이 변해 버렸다. 미스티아의 첫 번째가 되고 싶어서 그녀를 '주인'이라고 부른다. 미스티아의 약혼자인 레이드와 전속 메이드 멜로를 적대시한다. 의존 체질.

로베르토 와이즈

자신에게도 남에게도 엄격하며, 본래 게임 설정으로는 처음부터 미스티아를 싫어하던 동급생 캐릭터. 장래희망은 의사지만 와이즈 가문의 당주 자리를 이어받아야 해서 고민 중이다. 미스티아를 도와주려고 노력 중이다.

제이 시크 (제시 선생님)

담임 교사. 미스티아가 어릴 적에 승마를 가르쳤으며 장대한 착각으로 혼자서 나이 차이를 극복한 세기의 사랑을 시작했다. 험한 인상과 말투와는 다르게 순정을 지닌 청년이지만 '미스티아와 행복한 가정을 꾸리고 싶다(내 신부)'라는 생각으로 비뚤어진 첫사랑 중이다. 기적적인 대화 성공률을 자랑한다.

C
H
A
R
A
C
T
E
R

아렌가의 사용인

멜로

미스티아의 '안전과 행복'을 바라는 전속 메이드. 미스티아의 신변에서 일어나는 일을 모두 책임지며 호위와 가정 교사직도 겸하고 있다. '미스티아 님이 행복하다면 나는 어찌되든 좋아, 헤어져도 괜찮아.'라고 생각하면서도 속으로는 '계속 함께 있고 싶어.'라는 마음을 품고 있다.

루크

집사. 멋 내기용으로 외알안경을 끼고 가슴팍에 회중시계를 찼다. 저택 내 위험인물로부터 미스티아를 지키고 싶어 한다(자에).

포레스트

정원사. 아렌가의 넓은 정원을 혼자서 관리하는 실력자. 가정 교사도 겸하고 있다. 숭배하는 미스티아의 말투를 특히 좋아한다.

스티브

집사장. 저택의 사용인이 늘어나는 것을 좋아하지 않으며 정기적으로 사용인을 해고하거나 지원자가 채용되지 않도록 한다.

브람

문지기. 원래는 음악가가 되고 싶어 하던 불량배. 미스티아에게 도움을 받아 지금은 음악 교사도 겸하고 있다. 미스티아를 숭배한다.

리자

청소부장. 원래 술집에서 일하던 평민 여성이었다. 남편으로부터 폭력을 당하던 때 미스티아에게 도움을 받았다.

토마스

문지기. 미스티아의 생일에 설립된 고아원 출신. 밝고 천진난만하며 바느질을 잘한다.

라이아스

요리장. 평소엔 밝고 쾌활하지만 미스티아가 외식하려고 하면 주변에 아무것도 보이지 않는 듯이 허둥댄다.

솔

마부. 더듬거리는 말투와 낯을 가리는 성격 모두 꾸며낸 것으로, 어떻게 하면 미스티아와 가까워질 수 있을지를 항상 생각한다.

랜스데이

전속의. 미스티아가 평소 건강하기 때문에 기본적으로 한가하며, 평소엔 저택 내를 산책하거나 아렌가를 수선하고 그림 교사도 맡고 있다.

악역 영애입니다만
공략대상의상태가 이상합니다

Raid Route

네게 물든 나

사랑의 색깔

귀족 아카데미에 입학하고 세 번째 여름이 찾아왔다.

나를 포함한 모두는 무사히 진급했고, 각자 졸업 전 마지막 한 해를 더욱 좋은 시간으로 만들기 위해 공부와 생활에 더욱 많은 힘을 쏟고 있었다.

특히 앨리스는 부모님의 가게를 이으면서 이바라이트가의 일도 도울 방법을 찾느라 매일 바쁜 모양이었다.

헬렌 씨는 피나 선배의 신규 사업…… 화장품 상회를 돕기로 해서 자격증을 취득하려고 열심히 공부하는 중이다. 모두가 진로를 위해 정진하는 사이, 아카데미는 여름방학에 돌입했다. 그리고 나는——,

"미스티아. 우산 안쪽으로 제대로 들어와야 비를 안 맞지."

"앗, 감사해요."

새까만 우산을 든 레이드 님이 내 어깨를 감쌌다.

나는 들고 있는 가방으로 그의 보행을 방해하지 않으려고 몸을 웅크렸다.

레이드 님이 추후 아렌가를 잇기로 확실히 결정되었고, 언제 무슨 일이 일어날지 모른다는 이유로 입적도 진행되었다.

둘이서 지내기 위한 저택을 세우자는 이야기도 나오는 중이지만, 아직 우리는 학생이다. 이른바 형식상 부부라고 할 수 있었다.

그래서 학생이라는 자유로운 신분일 때, 여름방학에 견문을 넓히기 위한 여행을 하자는 이야기가 나왔다.

"그보다 해외는 이런 느낌이었네요……."

두근러브에선 뚜렷한 사계절이 표현되어 있었는데, 우리가 방문하게 된 이곳, 트왈리스는 기후가 온화한 겨울 정도로 고정된 듯했다.

날짜상으로는 여름이지만 몸이 움츠러들 정도로 추워서 계절 감각이 이상해지는 이 나라는, 피서지로 관광객에게 인기라고 한다.

시원한 날씨 외에도, 꿈처럼 환상적인 화원이 이곳의 명물이었다.

프로포즈나 데이트 장소로 인기 있어서 연인들과 신혼부부들이 모여든다는 내용이 가이드북에 적혀 있었다.

"응. 건물도 전부 따뜻하고 밝은 색이네. 하늘색 벽돌로 지은 건물은 처음 봤어. 그림책에 나오는 세계 같아."

"맞아요. 귀여워요. 간판도 동그랗고……."

이곳은 대부분의 건물이 파스텔 컬러 배색이라 분홍색과 하늘색, 연노란색이 조화된 부드러운 색조의 건물이 가득했다.

기분 탓인지 레이드 님이 엄청나게 '여아용 애니메이션의 왕자님 캐릭터'로 보였다. 마법도 쓸 수 있을 것 같다.

"아. 여기부턴 사슴이 태워 준다나 봐."

레이드 님은 초목 무늬의 벽돌이 늘어선 길 끝을 손가락으로 가리켰다.

거기에 크리스마스의 루돌프처럼 사람들을 대우는 사슴이 있었다.

우리가 사는 나라는 두근러브 보정도 가미되어 있는지 이동수단이 말이었지만, 이 나라는 사슴이다.

그리고 사슴이 이 나라에서 가장 인기 있는 동물이라는 듯, 사슴 인형이나 사슴 자수가 놓인 손수건을 곳곳에서 팔고 있었다.

한편 의원이나 약품점은 보이지 않았다.

이 나라는 우리가 사는 나라보다 약품을 흔히 취급하지 않는 듯했다.

어제 읽었던 자료에는 환자의 수가 적은 게 이유라고 적혀 있었다.

그래서 이 나라 국민들의 생활을 실제로 체험해 보고 어떻게 건강히 사는지를 파악하여 추후 이 나라의 약품 관련 사업에 발을 들인다……는 것이 레이드 님의 목표였다.

동행할지는 내 선택에 맡겼지만 나도 제대로 그를 돕고 싶어서 동행하기로 했다.

"미스티아. 단차가 있으니까 조심해."

레이드 님이 우산을 접으며 내게 손을 내밀었다.

사슴을 이용한 이동 수단은 마차와 같은 구조로, 차를 끄는 게 사슴이냐, 말이냐 하는 차이였다.

하지만 마차보다 입구 쪽 경사가 조금 가팔랐다.

"감사해요."

나는 그의 손을 잡고 함께 차 안에 올라탔다.

레이드 님이 마부에게 행선지를 말하고, 달리기 시작한 사슴마차는 점점 속도를 올려 나갔다.

우리는 이제 마을 중심부에서 떨어진 온천 마을로 간다.

별장을 빌려 이 나라의 일반적인 생활을 접하고 관광하는 것이 이번 여행의 프로그램이다.

마차보다 약간 낮게 설치된 차창을 바라보고 있자 와이너리가 시야에 들어왔다.

"이 근처는 양조장이 많다고 하던데—— 술을 기념품으로 사 가는 건…… 좀 그렇지……?"

레이드 님이 와이너리로 보냈던 시선을 곧바로 돌렸다.

얼마 전, 양가가 모인 식사 자리에서 우리 아버지와 레이드 님의 아버지가 난투 소동을 벌인 적이 있었다.

처음엔 우리 어머니와 부인이 화기애애하게 대화를 나눴던 것으로 기억한다.

특히 어머니와 부인이 "우리 남편은 정말 곤란한 부분이 있어서 말이죠…….", "저도 마찬가지예요."라며 즐겁게 대화를 나눴다.

어머니와 부인은 크게 웃는 타입은 아니었으나, 서로의 말에 웃으며 친근한 태도를 보였다.

한편, 아버지와 백작은 난투를 벌였다.

자기 아내가 세계에서 가장 예쁘다며 싸웠다. "확실히 당신의 아내는 일반적인 기준으론 아름답지."라며 상대의 아내를 인정하고, 어느 정도 양보하면서 "하지만 세계에서 가장 아름다운 건 내 아내야!"라며 싸웠다.

레이드 님의 아버지는 아내의 조카를 정당방위로 폭행하고, 웬만해선 찢길 리 없는 밧줄을 힘으로 끊어 버리는 등 겉보기와 다르게 파워 타입이었다.

격투 게임으로 말하자면 스피드 타입의 잔기술이 많은 캐릭터인데 거기에 일격필살 파워 타입 완력까지 지닌, 이른바 '사기 능력'으로 게임의 밸런스를 무너트리는 스킬을 지니고 있다.

한편 우리 아버지는 기동력도 파워도 부족하다.

비틀거리는 아버지를 어머니가 부축할 때도 종종 있다. 허리도 좋지 않다.

하지만 내구력이 강하다.

아파 보이는데도 절대 물러서지 않는다.

방어력은 없지만 절대 쓰러지지 않는다. 게이지는 0이 되어도 쓰러지지 않는 버그 같은 성질을 지녔다.

아버지의 승리 조건은 녹터 백작이 지쳐서 나가떨어지는 것. 하지만 백작도 체력 괴물이었기에 지옥 같은 진흙탕 싸움이 벌어졌고, 결국 집사장 스티브 씨와 전속의 랜스데이 선생님이 말려서 상황은 종료되었다.

"백작님, 강하시죠……."

나는 녹터 백작과 아버지의 진흙탕 싸움을 떠올리며 레이드 님을 바라봤다. 그는 복잡한 얼굴로 고개를 끄덕였다.

"어머니와 관련된 일에 이성을 잃는 건 원래 그런데, 이상한 경쟁심까지 부리시니까……."

"부인을 그만큼 생각하시는 거겠죠."

"아버지가 바보인 거지."

레이드 님은 조금 질린 표정이었다.

처음 만났을 땐 백작을 미워했던 그이지만 날이 갈수록 백작에게 부드러운 태도를 보이고 있다.

최근엔 "8년 전, 아버지는 사건 조사에 매달리느라 나를 방치했지."라며 차가운 목소리로 야유하기도 한다. 예전엔 그런 언급조차 하지 않았다.

건전하다고 표현하기에는 미묘하지만, 적어도 초반에 비하면 평범한 가족다워진 느낌이 든다. 백작이 레이드 님과 가벼운 대화를 나누는 장면도 종종 보여서 안심이다.

"그리고 나, 아버지한테 검술로 이겼어."

"네? 레이드 님이요?"

나는 무심결에 되묻고 말았다.

녹터 백작은 위병과 몸싸움을 벌인 적도 있었고, 전투력으로만 보자면 평범을 벗어난 인간 병기 범주로 분류되는 사람이었다.

레이드 님이 뭐든 잘한다고 해도 이건 놀라운 이야기였다. 사람이 비행기 옆에서 똑같은 속도로 나는 것을 본 기분이었다.

"진짜 이겼어."

내가 물끄러미 바라봐서인지 레이드 님은 다시 한번 말했다.

"그렇군요……."

"그러니까 아버지에 관한 생각은 그만해."

레이드 님은 "나는 독점욕이 강하니까."라고 말한 적이 있고,

동생인 자르드 군에게도 질투했다는 이야기도 했다. 설마 배자까지 질투 대상으로 여길 줄은 몰랐기에 어떻게 반응해야 할지 알 수 없었다.

"어어…… 저는 그렇게 마음을 잘 주는 사람이 아닌데요."

"아니. 먼저 다가가지 않더라도 다른 사람이 다가오는 걸 받아들인다면 그건 마음을 준 거나 마찬가지야. 자르드도 이제 8살인데 같이 자려고 했잖아."

저번에 녹터가에서 자고 간 적이 있었다. 그때 자르드 군이 같이 자자고 하길래 그러려고 했는데, 쌀 포대처럼 들려서 퇴장당했다.

"너는 남편의 동생이랑 자려고 했어."

"다른 의미로 들리지 않나요……?"

"아무것도 하지 않았더라도, 네가 다른 사람과 자는 건 좋지 않다는 뜻이야. 미스티아가 우리 아버지를 좋아하지 않더라도 생각하는 것만으로도 불쾌해지니까 그러지 말았으면 해."

"어어……."

레이드 님 외의 다른 사람을 생각하는 일은 자주 있다. 멜로가 눈앞에 있으면 멜로에 관해 생각할 것이다.

"성별 상관없이요……?"

"물론이지. 나를 좋아한다면서 왜 다른 사람을 생각하려는 건지 이해가 안 되는걸."

"어어……."

"생각해 보면 너는 동성이랑 거리가 가까웠지. 어린아이를 좋아하는 게 아닌지, 동성 취향인 건 아닌지 고민한 적도 있어.”

동성과 거리가 가깝다. 전에도 그런 이야기를 들은 적이 있었다. 하지만 남성보다 여성과 함께 있는 게 마음이 편하다. 그래도 이건 우정인데…….

“뭐, 마음 편하게 있어. 딱히 네게 심한 짓을 하지는 않을 테니까.”

레이드 님은 쿡쿡 웃었지만, 내 존재를 강조한 게 이상하게 신경 쓰였다.

“그거, 다른 사람에겐——.”

“아, 거의 도착했나 보다.”

내 질문을 의도적으로 막으며 순수하게 웃는 모습에 말문이 막혔다.

이후로도 그는 내 말을 부정하지 않고 그저 즐거운 표정을 지을 뿐이었다.

사슴 마차에서 내렸을 땐 마침 점심시간이었다. 현지에서 맛집으로 소문난 식당에서 점심 식사를 마친 우리는 이번엔 직접 사슴을 타고 좁은 길을 나아가 임대한 별장으로 향하기로 했다.

“점심으로 먹은 요리 맛있었네요.”

“응.”

레이드 님과 함께 사슴 위에 올라탔다. 내가 고삐를 쥐고 그가 내 뒤에 탄 모양새였다.

그의 한 손은 내 복부에, 다른 한 손은 나와 함께 고삐를 쥐고 있다.

막 점심을 먹고 나온 참이라 급브레이크를 걸면 조금 위험할지도 모르겠다.

"좀 더 천천히 먹고 싶었는데 말이야. 시선을 받으며 식사하는 건 좀 그렇지……."

레이드 님은 한숨 섞인 목소리로 중얼거렸다.

점심 식사를 하러 들어간 식당엔 여성 손님이 많았고, 그는 점원, 손님 가리지 않고 모두의 주목을 받았다.

그들은 "멋있다.", "어느 나라 왕자님이 잠행 나오신 거 아니야?"라고 소곤거리며 관찰했고, 연인을 데려온 여성조차 홀릴 정도로 레이드 님은 모두를 매료시켰다.

"확실히, 인기가 많으시네요."

작년에 재약혼을 한 후…… 겨울의 초입쯤이었을까.

원래 인기가 많던 그이지만 그 시기엔 '색기가 있다.', '미친 듯이 멋있다.', '아름답다.'라는 평을 들으며 더욱 사람들의 이목을 끌었다.

아카데미에선 약혼자가 있다는 이유로 다가오는 이가 없었으나, 식당에선 "너무 멋있어서 말도 못 걸겠어!", "아름다워…… 환각이 아닐까?"라는 말을 들었고, 날이 갈수록 그 매력이 진화하고 있는 듯했다.

확실히, 전에는 상큼! 신사적! 잘생김!이라는, 스포츠 음료 광고에 나올 듯한 분위기였는데 지금은 미려, 요염, 차분한 느낌이었다.

"너는 기뻐? 내가 여성들에게 좋은 평을 받으면."

"기쁘다……? 그것보다는 그런 식으로 주목을 받을 수 있다니 대단하다고 생각해요."

"흐음. 남 일처럼 말하네."

레이드 님은 내 복부에 둔 손에 힘을 줬다.

승마는 괜찮지만 사슴을 타는 것은 처음이다. 복부를 압박하면 조만간 멀미가 더해져서 큰일이 날 것 같아 불안해졌다.

"……그러고 보니 미스티아는 혼자서 말을 탈 수 있었지."

갑작스러운 화제 전환과 의미심장한 목소리에 나는 긴장했다.

지금까지 그가 '그러고 보니'로 말을 시작하면 절대 긍정적인 이야기가 아니었다. 고문이 시작되거나, 험난한 선택지를 제시하는 경우가 많았다.

그리고 지금 그의 목소리 또한 차가웠다. 혼자 말을 타고 나라 하나쯤은 횡단할 수 있겠지? 정도의 각오를 물을 것 같은 느낌이었다.

"대충…… 그럭저럭 탈 수는 있네요……."

"어때? 말을 탈 때랑은 달라?"

호기심 왕성한 질문이었으나 어째서 이렇게 분위기가 무거운 걸까.

그는 마치 내 목숨이 달린 것처럼 질문했다.

"높이가 조금 다르네요……."

떨어졌을 때의 리스크가 약간 다른 듯했다.

사슴은 뿔이 있으니 앞으로 고꾸라지면 찔릴지도 모른다.

거기에 지금은 뒤에 레이드 님이 있다. 그가 갑자기 마음을 바꾸면 이 사슴은 시체 운송과 살인 관광객 도주의 임무를 동시에 지게 될 것이다.

"그렇구나. 그보다 날씨 좋다. 풍경도 예쁘고."

"조금 전까지는 비가 내렸는데 완전히 개었네요…… 아, 무지개다……."

어색한 마음에 먼 산을 바라봤는데, 파랗게 갠 하늘에 무지개가 뜬 것이 보였다.

무지개라니, 살면서 처음 봤다. 이렇게 색이 뚜렷하게 보이다니. 나도 모르게 감동해서 움직임이 멈췄다.

"진짜네. 예쁘다. 나 처음 봤어."

"저도요."

무지개의 그라데이션에 감동하면서도, 레이드 님의 좋은 타이밍을 이끌어 내는 능력에 전율했다.

평소 행실이 좋으니 그게 이유라면 어쩔 수 없지만, 사슴뿔에 찔려 죽어 가는 나의 미래 모습이 점점 선명히 떠올랐다.

"……그럼 앞으로 동물을 탈 때 오늘 일이 떠오르겠네."

"그러네요. 말을 타면서도 사슴이 떠오를지도 모르겠어요."

떠오르는 기억의 3할 정도가 무지개가 뜬 풍경이고, 뿔에 치여 죽을지도 모른다는 불안한 상상이 7할을 차지하겠지만…….

"……아까부터 뭐에 겁먹은 거야?"

갑자기 레이드 님이 내 얼굴을 들여다봤다.

나는 몸을 뒤로 빼려다가 등받이 대신 그가 있다는 것을 깨달고 얼굴을 부딪칠 뻔했다.

레이드 님은 눈을 가늘게 뜨더니 내 손을 잡았다.

"혹시 무서워? 확실히 말해 주지 않으면 오해할지도 몰라."

"아뇨…… 그게, 아까부터 질문이…… 목숨이 오가는 것을 상정한 느낌이라서."

"목숨이 오가?"

"네. 상황을 보면 저를 밀치면 바로 사슴뿔에 치이게 할 수도 있고, 시체도 바로 옮길 수 있으니 효율적이지 않나 하는……."

방금 그는 죽기 전의 유언을 묻는 듯한 분위기였다.

"사슴뿔이라니…… 푸흡, 아하하."

레이드 님은 내 말을 듣고 멍한 표정을 짓더니 웃기 시작했다.

"상상력이 대단하네. 상상할 수 있는 건 그것 말고도 많잖아? 후후…… 아하하하! 나는 그런 생각은 전혀 안 하니까 안심해. 아하하. 배 아프다. 효율적이라니, 그런 말을 그렇게 차분하게, 후후후."

그는 눈꼬리에 눈물까지 맺혔다.

방금까지 느껴지던 차가운 분위기가 사라져서 안심하면서도, 조금 전까지는 왜 기분이 나빠 보였는지 신경 쓰였다.

혹시 멀미가 난다거나…….

"돌아갈 땐 사슴 마차 말고 다른 이동 수단을 탈까요?"

"왜?"

그는 고개를 기울였다. 앨리스나 멜로가 이렇게 올려다보면 몰라도 그가 올려다보면 경계심이 이기고 만다.

"사슴 마차 때문에 속이 안 좋으신가 하고……."

"신경 쓰지 마. 난 지금 기분이 무척 좋거든. 무지개도 떴고……
사슴뿔도 있잖아? 후후후, 나는 엄청 만족스러워."

무지개는 그렇다 치고, 내가 사슴뿔에 치여 죽는 상상을 하던
게 멀미가 사라질 정도로 웃겼던 것일까, 그는. 조금…… 아니,
상당히 복잡한 기분이다.

생각해 보면 그답지 않은 행동은 지금까지 몇 번이나 봐왔다.

그리고 내가 그 자리에 있는 경우가 많았다.

자르드 군을 향하는 줄 알았던 광기가 나를 향해 있었다는 것
도 그렇고, 어떻게 반응해야 할지 모르겠다…….

그렇게 당분간 산길을 오르자 벽돌로 지어진 건물이 보였다.

"저기가 우리가 묵을 별장이야."

"여기가……."

임대 별장이라고 해서 자그마한, 그림책에 나오는 건물의 이
미지를 떠올렸는데 눈앞에 나타난 것은 잠깐이 아니라 평생 살
아도 될 만한 저택이었다.

주변은 약초인지, 독특한 향기가 나는 산울타리로 둘러싸여
있었고 우리가 있는 곳까지 향기가 퍼졌다.

"이 주변은 향초가 많이 나는 땅이라, 약탕이라고 해서 향초를
띄운 욕탕도 있고, 수제 향유로 마사지를 받을 수 있다고 해."

"그렇군요……."

우리는 사슴에서 내린 후, 사슴들을 보관 장소에 묶어둔 후 안
으로 들어갔다.

이 주변의 사슴은 근력이 발달하여 전생에서 본 사슴보다 기골이 장대한 느낌이었는데, 어쩌면 향초의 효과가 영향을 준 게 아닐까.

"설명으로는, 실내엔 향이 나는 초가 있어서 원하는 대로 조합해서 불을 붙이면 마음이 안정되는 효과가 있다는데. 미스티 아는 좋아하는 향 있어?"

"좋아하는 향이요……? 뭐든 괜찮아요."

그렇게 대답하자 레이드 님은 눈을 가늘게 떴다. "그럼 내가 고를게."라고 미소 지으며 그는 임대 별장의 문을 열었다.

2층짜리 별장 내부는 문을 들어서자마자 거실이 있고 식당과 주방이 이어져 있는 구조였다.

2층은 침실이라고 한다.

우리는 우선 대강만 둘러본 후, 짐을 풀고 별장 안을 제대로 탐험하기로 했다.

"욕실은 밖에 있다니, 신기하네."

현관의 반대편, 후원에 있는 욕장을 레이드 님이 바라보고 있었다.

대략 세 명 정도가 넉넉히 들어갈 수 있는 노천탕은 바위로 둘러싸인 채로 하얀 김을 내뿜고 있었다.

숲속이지만 바위 주변에도 제대로 목판이 세워져 있고 지붕도 달려 있어서 보안성도 확보되었다.

전생에서 들어가 본 이후로 노천탕을 접할 기회가 없었기에

설레는 기분이었다.

"탕에 들어갈 땐 향초를 띄우면 좋대. 굳은 몸이 효과적으로 이완된다나 봐."

"그렇군요……. 향이 좋네요……."

약탕 같은 종류겠지. 나는 다채로운 식물의 향을 들이켰다. 차분해지는 향이었다.

"미스티아한테서 나는 향이 더 좋은데."

레이드 님은 가볍게 말했지만 그런 말을 들으면 긴장된다.

"감사합니다."라고 대답했더니, "응. 그래서 아무도 맡지 못하게 하고 싶어."라는 대답이 돌아와서 어떻게 반응해야 할지 고민되었다.

"그런가요……."

"이제 슬슬 저녁 식사를 준비해야 하니까 안으로 들어가자."

레이드 님이 내 손을 턱 잡았다.

전에는 그와 손을 맞잡는 일은 없으리라 생각했는데 지금은 무척 자연스러웠다.

예전엔 손깍지를 끼는 건 상상도 못 했는데. 지금은 손을 잡지 않으면 불안해진다.

마음이, 점점 변하고 있다.

"미스티아, 왜 그래?"

"아뇨. 손을 잡으면 마음이 차분해지는 것 같아서……."

"……그래?"

레이드 님은 주방으로 이어지는 문을 열었다.

나는 세월의 흐름을 느끼며 빠른 걸음으로 그를 따라갔다.

"오늘 저녁은 이 지역의 요리에 도전해 보고 싶은데, 괜찮아?"

주방에 도착하자마자 소매를 걷어붙인 레이드 님이 조리대 너머로 나를 바라봤다. 주방은 키친 카운터 구조로 되어 있고, 그는 따스한 밤색 목판 위에 손을 얹고 있었다.

"네. 저야 좋지만…… 재료는……?"

이 임대 별장에 가까워질수록 주변은 자연으로 가득했고──가게나 사람은 점점 줄어들었다.

이 주변엔 장을 볼만한 곳이 없었던 것으로 기억한다.

지도를 확인하려고 가방을 뒤적이자, 그는 "괜찮아."라고 말하며 미소 지었다.

"오늘을 위해서 재료는 이미 준비해 뒀어."

"어어……."

레이드 님의 준비성에 감탄할 수밖에 없었다.

"전부 맡기기만 해서 죄송해요……."

나도 도왔어야 하는데, 레이드 님에게 전부 맡기고 말았다.

미안함에 고개를 숙이자 그는 고개를 가로저었다.

"아니야. 나는 미스티아한테 많은 걸 받고 있으니까. 나야말로 항상 받기만 해서 미안해."

"아뇨, 저는 아무것도 안 했는데요……."

나는 레이드 님에게 아무것도 해 주지 못했다. 그가 원하는 게 있다면 전부 준비하고 싶다.

"뭐, 돌려줄 생각은 없지만 소중히 여길게."

레이드 님은 내 머리를 가볍게 만지더니 주방으로 돌아갔다.

머리채를 잡은…… 건 아닐 테고. 통증이 전혀 없었으니 아마 쓰다듬은 거겠지.

그는 그대로 소매를 걷고 주방에 섰다.

그 모습을 본 순간, 어째서 레이드 님은 관광지까지 와서 요리를 만드는 걸까 하는 의문이 떠올랐다. 여행 중에는 식당에서 외식을 하는 경우가 많다.

지금까지 해왔던 데이트도 전부 외식이었다. 머지않아 추억을 만들어 주기 위해서라는 것을 깨달은 나는 더욱 면목이 없어졌다.

다음 여행은 내가 계획을 세우자.

굳게 결심하는 사이에, 레이드 님이 "오늘은."이라며 내게 미소를 지어 보였다.

"랍스터 샐러드에, 네가 아는 채소 수프, 허브를 넣은 생선튀김, 디저트는 레몬과 치즈 무스로 할 생각이야."

"저, 저도 도와드릴게요."

"고마워. 그래도 그냥 보고 있어. 오늘은 네게 대접해 주고 싶으니까."

그렇게 말하며 그는 소매를 걷고 식칼을 집어 들었다.

테이블엔 게와 흰살생선, 랍스터 외에도 바지락 등 신선한 어패류, 그 옆에 신선한 채소와 허브가 늘어서 있어서 주방이 다채로운 색상으로 가득했다.

이렇게 많이 준비했다는 사실에 감동했지만 역시 돕는 게 낫겠다는 생각이 들어서 일어서자, 그는 "앉아 있어."라며 못 박았다.

"마음은 기쁘지만 내가 대접해 주고 싶어. 앉아 있어."

"네……."

엄청난 압박감에 나는 다시 자리에 앉았다.

그는 리드미컬하게 셀러리와 양파를 다지고, 삶은 게를 해체한 후 오일과 함께 버무려 등딱지에 담았다.

레이드 님은 무엇이든 능숙하다.

1학년 때도 포토푀와 샌드위치를 만든 적이 있다. 그때도 솜씨가 좋다고 생각했는데, 거의 프로의 영역에 도달한 것처럼 느껴질 정도로 요리하는 손놀림이 능숙했다.

"미스티아가 나한테 요리를 만들어 줄 때마다 기뻤거든."

그는 생선을 손질하면서 내게 잠깐 시선을 보냈다.

재약혼을 하고 시간이 지난 후, 그가 집에 와서 "네가 요리 만들어 줄 때 기뻤어."라는 말을 한 적이 있다.

그때를 너무나 그리워하는 그에게 나는 핫샌드위치를 만들어 줬다. 그후로 "핫샌드위치가 제일 좋아.", "맛있었어."라는 말을 종종 들었고, 아카데미에 있을 때나 그의 저택이나 우리 저택에서 만날 땐 요리를 했다.

핫샌드위치만 만드는 건 영양 밸런스가 좋지 않을 것 같아서 수프나 볶음, 그라탕에 미트파이 등 최대한 메뉴를 다양하게 했다.

최대한 노력해서 만들긴 하지만 내가 만드는 것은 비교적 무난한 요리뿐.

지금 그가 만드는 요리에 비하면 상당한 격차가 있다.

"그, 그래도 이렇게 화려한 요리는 못 하는걸요……. 제가 만드는 건 핫샌드위치뿐이고……."

"아니야. 나는 핫샌드위치가 가장 좋아."

그의 핫샌드위치를 향한 집착은 상당한 게 아닐까.

어쩌면 가게에서 사 먹는 카레보다 집에서 간단히 만든 카레가 더 맛있는 것 같은 느낌일지도 모르겠다.

"네가 처음 만들어 준 거잖아."

정답이 곧장 제시되어서 나도 모르게 시선을 피하고 말았다.

레이드 님이 나를 좋아한다는 사실은 들어서 알고 있기도 하고, 그 애정 표현이 조금 도를 넘었다는 것도 어느 정도는 알고 있지만, 아직도 '앗, 그렇구나. 나를 좋아해서…….'라는 생각이 새삼스레 들 때가 많았다.

"얼굴이 빨개. 열 있어?"

"그런 게 아니라."

"아하하. 부끄러운 거지? 너는 가끔 내가 너를 좋아한다는 사실을 잊는 것 같으니까."

계속 좋아해 왔는데 말이야. 그런 말이 덧붙어서 나는 옆에 놓인 물을 마셨다.

"그게, 꿈 같다고 해야 하나. 그게, 애정 표현은 더할 나위 없이 해 주고 계시지만 저를 정말 좋아하는구나 싶어서 놀라는 순간이 있다고 해야 하나."

"뭐, 인생은 기니까 말이야. 이제 도망칠 수도 없으니 천천히 알아가면 되지."

"수고를 끼쳐서 죄송해요…….."

내가 대답하자 레이드 님은 입가에 손을 얹고 웃기 시작했다. 몇 번이나 고개를 갸웃하던 그는 나를 바라봤다.

"도망치지 못하는 게 무섭진 않아?"

결혼 생활은 감옥 같다는 말을 들은 적 있는데, 이건 이혼 의사를 묻는 걸까.

레이드 님이 내게 정이 떨어져서 이혼을 요구할 일은 있을지 몰라도, 그 반대는 절대 없으리라 생각한다.

"사슴뿔에 찔리지 않는다면야…….."

"그래? 그럼 사슴뿔로 찌르지 않는다는 건 약속할게."

"어, 찌르려고 하셨던 건가요?"

애정 표현이 좀 너무 엽기적이지 않나……?

내가 깜짝 놀라자 그는 잠시 웃은 후, 이번에도 끝내 대답하지 않고 요리에 집중하기 시작했다.

"다 됐어. 이걸로 끝."

레이드 님의 말을 듣고 나는 그가 플레이팅한 접시를 테이블로 옮겼다. 아무것도 안 하는 시간을 참지 못한 나는 상차림만이라도 돕게 해달라고 그에게 부탁했다.

그래서 테이블에 요리를 옮기는 건 내 역할이 되었는데, 완성된 요리가 전부 아름다웠다.

랍스터 샐러드는 다진 향신채와 허브가 듬뿍 들어 있고, 반투명하고 탱글탱글한 살점과 섞여 식욕을 돋웠다.

튀김옷에도 간이 된 생선튀김엔 조금 매콤한 향이 나는 토마토 소스가 끼얹어졌고 보기만 해도 바삭함이 전해져 왔다.

옆에 작게 자리 잡은 무스도 새빨간 라즈베리 소스와 사랑스러운 두 천사 모양의 쿠키로 꾸며져 있어서 귀여웠다.

내 요리 실력과의 격차가 눈에 보이니, 그에게 핫샌드위치만 만들어 준 것이 미안해졌다. 내일부터 코스 요리를 공부하자.

"자, 먹자."

웃음을 머금은 레이드 님은 두 개 있던 의자 중 하나를 테이블 끝으로 치웠다. 입식 형식으로 먹자는 뜻일까. 나도 남은 의자를 치우려고 하자 그는 나를 말렸다.

"그걸 치우면 우리 둘 다 못 앉잖아."

"어어……."

우리 둘 다 못 앉는다고? 입식 형식이 아니었나. 그러면 방금 의자를 치운 건 무슨 의도였을까. 이해를 못 하고 있자 그는 의자에 풀썩 앉았다.

"자, 내 무릎 위에 앉아."

레이드 님은 자신의 무릎을 툭 두드렸다. 그와 무릎과 얼굴을 번갈아 보자 부드러운 푸른색 눈동자가 곡선을 그렸다.

"아카데미 행사로 이동할 때……."

"네."

"네가 내 무릎에 안 앉아 줬으니까, 지금 앉아 줬으면 좋겠어."

이게 무슨 논리일까.

이동 중에 갑자기 반 학우의 무릎에 앉는 건 폭행이라고 표현해도 이상하지 않다.

아카데미 밖에서 일어난 일이었다면 범죄까지도 갈 수 있는 행위다.

"요리가 식으니까, 실례."

레이드 님은 나를 잡아끌더니 무릎 위에 휙 앉혔다.

내려오려고 했으나 그가 안전바처럼 왼팔을 둘러 중도하차를 막았다.

"앞으로 우리끼리 식사할 땐 내 무릎 위에 앉아서 먹어."

"어어……."

레이드 님은 랍스터 샐러드를 포크로 찍어 내게 내밀었다.

"아아—."

"아……."

드레싱이 흐를 것 같아서 나는 서둘러 입을 열었다. 샐러드가 들어와 입안 가득하게 행복한 맛이 퍼졌지만 눈 앞에 펼쳐진 이상 사태에 머리가 혼란스러웠다.

"맛있어?"

"맛있어요……."

"미스티아는 나한테 먹여 줘."

"그래도."

"나를 굶겨 죽이고 싶다면 어쩔 수 없지만……."

"많이 드세요. 잔뜩 드세요."

나는 서둘러 생선튀김을 잘라 레이드 님의 입가에 가져다 댔다. 그는 기쁜 얼굴로 먹으며 "빵도 먹고 싶어."라며 나를 올려다봤다.

"빵이요?"

나는 폭신한 빵을 한입 크기로 떼어 그의 입가로 가져갔다. 식사 전에 손을 씻어서 다행이라고 안도하는데, 손가락까지 먹혀 버렸다.

"어?"

따뜻한 감촉이 느껴져서, 혀가 손가락을 핥고 있다는 것을 깨달았다. 가볍게 물리기까지 해서 레이드 님의 얼굴을 멀뚱멀뚱 쳐다볼 수밖에 없었다.

"손가락도 맛있네."

"사람을, 먹으려고……."

"아니야. 미스티아를 보면 뭐든 하고 싶어져서. 지금까지 너는 내가 뭘 할 때마다 무서워했는데 지금은 부끄러워하거나 깜짝 놀라기만 하는 게 기뻐서."

천진난만한 목소리로 레이드 님은 내 몸에 머리를 기댔다.

자르드 군과 같이 자려고 했을 때, "네 취향이 어린아이라면 아이처럼 어리광을 부려볼까?"라면서 동공이 풀린 눈으로 물어본 적이 있었는데, 아이 같은 어리광을 실천하는 것으로밖에 보이지 않았다.

"저기, 레이드 님."

"그러고 보니 오늘 키스를 별로 못 했네⋯⋯."

나를 올려다보던 레이드 님이 점점 얼굴을 가까이했다. 입술이 맞닿고, 그가 이번엔 윗입술을 깨물었다.

"저를 식용으로 삼으려는 건 아니죠?"

"식용으로 삼지는 않아요."

레이드 님은 내 말투를 따라 하며 옆에 있던 과일물을 내게 마시게 했다.

물도 마시게 하고, 극진히 대하다가 마지막엔 먹이로 삼아 버리는 옛날이야기가 있었던 것 같은데.

분명, 그건──,

"목말라. 미스티아, 나도 마실게."

기억을 떠올리는 사이에 입술이 맞닿았다. 잠시 후, 레이드 님이 입가에 흐르는 과일물을 닦았다.

"전부, 이렇게 마시고 싶어. 앞으로 평생 네가 마시는 물을 이렇게 마시게 하고 싶어."

"그건 어려워요."

갑작스러운 악행을 맞닥뜨린 나는 고개를 가로저었다. 그리고 레이드 님에게 희롱당하는 구도로 나는 식사를 이어 나갔다.

레이드 님의 악행은 테이블 위의 요리가 없어질 때까지 이어졌다.

전부 맛있었지만 가능하다면 마주 보고 의자에 앉아 먹고 싶었다. 이런 짓을 반복했다간 머지않아 심장병으로 죽고 말 것이다.

"내가 만든 요리, 맛있었어?"

함께 설거지를 마친 우리는 거실 소파에 앉아 느긋이 쉬었다. 그는 내 머리카락을 만지며 장난을 치는 중이다.

"네. 무척 맛있었어요. 감사해요."

"다행이다. 네가 맛있게 먹었으면 해서 연습했거든."

레이드 님은 "역시 너와 단둘이 하는 식사가 가장 좋아."라며 내 손을 잡았다.

"점심에는 미스티아가 날 방치했잖아."

"……네?"

왠지 대화의 흐름이 무척 이상했다.

"그게 무슨 뜻인가요?"

"정말로, 알고 싶어?"

레이드 님은 내 어깨에 살짝 자신의 머리를 기댔다.

아이가 어리광 부리는 듯한 태도였으나 착각이라고 생각하여 넘겼다.

"나는 네 소유라는 걸 네가 좀 더 주변에 주장할 필요가 있다고 생각해."

"……네?"

"너, 나한테 관심을 보이는 사람이 나타나면 항상 기척을 숨기려고 하잖아. 결혼도 했으니까 조금 더 네가 주장해 줬으면 좋겠어. 가게에서 내가 사람들한테 주목받고 있을 때 너는 별로 관심이 없어 보였지만, 누가 나한테 말을 걸면 너도 제대로 앞으로 나서 줘야 해."

알았지? 라며 레이드 님은 나를 올려다봤다.

사람들의 시선으로부터, 그를 지킨다……는 거겠지. 그가 스트레스를 느낀다면 나는 그를 지키고 싶다.

"그러면 앞으로는 레이드 님에게 가는 시선을 막도록 노력해 볼게요."

"그런 뜻이 아니야. 네가 태도나 말로 표현해 주기만 해도 돼. 예를 들면 다른 여성이 나를 보고 있을 때 나한테 입 맞춘다거나, 끌어안는다거나."

그건…… 어렵지 않나.

손을 잡는 것이라면 몰라도 다른 사람의 앞에서 포옹이나 키스는 허들이 너무 높다.

"다른 사람 앞에서, 말이죠……?"

"응. 앞에서든, 뒤에서든, 옆에서든, 갑자기 다가와도 나는 괜찮으니까."

그가 당연하다는 듯이 고개를 끄덕여서 나는 할 말을 잃었다.

그리고 "그게 부끄러우면 말로 해야겠지."라며 내 손가락을 벌리고 오므리며 장난을 치기 시작했다.

"뭐, 뭐라고 말하면 될까요?"

"한번 연습해 보자. 내 말이랑 표정을 따라 하면 돼. 그 정도는 쉽지?"

확실히, 보고 따라 하는 것은 간단히 할 수 있다.

"부탁드릴게요."

레이드 님이 고른 말이라면 잘할 수 있겠지.

안심하는 사이, 그는 차가운 표정을 지었다.

"저의 레이드 님에게 접근하지 마세요. 자, 해 봐."

"저의 레이드 님에게 접근하지 마── 네?!"

따라 말하다가 깨달았다.

이건 게임 속 미스티아의 대사 같지 않나?

하지만 의심을 밖으로 보이기 전에 그는 "그 다음은~." 하고 다음 대사를 고르기 시작했다.

"레이드 님, 아무도 보지 마세요. 레이드 님은 저한테만 관심이 있으니까. 자, 해 봐."

"레, 레, 레이드 님, 아무도 보지 마세요. 레이드 님은 저한테만 관심이 있으니까."

분명히 강한 집착을 드러내는 대사였다.

혹시, 레이드 님은 게임 속 미스티아의 상태를 바라고 있나?

어머니의 죽음을 피하고, 금슬 좋은 자신의 부모님을 보며 자라온 탓에 무언가 로망이 생긴 것일지도 모른다.

"미스티아가 말하면 속마음이 보여서 재밌네. 연기가 익숙하지 않아서 그런 것도 있겠지만."

왜 자기가 시켜 놓고 재밌어하는 거야……?

"저, 이 연습이 정말 필요한 걸까요?"

"지금까지 티타임이나 연회에서 네가 내 옆에서 멀어지거나, 이성한테 둘러싸인 나를 남 일 보듯이 바라보던 횟수를 말해 줄까? ……무서워라. 나를 좋아하는 영애가 날 억지로 끌고 가서 심한 짓을 할지도 모르잖아. 창 하나 없는 방에 팔다리를 사슬로 묶어 놓고 그 영애의 이름밖에 못 부르는 생활을 강요당하면 어떡하지? 너 때문에."

너무나도 처참한 상상에 나는 "노력해 볼게요."라고 고개를 빠르게 끄덕였다. 그는 내게 볼을 비비고는 빤히 나를 바라봤다.

"그리고, 나는 외로웠어. 내가 어떻게 되든 상관없다고 생각하는 것 같아서."

"아뇨……. 그렇게 생각한 적은……."

"그러니까 앞으로 내가 사람들한테 둘러싸이면 제대로 말해 줘. 자, 따라 해 봐. 레이드 님은 몸도 마음도 전부 제 거예요."

"레이드 님은 몸도 마음도── 이건 이상하지 않나요……?"

레이드 님은 남에게 이런 말을 시켜 놓고는 쿡쿡 웃었다.

완전히 장난감 취급당하고 있다.

의심이 담긴 눈으로 바라보자 그는 "말하는 게 어려우면."이라면서 내 손을 잡았다.

"이렇게 계속, 어딜 가든 내 손을 잡고 있으면 돼. 그러면 네가 내 소유권을 굳이 주장할 필요도 없으니까."

"그렇게 할게요……."

그러는 편이 압도적으로 평화롭다.

게임은 관계없더라도, 게임 속 미스티아와 같은 발언은 웬만하면 피하고 싶다.

"이 손목에 말이야."

안심하고 있는데 내 손목을 만지는 레이드 님에게서 불온한 분위기가 느껴져 긴장했다.

"수갑이라도 채울까? 내 손목이랑 같이."

그건 경찰이 용의자를 확보하는 방식이 아닌가.

무심결에 고개를 가로젓자 "좋은 게 있어."라며 그는 밝은 목소리로 말했다.

"팔에 상처가 안 나게 찰 수 있는 파란색 수갑을 특별 주문으로 만들었거든. 필요할 때가 있을 것 같아서."

레이드 님은 싱글싱글 웃었지만, 언동과 흘러나오는 산뜻한 분위기가 전혀 어우러지지 않았다.

"수갑은 좀 어렵겠네요…… 비상 상황이 생길지도 모르고, 넘어지면 위험하잖아요. 그리고 무엇보다 사람들의 시선이……."

"단둘이 있을 땐 괜찮단 뜻이야?"

밝은 목소리에서 장난스러움이 느껴져서 나는 물러나기로 마음먹었다.

슬슬 목욕하러 가자.

그에게서 멀어지려고 하자 그가 내 손을 확 잡아챘다.

"같이 목욕하자."

레이드 님은 내 셔츠 자락을 잡아당겼다.

자르드 군이 자주 하는 행동이었다. 어린아이가 옷자락을 잡아당기면 '귀엽다.', '지켜주고 싶다.'라는 마음이 들지만, 또래 남성이 잡아당기면 위압감이 느껴진다.

"그런 건 아직 어렵지 않을까요……?"

레이드 님이 진심으로 말한 것인지 의심스러웠다.

잠깐 실수로 술이라도 마신 게 아닌지 기억을 되짚어 봤지만,

학생에게 술을 제공하는 것은 법에 저촉된다. 그럴 확률은 낮다.

"하지만 넌 에릭 하임과 같이 자기도 했잖아."

곧바로, 게다가 빠른 어투로 대답이 돌아와서 나는 당황한 채로 내 셔츠를 붙잡았다.

"잤다니, 그건 어릴 때 일이에요."

"시크 선생님이랑은 승마 연습도 했다고 그랬지. 승마 연습은 몸이 밀착된다고, 알고 있는데——? 이런 식으로."

레이드 님은 나를 뒤에서 껴안았으나, 승마 연습을 할 때와 같은 느슨한 포옹이 아니었다.

아프지는 않았지만 범인의 신변을 확보하는 수준의 힘이었고, 거기에 셔츠까지 잡아당기기 시작해서 나는 몸을 웅크려 빠져나오려고 했다.

"평범한 교육의 일환이에요······."

그는 왜 이렇게 공격적인 걸까.

다른 사람과 같이 목욕하지 않으면 죽는 병에 걸린 것도 아닐 텐데. 게다가 '여자다!' 같은, 색욕에 물든 인간성은 지니지 않았을 터. 하지만 그는 내 옷을 다시 붙잡았다.

"너, 그러고 보니 자르드를 안아 주기도 했지."

레이드 님은 마치 나를 심문하듯이 물어봤다.

예전에는 '심문받는 것 같아.'라고 내가 생각했을 뿐이지만, 지금은 정말로 심문에 가까웠다.

"로베르토 와이즈의 병문안도 갔다고 들었는데······ 반면에 우리는 같이 보낸 시간이 적었잖아? 너랑 나 사이엔 확실히 거리가 있었지?"

"그렇긴 한데……."

"우리가 모두가 안심하고 축복해 줄 만한 사이 좋은 부부가 되려면, 나는 여름에 방에 틀어박히고, 가을엔 네게 승마를 가르치고, 초겨울엔 침대에 누워서 네 병문안을 받을 필요가 있다고 생각해."

"필요……."

레이드 님과 같이 목욕해야 한다고 생각하면 무척 불안해진다.

내가 간호를 받아야 할 때 그가 간호인으로 나타난다면 안심될 테지만, 지금은 엄청나게 좋지 않은 상황이라는 게 느껴졌다.

"키스는, 했잖아요……."

"그래서? 키스로 인사하는 곳도 있잖아? 전에도 같은 말을 한 적이 있었던 것 같은데. 아, 그러고 보니 그때 에릭 하임에게 안겨 있었지."

레이드 님은 "이랬었지. 미스티아~ 하고."라면서 에릭을 흉내 내며 나를 끌어안았다.

"나는 그때 슬펐어. 내 약혼자가 설마 다른 남자를 저택에 들이거나, 그 남자 집에 자러 갈 줄은 몰랐으니까. 하지만 미스티아는 지금 나를 좋아하잖아? 내 아내잖아? 그는 단순히 친구잖아? 그러면 친구끼리 하는 것 이상의 일을 나랑 해야지."

"그게 입욕인가요……."

"그래. 미스티아가 다른 사람과 함께 밖에서 산책만 했다면 오늘도 같이 자는 것만으로 끝났겠지만, 이미 다른 사람과 같이 잤으니까 그 이상의 일을 할 수밖에 없어."

차가운 시선이 나를 찌르는 것 같았다.

하지만 함께 목욕하는 건 긴장되는 일이다.

동성이어도 긴장할 것이다. 야간 수영장 파티에서 신나게 놀지 못하는 사람에겐 허들이 높다.

"저기, 뭔가 좀 다른 방법이 있지 않을까요……."

"그런 건 없어. 그리고 만일의 상황에 말이야? 내가 다치면 목욕할 때 안 도와줄 거야?"

"도와야죠."

나는 즉답했다.

그는 의심스러운 눈이었지만 함께 목욕하는 것과 목욕 간호는 다르다.

"그렇게 말할 줄 알았어. 그거랑 이게 뭐가 달라?"

"목욕 간호는 곤란한 상황에 하는 거잖아요…… 레이드 님이 곤란할 때."

"그럼 그 훈련이야. 설정을 붙이자. 그래…… 나는 왼손을 다쳤어. 그래서 미스티아랑 같이 목욕해야 해. 그런 거로 하자. 결정."

레이드 님은 웃으며 나를 짊어졌다. 손을 다쳤다는 설정 아닌가.

"저기, 다쳤다는 설정이 아니었나요?"

"뭐야. 내 옷도 벗겨 줄 거야?"

"아뇨."

괜한 소리도 할 수 없었다. 나는 입을 다문 채로 그에게 짐짝처럼 들려갔다.

"왼손을 다쳤다는 설정이었잖아요……?"

물에 잠긴 채로 나는 내 왼손을 잡는, 뼈대가 도드라진 그의 손에 시선을 떨어트렸다.

"다치지 않았으니까."

뒤에서 들려오는 레이드 님의 목소리가 무척이나 가깝게 느껴져서 나는 몸이 떨리려는 것을 참아야 했다.

그 후로 옷을 벗고 레이드 님과 함께 노천탕에 들어가게 되었는데, 그는 나를 뒤에서 끌어안더니 양손으로 내 손을 잡았다.

큰 겉옷을 둘이서 같이 입거나, 로봇 조종사, 혹은 매달려 있다고 해도 과언이 아닌 자세였다.

밖에선 달빛이 나무들을 비춰 좋은 분위기를 자아냈다. 하지만 경치를 즐길 여유를 지닐 수 없었다.

부끄럽기도 하고, 실은 엄청나게 불순한 행위인 게 아닐까, 정말 터무니없는 짓을 하고 있는 게 아닐까 하는 위기감이 느껴졌다.

"제가 간호받는 구도 같은데요. 레이드 님을 등받이로 쓰고 있는 것 같은데……."

"그럼 마주 보고 껴안을까? 꽤 대담하네."

레이드 님은 "놀랐어." 하고 덧붙였지만, 장난할 상황이 아니다.

그는 원래 사교력이 뛰어나지만, 어느새 '외향인 완전체'로 진화한 듯한 느낌이다.

"그런 게 아니라……."

"농담이야. 네가 내 외양에 흥미가 없다는 건 이미 알고 있으니까."

그는 내 어깨를 어루만졌다.

수상한 손놀림이 아니라, 더듬어서 존재를 확인하려는 듯한 손짓이었다. 괜히 의식되어서 나는 유백색의 수면을 바라봤다.

"레이드 님이 아, 아름답다고는 생각해요. 그, 그게, 딱히 레이드 님이 어떻게 되든 상관없다거나, 추하다고 생각하는 게 아니라……."

"잔인한 말을 하네. 너는 내 얼굴에 끌리지 않으면서 그렇게 나를 평가하곤 하니까."

"네……?"

"시선을 받는 쪽은 확실히 알아. 아, 지금 상대는 내 용모에 흥미가 있구나 하고. 처음 만났을 때 너는 나보다 체스 세트에 관심을 보였지."

위태로움이 느껴지는 목소리에 뒤를 돌아봤다.

그는 나를 보고 있지만 마치 먼 풍경을 바라보는 듯했다.

"내 용모에 끌리는 인간을 볼 때마다 네가 그런 식으로 내 얼굴을 좋아해 줬으면 좋겠다는 생각을 했어."

레이드 님은 우리 반의 동경의 상대였다. 반장으로서 보여 주는 리더십이나, 신사적이고 온후한 태도, 누군가 곤란해할 때

도와주려는 배려심과 행동력, 두뇌 명석하고 운동도 잘하는, 마치 완벽한 왕자님 같은 학생.

여자 화장실에 틀어박혀 있을 때, 여학생들이 한 번이라도 좋으니 레이드 님에게 안겨보고 싶다는 등의 이야기를 나누는 것을 들은 적이 있었다.

정확하지는 않지만 레이드 님은 게임에서보다 인기가 많았다.

게임에서는 "레이드 님 멋있다."라고 말하면 분명 미스티아가 나타나서 해당 학생을 해치려 들었을 테니까.

미스티아의 방해 여부도 관계가 있을지도 모르겠다.

"그리고 지금, 나는 내 얼굴을—— 눈동자를 좋아하지 않아."

"어째서죠……?"

콤플렉스에 관한 화제는 섬세하게 접근해야 한다.

하지만 너무나도 괴로워 보여서 바로 되물을 수밖에 없었다. 그는 나를 꼭 끌어안았다.

"파래서. 내 눈동자가 맑은 하늘이나 바다 같다는 이야기를 자주 들었어. 하지만 나는 바다를 좋아하지 않아. 네가 떨어지는 순간이 떠올라서."

숙박 체험 학습 때의 일을 말하고 있었다.

그때 나는 레이드 님을 감쌌다. 다른 사람이 떨어지는 광경을, 그는 직접 목격하고 말았다.

"억지로라도 목욕을 같이하자고 했던 건, 너와 더 깊은 관계가 되고 싶다거나, 나를 얼마나 받아줄지 확인하고 싶다거나, 다양한 목적이 있었어. 불순하지만 전부 그렇게까지 어두운 이유는 아니었고 절박하지도 않았어. 솔직히, 곤란하지도 않아. 너는 이미 내 거고, 나도 감정이 확실해져서 안정적이야. 네게 좋은 일인지는 모르겠지만."

그렇게 말한 레이드 님은 내 어깨에 제 이마를 가져다 댔다.

"하지만 네가 물속에 있는 건 싫어. 네가 물속에 있는 걸 볼 때마다 긴장돼. 바보 같은 이야기지만 내가 없을 때 네가 물에 가까워지는 게 미친 듯이 싫을 때가 있어."

목소리도, 손도 전부 떨리고 있었다.

그는 혼자서 계속 괴로워했다.

눈앞에서, 다른 사람이 떨어지는 것을 목격한 마음의 상처는 그렇게 간단히 치유되는 것이 아니다. 더군다나 레이드 님은 인내심이 강해서 남에게 자신의 약한 부분을 보이려 하지 않는다.

좀 더, 일찍 알아챘어야 했다.

나는 그의 손을 잡고 내 심장 위에 가져다 댔다.

"분명히, 있어요."

나는, 여기에 있다.

"살아있어요."

다시 힘주어 말하자 그가 풍기는 분위기가 조금이지만 부드러워진 기분이었다.

나는 어떻게 해야 그를 안심시킬 수 있을까 고민하면서 말을 골랐다.

"딱히 수영이 필요한 생물도 아니니까 안심하세요. 바다에 가지 않아도 제 인생의 무언가가 바뀔 일은 없어요. 평생 바다에 가지 않아도 괜찮아요."

그 외에도 어떻게 해야 레이드 님의 불안을 가시게 할 수 있을까.

잠시 생각하고 있자 그는 내 손을 쥐었다.

"미안하지만 그래 줬으면 좋겠어."

뼈대는 도드라졌고, 나보다도 근육질이다. 하지만 손을 쥐는 방식은 아이 같았다.

"나는 아마도 날이 갈수록 변할 거야."

"변한다고요?"

"그래. 너를 지키고 싶어. 죽지 않았으면 좋겠다고, 괴롭히고 싶지 않다고 생각하면서도 네가 위험하다면 어딘가에 가둬 버려야 한다는 사명감에 쫓길 때가 있어. 오히려 그러는 날이 많지. 하지만 그런 날만 요령 있게 너와 거리를 두는 건 이제 불가능해. 안전했으면 좋겠다고 생각하는 한편, 누구보다 너를 해치고 싶어서 감정을 다스리지 못할 때도 있어."

안전했으면 좋겠다.

해치고 싶다.

원래 그건 상반되는 감정이다. 그는 그 틈에서 흔들리며 이렇게 내게 자신의 심경을 밝힐 때조차도 나를 배려한다.

그 모습을 보니 가슴이 무척이나 조여왔다.

그는 나를 끌어안으면서, 나를 자신의 품속에 가두듯이 팔에 힘을 줬다.

"주변 사람보다 요령 있게 선택하는 건 자신 있었어. 하지만 네 앞에선 올바른 게 뭔지 모르겠어. 바보 같은 수단만 취해. 그러니까, 네가 나를 견디지 못한다면 나를 죽여도 좋아. 하지만 네가 죽는 것만큼은 참아 줬으면 해. 다른 남자한테 가려면 날 죽인 후에 가. 그러지 않으면 네가 고른 남자를 내가 죽이고 말테니까. 내가 필요 없어지면 날 죽여 줘."

"그런 날은 오지 않아요."

나는 그의 마음의 부담이 사라지도록, 조금이라도 줄어들도록 기도를 담아 말했다.

괴롭히고 있는 건 분명 내 쪽이다. 하지만 그 괴로움을 분담하고 싶다. 어떻게든 그의 고통을 줄여주고 싶다.

"저는 당신과 살아가고 싶어요."

"정말로?"

"네."

확실히 고개를 끄덕이자 레이드 님은 눈을 가늘게 떴다.

웃고 있는 건지, 진심인지를 가늠하는 건지는 판단하기 어려웠다.

"무섭네."

레이드 님이 중얼거렸다.

내 뺨에 손을 올리더니 어루만지면서 입술을 훑었다.

"꿈처럼 행복해서 무서워. 오늘은 네 웃는 얼굴을 볼 수 있었어. 이 행복이 거품처럼 확 꺼질까 봐 무서워. 이 입술에서 긍정적인 말만 나오잖아. 옛날의 내게 알려 준다면 분명 믿지 않을 거야."

그 말의 뜻을 묻기 전에 입술이 막혔다. 내가 누군가와 이렇게 닿는 날이 올 줄이야. 이미 몇 번이나 해온 일이지만 매번 이런 생각이 든다. 그는 내 어깨를 어루만졌다.

"전부 환각이었다고 생각하면 납득이 갈 정도로, 지금 나는 행복해. 그러니까 실감시켜 줘. 내게, 네 흔적을 남겨 줘."

"흔적이라니——."

"이렇게, 내가 네 것이라는 표식이 가지고 싶어. 그러면 분명 거울을 보더라도 괴롭지 않을 거야."

그의 절실한 호소 직후, 목덜미에 통증이 느껴졌다.

물리고, 빨렸다. 이상한 행동이지만 흡혈귀 같다는 생각이 들 정도로 지금 상황을 냉정하게 파악할 정신은 있어서 나는 어색하게 고개를 끄덕였다.

"그걸로 마음이 편해지신다면."

"미안해."

레이드 님은 어리광 부리듯이 나를 끌어안았다.

방금 그가 했던 대로 하면 문제는 없을 터.

조심스럽게 레이드 님의 목덜미에 얼굴을 가져다 대자 그는 만족스럽게 내 뒷머리를 손으로 받쳤다.

"심장, 뛰고 있네. 안심돼……. 그런데 이러고 있으니까 내가 너를 달래고 있는 것 같아."

그가 말하는 대로 정말 그가 나를 달래는 듯한 착각이 들었다.

그가 상냥한 손길로 등을 어루만지고 있기 때문일까.

부모가 아이를 재우느라 토닥이는 리듬과도 닮아 있어서, 나는 나른해져서 레이드 님의 목덜미에서 얼굴을 떼어 냈다.

"어, 어떠신가요?"

"거울이 없어서 아직은 모르겠네. 미스티아가 알려 줘. 내 목덜미 어때?"

"빠, 빨개졌어요."

"다행이다."

우리가 지금 하는 일은 올바른 일은 아니다.

그런데도 레이드 님이 무척이나 안심한 듯한 미소를 지어서 나도 만족했다.

"그럼 슬슬 나가자. 너 볼이 빨개. 나가서 수분도 제대로 섭취해야 해."

그는 내 배 부근에 손을 대고 목욕시킨 강아지를 물에서 꺼내듯이 나를 끌어올렸다.

"그보다 기뻐. 미스티아 소유라는 표식이잖아."

그리고 그는 기쁜 얼굴로 자기 목덜미를 어루만졌다.

멍에 가까운 것이니 날이 갈수록 옅어질 것이다.

그런데도 그는 진심으로 기뻐하는 것처럼 보여서 괴로워졌다.

"레이드 님."

매일 해 주겠다고 말하기에는 용기가 좀처럼 나지 않아서, 나는 어떻게든 말을 쥐어 짜내 그에게 말했다.

"흔적이 사라지는 게 싫으면 말씀해 주세요. 다, 다시 해 드릴게요."

"어……."

내 제안에 레이드 님은 눈을 동그랗게 떴다. 말실수를 했나 싶어 반성하고 있자 그의 입꼬리가 올라가기 시작했다.

"그럼 나는 거울 보는 게 좋아지겠는걸. 앞으로 계속, 평생 내게 너를 새겨 줘."

레이드 님이 내 코끝에 키스했다.

순수한 키스였으나, 어딘가 정체를 알 수 없는 무언가가 느껴졌다.

나는 그 정체를 알아채지 못한 채로 그와 함께 욕탕에서 나왔다.

빗으로 머리카락을 빗겨 주는 감각이 기분 좋았다. 나는 거울로 시선을 옮겼다. 거울 안에는 침대에 앉은 나와 그 뒤에서 내 머리카락을 빗으로 빗는 레이드 님이 있었다.

"이렇게 밤에 네 머리카락을 빗겨 주는 날이 올 줄이야."

"힘들지 않으세요……?"

"전혀. 그보다 아프지는 않아? 아프면 바로 말해 줘. 나는 너를 아프게 하고 싶지 않으니까."

어째서인지 치과 의사 선생님 같았다.

눈앞의 광경과는 전혀 다르다고 생각하면서, 나는 "괜찮아요."라며 그에게 말했다.

"정말로? 너는 참을성이 강해서 불안해. 뭔가 혼자 끌어안는 것도, 숨기는 것도 잘하니까."

레이드 님이 무엇에 관해 이야기하는지 모르겠다. 그 정도로 나는 숨기는 것이 많았다.

"하지만 나도 마찬가지야. 네게는 거짓말만 해 왔어. 선의인 척하면서 너를 어떻게 손에 넣을지만을 생각하고, 너를 다치게 해서라도 가지고 싶다고 생각했어. 지금은 네가 이렇게 옆에 있 지만, 목욕하면서 말했던 것처럼 내 마음은 너를 향해 있어도 아마 평범한 형태는 아닐 거야."

"레이드 님……."

"나는 네가 가지고 싶어. 그러기 위해서 뭐든 할 거야. 네게 거짓말을 할 거야. 순수한 성실함은 기대하지 말아 줘. 하지만."

레이드 님이 거울 너머로 나를 바라봤다.

나는 뒤돌아 그와 시선을 맞췄다. 파란 눈동자에는 강렬한 열 기가 담겨 있어서 아지랑이가 일렁이는 것처럼 보였다.

"내가 너를 사랑한다는 사실은 알아 줘. 소중히 할게. 내 옆에 서 떨어지지 말고 웃어 줘. 그러니까, 네 모든 게 가지고 싶어."

나는 그의 말을 듣고 조심스럽게 그의 손을 잡았다.

내가 먼저 이러는 건 처음이라고 생각하면서 그의 손에 깍지 를 꼈다.

"네. 물론이에요."

"고마워. 미스티아——. 미안해."

그는 그렇게 말하며 내게 입 맞췄다. 부응하듯이 나는 그의 손 을 잡았다.

아침엔 잘 일어나는 편이었다.

저절로 눈이 떠지거나, 멜로의 목소리에 눈을 뜨거나.

하지만 누군가와 함께 자면 역시 깊게 잠들지는 못하는 모양이다. 눈꺼풀 너머로 빛이 느껴져 눈을 떴는데, 평소였다면 가볍게 일으킬 수 있었던 상체가 무거웠다.

힘을 쥐어 짜내서 몸을 뒤척이자, 아침 햇살을 받아 반짝이는 금발이 시야에 들어왔다. 머리카락 한 올 한 올이 아름다운 곡선을 그렸고, 흐트러진 머리카락이 하나도 없었다.

새하얀 피부에 긴 속눈썹.

인형 같다는 생각이 들었다.

누구나 잘 때는 아이 같다는 이야기가 있다. 실제로 험한 인상 때문에 어린아이를 자주 울리는 브람 씨, 라이아스 씨의 낮잠 자는 얼굴은 아이처럼 순수하기만 했다.

하지만 눈앞의 그는 어린 인상보다 소녀 같은 느낌이 강했다.

나는 얼굴을 가리는 앞머리를 살짝 치우려고 했다.

그런데 손길이 조심스럽지 못했는지 그가 살며시 눈을 떴다.

"괴로운 꿈이네."

갈라진 목소리로 중얼거리며 레이드 님은 내게 입 맞췄다.

그는 몽롱한 눈으로 나를 바라본 후, 나를 강하게 끌어안았다.

"이대로 죽어 버릴까……."

"네?"

왜 갑자기 그런 이야기가 나오지?

게다가 일어나자마자.

할 말을 찾지 못하고 있는데 그가 내 손을 강하게 쥐었다.

"아, 아파, 아파, 아파요!"

나도 모르게 소리를 내고 말았다.

어제는 상당히 정중하게, 마치 치과 의사 선생님 같은 시스템까지 적용했는데.

그런데 오늘 아침은 왜 눈을 뜨자마자 손을 으스러뜨리려 하는지 알 수가 없어서 나는 그저 놀라기만 했다.

한편, 손을 꽉 쥐던 레이드 님은 의아하다는 표정을 지었다.

"꿈이 아니야……?"

"꿈이 아닌데요……."

내 말에 그는 멍해졌다.

꿈이라고 생각해서 내 손을 으스러뜨리려 한 건가.

굳은 채로 가만히 있자 그는 멍한 표정 그대로 으스러뜨리려던 내 손을 어루만지기 시작했다.

"미안해. 변명처럼 들리겠지만 꿈인 줄 알고……."

"꿈속에서 제가 민폐를 끼친 것 같아서 죄송해요……."

분명 꿈속에서 내가 무례한 말을 했겠지. 현실의 나도 지금까지 그를 무시하고 피하려 했으니 어쩔 수 없는 일이다.

"너는 사과하지 않아도 돼. 너무 행복해서, 빨리 꿈에서 깨지 않으면 현실에서 네게 심한 짓을 할까 봐——."

그는 그렇게 말하다가 멈췄다.

"그래도 이제 억지로 빼앗을 필요 없나. 이미 받았으니까."

그렇게 말하며 그는 나를 끌어안았다.

"레이드 님……."

"레이드라고, 이름으로 불러주지 않는 거야?"

갈라졌지만 달콤한 목소리로 조르자 의식이 날아갈 것 같았다. 난 양손을 허우적거리며 말을 이어 나갔다.

"레, 레, 레, 레이드."

"나는 레이드 아렌으로 나라에 등록되었을 텐데."

지금까지 레이드 녹터라고 불러왔다.

그 후 호칭은 레이드 님으로 변했다. 그리고 어젯밤엔 레이드로 바뀌었고. 익숙하지 않아서인지 살짝 긴장되었다.

"죄송해요, 아직 적응이 안 돼서……."

"그래? 어젯밤은 꽤 잘 불러 놓고."

명랑하게 튀어나온 레이드 님——이 아니라, 레이드의 말에 귀를 의심했다. 그는 "미안해."라며 웃은 후 "손 아프게 한 것도."라며 바로 미안하다는 듯이 어깨를 늘어트렸다.

"손은 괜찮아요. 이제 아프지도 않고요."

"그것만 말하는 게 아니야. 여러모로, 이유가 있어서. 그보다, 아마 끝이 없을 거야."

"끝이 없다고요……?"

"기분 나쁘지 않아? 라고 질문하면서 네 허용 범위를 부수고, 네 감각을 교란시킨 거라든가, 1학년 때까지 거슬러 올라가면 꽤 있는데……. 여행도, 공부 목적이 아니었고."

레이드 님은 미안하다는 듯이 나를 바라봤다.

하지만 이상하게도 즐거워 보였다.

"교란시켰다니……."

"보통 상대가 혐오를 품지 않을까 불안해하는 사람은 주변에 사람이 없다고 해서 밖에서 키스하지 않아. 뭐, 그런 간단한 일만 있었던 건 아니지만 말이야. 오래 걸렸네."

나는 레이드의 말에 지금까지 그가 해왔던 발언을 떠올렸다.

생각해 보면 일상적으로 키스를 하게 된 이후에도 그는 자주 나를 로커 안이나, 교탁이나 책상 아래로 끌고 들어가 "키스하고 싶어."라며 끌어안고는 했다.

그런 데에 관심을 보일 시기인가……라고 생각하며 넘겼지만, 그게 전부 고의였다면…….

나는 "혹시."라며 그의 모습을 살폈다.

그는 여전히 웃을 뿐이었다. 무척 기분이 좋다는 듯한 얼굴로 그는 내 손을 잡았다.

"내가 처음 고백했을 때처럼 앞으로 우리의 정답을 잔뜩 맞춰 나가자. 계속 함께 있을 거니까, 네가 나를 미치게 만들었으니까, 내 본모습을 들추는 것도 가능할 거야. 같이 힘내자."

대답은 받았다. 하지만 함께 힘내자며 산뜻한 분위기로 말하는 것치고 눈동자는 무척이나 불온했다.

레이드 녹터는 완전무결하지만, 확실히 그뿐만이 아니라는 사실을 지금에야 깨달았다.

황홀한 눈으로 나를 바라보는 그에게, 나는 "힘내 볼게요."라며 고개를 끄덕였다.

블루스타 부케

SIDE: Raid

미스티아를 얻고 1년이 지난 겨울. 드디어 미스티아와의 정식 결혼식을 올리게 되었다. 바다가 내려다 보이는 교회에서 양가 가족과 아렌가의 사용인들이 지켜보는 와중에 우리는 사랑을 맹세한다.

기다리고 기다리던 날이다. 지금까지 순조롭게 미스티아와의 관계를 이어 왔고 그녀의 전부, 모든 것을 다시 칠해 왔다. 미스티아가 내게 품는 인상도, 미스티아의 허용 범위도, 추억도 전부.

그런데도 미스티아는 여전히 내 곁에 있어 주었다.

"영원한 사랑을 맹세하시겠습니까?"

신부가 우리를 응시했다.

"네. 죽어도, 다시 태어나도, 영원히 그녀는 저의 것이고, 저도 그녀의 것입니다."

이단이라고 여길 법한 선서에 신부는 멈칫했다.

기분 탓인지 뒤에 있는 참가자들도 웅성거리는 것처럼 느껴졌다. 미스티아의 얼굴을 보자 그녀도 놀란 표정으로 나를 바라보고 있었다.

8년 전에 처음 만났을 때, 그녀는 나를 두려워하기만 했다. 불안한 얼굴과 공포에 물든 얼굴밖에 보여 주지 않았고, 재약혼한 직후에도 나를 배려하는 얼굴만 보였다.

그래서인지 놀란 얼굴을 짓는 것을 보니 간신히 여기까지 왔다는 생각에 기쁜 마음을 숨길 수가 없었다.

"귀여워, 미스티아."

"당신은 어째서 항상⋯⋯."

"그야 미스티아가 귀여우니까."

"결혼식 도중인데요⋯⋯?! 신님이 보고 계세요⋯⋯."

"어어, 그러면 맹세의 키스를⋯⋯."

신부가 조심스럽게 우리를 살폈다.

미스티아는 다시 "맹세합니다."라고 대답해 주었다.

말했지. 약속이라고? 영원히 떨어지지 않을 건데 괜찮아?

오늘 같은 날조차도 확인하고 싶을 정도로 행복해서 견딜 수가 없었다.

미스티아와의 거리가 가까워질 때마다, 그녀와의 미래가 이렇게 확실한 형태로 바뀔 때마다, 기쁨으로 시야가 일렁여서, 들키지 않도록 키스하거나 끌어안던 시기가 추억처럼 느껴졌다.

"그러면, 맹세의 키스를."

나는 미스티아의 어깨에 손을 얹었다.

처음이 아닌데도 심장이 조여들었다.

붉게 물든 입술에 내 입술을 조심스럽게 겹쳤다. 그녀의 몸이 굳지 않는 것에 안도하면서 나는 입술을 떨어트렸다.

"미스티아, 사랑해."

"저도요."

바로 대답이 돌아와서 나는 놀라고 말았다.

얼굴에 열이 올라서, 부끄러워서 대답하기가 어려웠다.

기쁘다. 이렇게 행복해도 괜찮은 걸까.

"우리, 행복해져요."

"그래, 그래야지. 행복해지자."

그래. 앞으로 나는 미스티아와 행복해질 것이다.

이미 충분히 행복하지만, 이 행복을 몇 번이나 다시 칠해가면서 살아갈 것이다. 살아갈 수 있다.

그게 명확하게 느껴졌다.

미스티아가 옆에 있으니까.

흩날리는 축복의 꽃잎 속에서 나는 커다란 희망을 품으며 그녀와 서로 미소를 교환했다.

"나는 이렇게 충동적이었구나."

지체없이 결혼식을 마치고, 부부 침실에서 푹 잠든 미스티아를 바라보며 나는 조용히 그녀의 가슴에 귀를 가져다 댔다.

피로연 후, 저택에 돌아온 우리는 부모님을 모시고 식사 모임을 가졌다.

모임을 해산한 후에는 평소처럼 함께 목욕하고 둘만의 시간을 가졌는데, 미스티아는 빠르게 체력이 다해 잠들고 말았다.

나와 한 침대를 함께 쓰는 미스티아는 미동도 하지 않는다.

가슴이 잘게 오르락내리락할 뿐이다. 그녀는 잠꼬대가 없고,

소리를 내지 않고, 가만히 있는 게 특기라고 했는데 정말 말 그대로였다.

낮잠을 잘 때도, 갑자기 피곤해져 잠들 때도 미스티아는 조용했고, 깨우기 전까지는 일어나지 않는다.

그녀가 자는 사이엔 무엇이든 할 수 있었고, 어느 날 갑자기 잠든 그녀를 데리고 멀리 떠날 수도 있을 것 같았다.

촉촉하게 땀이 배어 나온 맨살은 바다를 연상시켰고, 달빛을 받은 순백색 시트가 만들어 내는 그림자가 마치 파도 같다고 생각하며, 그녀의 몸을 조심스럽게 쓰다듬었다.

미스티아를 삼킨 그 바다.

미스티아를 감싼 불.

언제나 미스티아는 우리의 색으로 인해 고통받았다. 그런 생각을 하고 있으니 슬퍼져서 나는 심장 소리에 귀를 기울였다.

콩닥, 콩닥 하며 맥박이 뛰었다.

이 심장과 내 심장이 이어지면 좋을 텐데. 그녀를 몸에 품고 있던 아렌 부인이 부러워졌다. 나도 그녀의 몸의 고동을, 내 안에서 느끼고 싶었다.

소원 하나가 이뤄지면 더욱 깊은 연결고리를 원하게 된다.

웃는 얼굴이 보고 싶다. 함께 있고 싶다. 미움받고 싶지 않다. 미움받아도 좋다. 살아 줬으면 좋겠다.

수많은 변천을 거치는 사이, 꿈 같은 기적이 일어나 그녀와 재약혼을 할 수 있었고 결혼까지 도달했다.

몸과 마음까지 그녀와의 연결고리가 생겼지만 여전히 갈증은 사라지지 않았다.

마음에 둥지를 튼 그녀를 향한 저주가 날이 갈수록 강해졌다.

"미안해, 미스티아."

미스티아를 아무에게도 빼앗기지 않도록 나는 대책을 강구했다.

그녀가 만나고 싶어도, 평생 만날 수 없는 인간이 잔뜩 있다.

내가 무슨 짓을 했는지 미스티아는 평생 모를 테고, 가르쳐 주지도 않을 것이다. 그들이 꿈을 좇기 위해 이민했다고 믿으며 활약을 기도하겠지.

그러니 마음 아플 일은 결코 없다.

게다가 불쾌한 그 평민 여자도, 내게 접근해 내 계획을 방해하던 여자도, 뒤에서 조종하던 포식자에게도 손을 대지 않았다.

전속 메이드도 저택에 들였으니 타협해 줬으면 한다.

"으음……."

좀처럼 잠이 오지 않아서 무심히 미스티아의 머리카락이나 입술을 만지고 있자 그녀는 미간을 찌푸렸다.

가여우면서도 귀여워서, 나도 모르게 양쪽 볼을 잡았다.

"뭐, 뭔가요……? 아침인가요……?"

미스티아는 어렴풋이 눈을 떴다.

아직 반쯤 잠에 빠져 있는 듯 눈동자가 멍했다.

"외로워서 깨우고 말았네."

"으음…… 외로워서, 인가요."

미스티아는 크게 숨을 내쉬고 내게 손을 뻗었다. 그대로 날 끌어안더니 "착하지, 착하지." 하면서 동물을 귀여워하듯이 내 머리를 쓰다듬기 시작했다.

"착하네요……."

그대로 미스티아는 잠이 들었는지 새근새근 숨소리를 내기 시작했다.

이런 행동을 다른 사람에게도 하면 어떡하지. 지금까지 미스티아에게 이런 손길을 받은 인간 모두에게 살의가 들끓었다.

분명, 우리가 1학년일 때 갔던 봉사 활동에서 그녀는 아이들을 이렇게 재우곤 했으니, 아마도 그 연장선이겠지만…….

뭐, 미스티아에게 손을 댈 수 없는 무력한 아이라면 상관없다.

"멜로, 착하지……."

"깨물어 버릴까."

짜증이 났다.

안 그래도 아렌가의 사용인들은 한 명도 빠짐없이 우리의 신혼집으로 옮겨 왔다.

호위를 생각하면 든든하다. 하지만 그녀에게 연애 감정을 품지 않는다고 해도, 극히 일부를 제외하고는 유쾌하지 않았다.

게다가 아렌가의 사용인들은 언제나 미스티아와 거리가 가깝고, 미스티아도 그들에게는 스스로 어리광을 부린다.

"물면 아플까? 잠에서 깨려나. 일어나, 미스티아. 아침이야. 안 일어나면 아플 거야."

아침은 아니지만.

전에는 이런 바보 같은 생각을 하지 않았다.

미스티아를 만질 수 있다는 생각조차 하지 못했다.

웃는 얼굴을 보는 것만으로도 좋다고 생각할 정도로, 나는 그녀와 거리가 있었는데.

지금은 이제 미스티아의 전부가 내 것이다.

그래서인지 그녀가 다른 인간과 엮이면 더욱 짜증이 났다.

그녀는 나만을 보고, 내 보살핌만 받으면 되는데.

예전에는 미스티아가 물을 마시는 모습을 봐도 아무 생각이 들지 않았지만, 지금은 어째서 나를 경유해서 마시지 않는지 불만스러운 마음이 생겨난다.

"미스티아…… 나를 혼자 두지 마."

무는 것은 포기하고 입을 맞췄다.

아이 같은 접촉이 감질나서, 나는 더욱 깊게 입을 맞췄다.

그녀는 신음하며 다시 눈을 뜨더니 나를 시야에 담았다.

"레……이드……?"

"이름 부르는 건 이제 완전히 적응된 모양이네. 효과가 있어서 다행이야."

처음엔 손을 잡는 것을 익숙하게 만들었다.

그다음은 단계적으로 볼, 입술을 거쳐 일상적으로 포옹을 할 수 있게 되었다.

입맞춤까지 간단히 할 수 있게 되어서, 혹시 아무에게나 접촉을 당해도 괜찮은 게 아닌지 의심한 적도 있었다.

평소엔 그녀를 향한 연서는 전부 버리고, 전언도 미리 차단했다.

조금이라도 그녀에게 호의를 품은 인간이 있다면, 그게 연애 감정으로 발전하지 않도록 대처했다.

1학년이 되고 얼마 되지 않았을 땐 미스티아는 나를 좋아하지 않았고, 그녀의 교우관계를 단속하는 것에 저항이 있었다. 하지만 그녀가 내 호의를 받아 줬기에, 남자들은 대부분 처리했다.

하지만 아주 잠깐, 해를 끼치지 않을 만한 인간을 멋대로 하게 놔둔 적이 있었다.

그때, 만일 미스티아가 다른 사람의 손이 닿아도 괜찮아 보였다면 어딘가에 가둬 놨을지도 모른다.

미스티아를 만질 수 있는 건 행복한 일이지만, 그와 동시에 독이었다.

만질 때마다 조금 더, 조금 더 바라며 중독되었고, 상냥하게 대하고 싶다, 괴롭히고 싶다, 만지고 싶다, 내 것으로 만들고 싶다—— 이런 다양한 감정이 강해졌다.

모두에게 내 것이라는 사실을 알리기 위해 누군가 다가오면 일부러 키스한 적도 있다.

그녀를 만질 수 있게 된 후, 내 마음은 한층 더 좁아졌다.

"밤……?"

아까부터 내게 계속 수면을 방해받던 미스티아는 머리를 흔들었다.

"아깐 아침이냐고 물었잖아. 졸려? 멍해 보여. 그렇게 멍하니 있으면 수갑이나 사슬로 묶어도 모르겠어. 모르겠지?"

——알아도 할 거지만 말이야.

나는 침대 뒤에 숨겨둔 수갑을 꺼냈다.

한쪽은 미스티아의 팔에, 다른 한쪽은 내 팔에 채웠다.

미스티아의 다리에 채워 이 방에서 나가지 못하도록 만들어 놓았던 것이었다.

이 사슬로 미스티아와 이어졌다고 생각하면 기뻤고, 왠지 졸음이 몰려왔다.

"네가 나를 용서했잖아."

내일, 자신에게 수갑이 채워졌다는 사실을 알게 된 미스티아는 어떤 얼굴을 할까.

그녀가 모를 뿐, 보이지 않는 사슬은 몇 개나 채워 왔지만 시각적으로 인식할 수 있는 사슬을 채운 건 처음이라 반응이 기대되었다.

"잘 자, 미스티아."

나는 그녀에게 키스하고 꼭 끌어안았다.

그녀의 꿈속에 들어가기를 바라며 나는 잠들었다.

악역 영애입니다만
공략대상의 상태가 이상합니다

Eric Route

격정의 늪

거울 장례식

에릭과의 약혼이 정해지고, 약혼식까지 치렀다는 사실이 아카데미 내에 퍼져나갔다. 그런데 마침 그때, 대사건이 일어났다.

레이드 녹터가 2학년 봄이 지난 후 외국으로 유학을 떠난 것이다.

대형 연휴가 지나고 이별 인사도 없이 바로 출발했다고 한다.

학생회의 부회장은 에릭이 대타로 맡게 되었고, 나는 서기와 회계를 겸임하게 되었다. 바쁜 1년이 지나고, 에릭은 아카데미를 졸업, 나는 3학년이 되었다.

3학년 신분으로 맞이한 체육제는 물건 빌리기 릴레이에서 '좋아하는 사람, 혹은 연인'이란 주제를 뽑아서 체육제를 견학하러 온 에릭을 데리고 달렸다. 수학여행과 비슷한 숙박 체험 학습은 어째서인지 에릭이 동행했고, 댄스파티에선 "졸업생 자격으로 왔어!"라는 에릭과 댄스를 췄고, 시간이 흘러 졸업식이 1개월 앞으로 다가왔다.

나는 흘러가는 시간을 아쉬워하며 늦겨울을 맞이한 복도를 걷고 있었다.

지나다니는 아카데미 학생들도 아직 실감이 나지 않는지 "뭔가 눈 깜짝할 새에 지나간 것 같아."라며 각자 잡담을 나눴다. 그러다 나와 시선이 마주치면 "회장이다."라며 입을 다물었다.

"어어, 안녕하세요. 그럼 이만⋯⋯."

지금은 방과 후니까 일단 인사는 이 정도면 되겠지. 어색하게 고개를 숙이고 나는 다시 복도를 나아갔다.

레이드 녹터가 아카데미를 떠난 탓에 올해······라고는 해도 거의 끝났지만, 올해 학생회장의 자리에는 내가 앉게 되었다.

피나 선배가 졸업 전에 통과시킨 교칙 중에 '학생회장에 입후보하는 자가 없을 경우, 학생 전원을 후보로 하여 투표로 정한다'라는 것이 있었다. 그리고 내가 3학년이 되었을 때 아무도 입후보하지 않아서 내가 회장을 맡게 되었다.

"미스티아, 찾았다!"

그대로 아카데미 복도를 걷고 있는데 복도 코너에서 에릭이 고개를 빼꼼 내밀었다.

차기 학생회 임원들이 정해지고, 내 졸업도 가까워졌다. 인수인계도 끝나서 지금은 할 일도 거의 없었다.

더 정확히 말하자면, 학생회 OB로서 할 일은 한참 전에 끝났는데도 에릭은 아카데미 불법침입을 계속하고 있다.

하지만 오늘은 방과 후에 에릭이 말하는 '좋은 곳'에 함께 갔다가 아렌 저택에서 묵기로 예정되어 있었다. 약속 장소는 교문 밖이었지만.

"저기, 약속 시간이 아직 안 되었는데요."

"응. 일이 끝나서 와 버렸어."

에릭은 하임가 당주의 일도 돕고 있다.

우리가 둘 다 외동으로 자라온 이상, 아렌가와 하임가, 양가의 상속 문제를 빠르게 결정해야 했다.

그 결과, 에릭의 아버지와 우리 아버지가 아직 현역이기 때문에 두 사람이 은퇴를 미루고, 우리의 아이가 가문을 이으면 우리는 그 보좌 역할을 맡는다……는 것으로 정리되었다.

아직 함께 살고 있지 않으니까 미래의 일이지만…….

"그보다 미스티아, 오늘은 아카데미 즐거웠어?"

"그럭저럭……."

"복숭아, 밤이랑 졸업 기념 숙박회를 한다던데."

복숭아, 밤.

에릭은 앨리스와 헬렌 씨를 그렇게 불렀다.

무례한 뉘앙스가 포함되었기에 그 말을 할 때마다 주의를 줬지만 개선될 여지가 보이지 않았다.

피나 선배는 거미라는 심한 별명으로 부르고 있었다. 선배 앞에서도 그 호칭을 썼고, 그때마다 두 사람은 냉전을 펼쳤다.

"그 호칭, 실례예요. 앨리스 씨, 헬렌 씨는 제대로 된 이름이 있다고요."

"그래도 말이야. 내 미스티아인데 멋대로 빼앗아 가잖아. 저번에도 미스티아랑 보고 싶었던 오페라 먼저 보러 가고."

저번에 나는 앨리스 씨, 헬렌 씨, 그리고 피나 선배, 멜로와 함께 오페라를 보러 갔다.

그런데 에릭도 나와 함께 보러 가고 싶었는지, 한 달이 지난 지금도 삐져 있다.

"미스티아 말야. 연애에 성별은 관계없다는 거 알아?"

"알고 있어요."

"그렇게 당당하게 바람 선언을 할 줄은 몰랐네. 엄청난 악녀였어."

악녀.

그 말을 들으면 게임 속 미스티아가 떠올라서 등골이 서늘해진다. 하지만 그녀는 외골수 성향이 강한 나머지 악녀로 변화한 것이고, 바람과는…… 거리가 멀었다. 아니, 나도 바람과는 거리가 멀지만.

"저는 바람피우지 않았어요."

"정말로? 뭔가 여자 상대로는 키스쯤은 괜찮다고 생각할 것 같아서 싫어. 키스한 적 없지?"

"한 적 없어요."

"그럼 나랑 하자."

에릭은 그렇게 말하며 내게 얼굴을 가까이했다.

"여긴 아카데미라고요."

"그래도 우린 부부인걸!"

에릭은 내 손목을 잡더니 그대로 키스했다.

당연히 아카데미 복도라서 사람들이 오가고, 그도 교복이 아닌 사복을 입고 있어서 무척이나 눈에 띈다.

"에릭 님, 멋지다……."

"진짜 섹시해……."

그런데 모두가 아카데미에서 대낮에 당당히 벌어지는 이 행동에 홀린 표정이었다.

에릭은 게임 속에서 여학생들에게 상당한 인기를 끌었지만,

날이 갈수록 그 매력을 악용했다.

"나, 두 번째여도 전혀 상관없어."

"가지고 놀다가 심하게 버려져 보고 싶어……! 저렇게 강제로 당해 보고 싶어!"

강렬한 감정이 담긴 말을 들으며 나는 에릭을 바라봤다.

그는 시선을 잠깐 보내는 것만으로 여학생들을 실신시키거나, 낮은 목소리를 잠깐 내는 것만으로 주위 여성들을 쓰러지게 만드는 등 비현실적인 현상을 계속해서 일으켰고, 그가 내게 이상한 짓을 해도 아무도 비난하지 않는다.

그뿐만 아니라 날 부러워하는 사람만 늘어난다. 이런 건 불건전하다.

"앞으로 출입 금지예요."

"왜? 결혼식 땐 모두 앞에서 뽀뽀하는데 그건 안 이상하고?"

"그건 너무 억지잖아요."

"그런데 모두에게 미스티아가 내 거라는 걸 어필하지 않으면 빼앗기잖아."

에릭은 뒤에서 나를 껴안고 나를 더 따라오려 했다.

나는 손에 들고 있던 가방을 들고 저항했다.

"미스티아, 얌전히 있어! 자꾸 그러면 가방 던져 버릴 거야."

"그렇게 하면 평생 출입 금지 유지예요."

"뭐야. 벌써 출입 금지 시작된 거야? 그럼 미스티아랑 같이 아카데미에서 살아야지."

에릭은 내 가방을 확 빼앗아 가더니 그대로 저벅저벅 걸어갔다. 오늘은 그가 아렌 저택에 묵으러 오는 날이다.

그 전에 그는 시내의 '좋은 곳'에 볼일이 있다면서 같이 가자고 제안했다. 그런데 목적지가 어디인지는 비밀이라고 한다.

이제 학생회 일도 없겠다, 나는 그의 뒤를 따라갔다.

"조금 있으면 졸업이네."

"네."

"진짜 길었어. 작년부터 계속…… 아, 미스티아는 언제 졸업하려나, 졸업할 수밖에 없게 만들어 버릴까, 이런 생각을 몇 번이나 했는지."

졸업할 수밖에 없도록?

월반 같은 평화적인 방법이라면 상관없지만 이 아카데미에 그런 제도는 없다. 그에게 시선을 돌리자 "내가 뭘 할 것 같아?"라며 일부러 짓궂게 물어보았다.

"그보다, 오늘 볼일은 괜찮나요?"

"응. 시간에 여유 있게 이것저것 했거든. 그러니까, 가기 전에 미술실에 들르고 싶은데."

"미술실?"

에릭과 미술실의 관련성이 떠오르지 않아 의아했다.

하지만 에릭은 이유를 알려 주지 않고 내 손을 잡아끌었다.

미술실은 미술 수업 외에는 들어오지 않는다.

1학년일 때에는 몇 번 들른 적 있었지만, 새로운 교사로 옮겨 온 후 각 층의 교실 배치가 바뀌었다.

화학실과 미술실은 전 교사보다 넓어졌고, 음악실은 방음성을 높이기 위해 다른 교실과 구조가 달라져서인지 다른 교실과 상당히 거리가 멀었다.

"네인 양이 까다롭게 참견했다던가. 역시 예전이랑 다르네."

에릭은 석고상, 캔버스가 늘어선 미술실 내부를 느긋이 둘러보며 기지개를 켰다.

"예전 미술실은 어땠는지 기억나?"

"네…… 대충은……."

장소나 벽에 붙은 미술 작품들은 달라졌지만 유화 물감이 늘어선 광경이나 세척용 오일 향이 풍기는 점은 변하지 않았다.

평소에 수업을 받는 긴 책상은 처음엔 나무 무늬가 선명했지만, 2년이 지난 지금은 군데군데 물감이 묻어 굳어 있었다.

샤니 씨가 미술실 선반에 보관하던 스케치북은 다행히 불에 타지 않고 남았다. 검열이 필요하긴 했지만 보낼 수 있다고 해서 편지를 동봉하여 그녀에게 보내 주었다.

"미스티아, 전에 점토로 손을 만들었잖아. 뭉개진 빵 같다고 했던 거."

──추억이네.

끈적한 꿀 같은 목소리가 귓가를 간지럽혔다.

에릭은 내 손을 잡고 손장난하듯이 손가락 하나하나를 접어서 내게 주먹을 쥐게 했다.

"완성품은 이런 느낌은 아니었겠지?"

"네. 조형은 어려워서……."

"나도 만드는 건 어려운 것 같아. 그리는 건 차라리 나은데. 2년 전에는 나도 꽤 그림 그렸다?"

"그럼 오늘은 그림이 보고 싶다거나, 그런 이유로 여기 온 건가요?"

"어떨 것 같아?"

질문에 질문이 돌아와서 나는 어리둥절한 채로 에릭이 이곳에 온 이유를 찾았다.

에릭이 나를 데리러 온 건 함께 있고 싶어서라고 말했다.

"여기 말이야. 사람이 잘 안 오잖아. 이번 주는 동아리 활동도 쉬고."

하지만 단둘이 있고 싶다면 저택으로 가거나 아카데미 밖으로 나가는 게 빠르다.

"좋은 장소라고 생각하지 않아?"

에릭의 눈동자가 온화한 미소와는 정반대로, 수상하게 번뜩였다.

"나 말야. 좀 더 제대로 된 키스가 하고 싶어……."

에릭은 내 턱을 들어 올리더니 입술을 살짝 물었다.

아카데미에서 스킨십 하는 횟수가 점점 늘고 있다. 예전에는 주의를 주면 바로 멈췄고, 피하면 삐졌다.

하지만 요즘은 피하려고 하면 손목을 잡고 나를 몰아붙인다.

"아카데미는 만남의 장소가 아니에요."

"공부하는 곳이잖아? 사람을 죽이는 곳도 아니고 말이야."

"네?"

되물어 보기 전에 입술이 가로막혔다.

그대로 그는 호흡조차 허락하지 않겠다는 듯이 내 허리에 팔을 둘렀다.

"완전히 출입 금지예요. 졸업식까지 진짜, 출입 금지예요. 결정이에요. 학생회장의 권한을 행사할 거예요."

노을을 등지고 춤추듯이 걷는 에릭의 뒤를 쫓으며 나는 선언했다.

그 후, 미술실을 나온 우리는 예정대로 시내로 향했다. 원래 오늘은 에릭과 아카데미 교문 밖에서 만날 예정이었다. 가고 싶은 곳이 있다며 약속을 잡아 놓고 안으로 들어올 줄은……

"좋은 곳에 데려가 줄 테니까 용서해 줘."

"좋은 곳……? 그보다 도대체 오늘 어디로 가는 거예요?"

방과 후 시내로 가는 건 꽤 예전부터 잡아 둔 약속이었지만, 목적지에 관해서는 아무 말도 듣지 못했다. 하지만 그는 시내에 도착해도 대답해 줄 기미가 보이지 않았고, 눈으로 호선을 그릴 뿐이었다.

"어디로 가는지 모르면 안 따라올 거야?"

그를 따라 걷고 있자 에릭은 조용히 내게 물었다.

"따라가죠."

"그럼 기대해."

뭔가를 꾸미는 듯이 쿡쿡 웃더니 그는 내게 또 키스했다. 주의를 주기 전에 "화내지 말아 줘."라고 부탁한다.

황당한 마음도 들었지만, 장소와 상황만 멀쩡했다면 주의를 주지 않았으리란 생각도 들었다.

"화낼 거예요. 오늘부터 화내는 기준을 낮출 서예요."

정말로, 이대로라면 너무나도 불건전하다. 나는 목적지를 모른 채로 한숨을 쉬며 그의 뒤를 따라갔다.

늦겨울의 저녁은 평소보다 더 하늘이 어슴푸레한 느낌이었다. 회색 구름과 오렌지색 하늘은 경계선이 확실하지 않았고, 하늘을 가득 메운 오렌지색도 어렴풋이 붉은색이 섞인 핑크색으로 보이기도 해서 애매했다.

바람도 해가 떠 있을 때는 따뜻하지만, 해가 지면 조용히 식어서 아직 겨울이란 것을 깨닫게 했다.

시내에 도착해서도, 봄 코디를 소개하는 쇼윈도우 옆 길가에, 시내를 돌아다니며 따뜻하게 마실 수 있도록 꿀을 넣은 핫밀크나 다진 채소로 만든 미네스트로네를 파는 노점상이 늘어서 있는 것을 볼 수 있었다.

이제 서서히 봄이 찾아오겠지만 아직 겨울이 끝난 것은 아니다. 계절도 길거리도 왠지 선명한 느낌이 없었다.

그런 길가에는 눈길을 주지 않고, 에릭은 큰길로 접어드는 곳에서 드디어 목적지가 어디인지를 밝혔다.

"오늘은, 반지를 만들고 싶어."

결혼반지는…… 분명 아직 준비하지 않았다.

얼마 전에 겨우 신혼집을 위해 필요한 가구와 카펫 목록을 만들고 조정에 들어간 참이다.

생각해 보면 함께 살 준비나 결혼식 준비는 하고 있지만 결혼
반지에 관해서는 전혀 생각하지 않고 있었다.

"약혼용 반지는 미스티아 빼고 혼자 만들었으니까, 결혼반지
는 미스티아가 원하는 대로 만들고 싶어서."

"제가 원하는 대로……."

솔직히 장신구나 드레스에는 크게 관심이 없었다.

옷이나 액세서리를 고를 땐 최저한의 인권을 유지할 수 있는
디자인이라면 괜찮다고 생각했고, 아렌가의 외동딸이라는 위
치상 선물을 받을 때도 많아서 선물 받은 것을 착용할 때가 많
았다.

결혼반지는 평생 끼게 될 텐데 내가 책임졌다가 사고라도 일
으키면 큰 문제 아닐까……?

"제가 정해야 하나요……?"

"응. 그보다 왜 살인마라도 본 표정이야?"

"아뇨. 상당히 책임이 무거운 것 같아서……."

"안심해. 미스티아의 그림 실력이 엉망인 건 알고 있고, 아마
디자인 도안도 잘해 봐야 추상화, 못하면 고문 묘사 같은 게 나
오겠지만 점원이랑 구체적으로 상담하면서 만들면 되니까."

확실히 나는 그림이 서투르니까 디자인 도안이 추상화가 되는
건 있을 법하지만, 고문 묘사는 심하지 않나.

"고문을 묘사한 적 없어요."

"그래도 미스티아가 그리는 사람은 대체로 목이 고정되어 있

지 않아서 엄청나게 골절된 것 같아. 사족보행 동물은 엉덩이에 뭔가 나 있고."

확실히 어릴 때 에릭과 그림을 그릴 때 "미스티아, 이건 뭐야?", "호랑이.", "뭐—? 애플파이가 아니고?"와 같은 대화를 나눈 적이 몇십 번이나 있었다. 그림 마을을 만들 때도 나는 채색 담당이고 그림은 에릭이 담당했다.

"그 부분은 정말 죄송하네요……."

"그러니까 미스티아는 안심해도 돼. 이상해질 것 같으면 전문가가 막을 테고, 나도 지켜볼 테니까. 미스티아는 원하는 대로 이것저것 이야기하기만 하면 돼."

"많이 대략적이어도 괜찮나요?"

"응. 그리고 미스티아, 그림이 엄청 이상할 뿐이지 취향은 평범하잖아."

"그건 칭찬인가요……."

"칭찬이야. 미스티아는 그냥 못 그리는 게 아니라 재밌는 그림을 그리니까 즐거워. 미스티아가 그린 그림, 피곤할 때 보면 웃음이 나거든."

내가 모르는 사이에 내 그림을 보고 웃었다니.

그래도 에릭은 그림을 잘 그리니까 그가 체크해 준다면 안심이 된다.

"에릭이랑 전문가분이 봐주신다면 안심할 수 있겠네요."

"그런데 미스티아가 그린 그림대로 액세서리를 만드는 것도 좋겠네. 은으로 만든 후에 보석 같은 걸 붙여서 현관에 장식하면 나랑 미스티아의 저택이란 느낌이 들 테고, 세상에 하나뿐인 가구잖아?"

"확실히, 그림으로 마을을 만들던 느낌이 들겠네요……."

"추억이다. 나, 미스티아가 다른 데로 가는 게 싫어서 그림을 찢어 버리곤 했었지."

아하하. 하며 에릭이 웃었다.

그의 슬픈 기억은 시간이 지나 추억이 되었다.

그때는 에릭이 뚝뚝 눈물을 흘리고, 나는 어떻게든 그의 울음을 그치게 하고 싶었지만 어떻게 위로해야 할지를 몰랐다.

만일, 시간이 돌아간다면 나는 그에게 어떤 말을 해 줬을까.

울지 마. 웃어 줘. 계속 같이 있을 테니까. 약속하자.

다시 생각해 봐도 당시에 그에게 했던 말과 똑같을 것 같다. 나는 그 말이 정답이었을지를 고민했다.

"미스티아. 제대로 안 보고 걸으면 문에 부딪힌다?"

"네?"

고개를 들자 검은 페인트를 칠한 시크한 분위기의 가게가 시야에 들어왔다. 그런데 바로 시야가 가로막히더니—— 또 키스를 당했다.

전부터 에릭은 스킨십이 많다고 생각했지만, 약혼자가 된 후에는 완전히 리미터가 해제되었다.

"가게 안에선 그러지 마세요."

"그럼 가게 들어가기 전에 해 둘까?"

"아니요……."

나는 가게 안으로 들어섰다.

조명은 쇼케이스 위주로 배치되었고, 안에는 반지와 목걸이, 팔찌와 연마된 보석이 빛을 받아 반짝였다.

곧바로 점원이 다가와 안쪽 자리로 우리를 안내했다.

오늘은 제작에 앞서 설명과 소개를 해 준다고 한다.

좌석에 도착하자 앞으로의 스케줄 외에도, 어떤 주문으로 어떤 물건을 만들지를 상담했다.

"그러면 색상이나 희망하시는 이미지를 여쭤봐도 될까요? 마음에 들지 않거나, 이런 건 피하고 싶다는 등 취향도 말씀해 주세요."

점원의 질문에 옆에 앉은 에릭이 나를 바라봤다.

"미스티아는 어떤 게 좋아?"

약혼반지는 루비와 에메랄드를 사용한 꽃다발 같은 디자인이었으니까, 조금 바꾸는 편이 좋을지도 모르겠다. 하지만.

"에메랄드를 베이스로 약혼반지랑 함께 낄 수 있는 디자인은 어떨까요?"

모처럼 약혼반지를 선물 받는데 보관만 하기에는 아까웠다.

에릭은 놀란 표정을 지었고, 점원은 수첩에 내 말을 메모하더니 웃음을 지었다.

"보여주신 약혼반지가 입체적인 디자인이라, 오벌 느낌으로 두께를 달리해서 헤드나 숄더 부분 등 틀 부분은 완만한 디자인으로 하면 서로를 돋보이는 디자인으로 완성될 것 같네요. 에메랄드 외에도 페리도트, 비취 등을 더해서 색으로 그라데이션을 만들어 보죠…….”

잘 모르는 용어가 몇 개나 등장했다.

점원의 조언을 듣고, 나는 에릭의 반응을 참고하여 바라는 결혼반지의 디자인을 정리해 나갔다. 이윽고 점원이 “그러면 도안을 간단히 그려 드리겠습니다. 괜찮으시다면 점내의 상품을 둘러보고 계세요.”라며 물러났다.

그 말에 따라 쇼케이스에 놓인 반지를 보며 공부하고 있자 에릭이 내게 고개를 돌렸다.

“괜찮아? 전부 녹색으로 해도.”

“네? 벼, 별로였나요……?”

“아니? 조금 예상외라고 해야 하나, 무난하게 다이아로 할 줄 알았어.”

“그 말은 다이아가 낫다는……?”

“아니. 난 하얀 건 싫어. 검은색이나 빨간색이 좋아. 미스티아의 색이니까.”

에릭은 손가락으로 내 눈가 아래를 가볍게 쓸었다.

“빨개. 변함없이 피 같아.”

“태어날 때부터 이런 색이었으니까요.”

그는 “그런 뜻이 아니라.”라며 웃었다.

우리는 잠시 대화를 나누고 흩어져서 실내를 구경했다.

구석에서 보석으로 꾸며진 인형의 집을 발견한 나는 발을 멈췄다.

2층짜리 작은 집에는 인형들이 살고 있었다. 지붕은 다이아몬드와 마노로 장식되어 있었다. 선물용일까. 요즘 보석이 달린 장난감이 귀족들 사이에서 유행한다고 한다.

지붕이 전부 다이아몬드로 만들어진 인형의 집도 있다고 들었다. 내구성은 강하겠다는 생각이 들었다.

이것도 그 계통이겠지. 그런데 작은 인형들의 생활을 보니, 에릭과 그림 마을을 만들었던 것이 다시 떠올랐다. 그리운 추억이다. 에릭과의 사이에서 아이가 태어난다면 그때처럼 그림으로 마을을 만들며 놀지도 모르겠다.

빤히 인형의 집을 바라보는데 딸랑 하는 맑은 종소리가 울렸다. 뒤돌아보니 여성 손님 두 명이 점원을 찾으며 들어오는 중이었다.

"역시, 에릭이었구나! 밖에서 보고 혹시 너인가 했는데…… 반갑다."

여성 손님 두 사람은 아무래도 에릭의 지인인 듯했다. 아무 생각 없이 몸을 숨기자 그녀들은 에릭에게 다가갔다.

"이런 곳에서 만나다니…… 뭐 사러 온 거야?"

"졸업한 후 다른 애들이랑은 한 번쯤 만났는데 다들 에릭은 볼 수가 없다고 하더라고…… 진짜 반갑다!"

그 말대로 졸업하면 반 친구들과 만날 기회가 없어진다. 나도 아카데미에 다니는 동안 앨리스, 헬렌 씨와 많은 시간을 보내야겠다. 그런 결심을 하고 있자 에릭은 "어어."라며 나른한 목소리로 말했다.

"나, 시간이 없어서."

두 여성은 에릭의 팔에 손을 둘렀다. 에릭은 그 손을 뿌리치더니 크게 한숨을 쉬었다. 그러더니 주변을 두리번두리번 둘러보다가 나를 보고 바로 다가왔다.

"내 시간은 전부 이 애한테 쓰고 싶으니까. 그러니까 미안."

에릭은 내 팔을 두르더니 그대로 볼에 키스했다. 여성 두 명은 볼을 빨갛게 물들이더니 서로의 얼굴을 마주 봤다.

"미, 미안……."

"시, 실례했습니다……."

두 사람은 빠르게 자리를 뜨고 말았다. 이건 완전히──,

"영업 방해잖아요."

나는 내 입술을 엄지로 만지작거리는 에릭에게 주의를 줬다. 손님을 두 명이나 쫓아내고 말았다.

하지만 에릭은 "손님으로 들어온 거 아니잖아. 날 보고 들어왔다고 했으니까."라며 출입구에 차가운 시선을 보냈다.

"그리고 저런 건 이제 지쳤다고. 아카데미 졸업했으니까. 게다가 나는 어느 악녀와 다르게 다른 녀석들에게 꼬리 치지 않거든."

"저도 꼬리 친 적 없어요. 꼬리도 없고요."

"여자들한텐 꼬리 치잖아. 몇 번이나 봤는걸. 어쩌면 아까 두 사람도 노리려던 것도……."

에릭은 내게 의심의 시선을 보냈다. 거기에서 멈추지 않고 "꼬리를 잡아 떼 버릴까."라며 엉덩이 부근을 바라봤다.

"진짜 이상해요."

"그럼 고치게 내 손 잡아줘."

에릭은 "잡아 주면 얌전히 있을게."라고 말하며 나를 시험하듯이 바라봤다. 나는 가게에서 문제가 일어나지 않기를 바라며 점원이 돌아올 때까지 그의 손을 잡았다.

불안뿐이었던 주문은 점원과 에릭의 도움으로 상상보다 훨씬 좋은 디자인으로 완성되었다.

점원이 보여준 도안 러프는 러프가 아니라 완성본이라고 해도 될 정도로 완성도가 높아서, 빨리 실물이 만들어지는 게 기대되었다.

"신혼여행은 어디로 갈까?"

돌아가는 마차 안에서 에릭은 차창 밖의 해가 저문 풍경을 등지고 내게 몸을 돌렸다.

"바다가 예쁜 곳이 좋아? 아니면 별이 보이는 곳이 좋아? 옆나라? 아니면 더 멀리? 동물을 볼 수 있는 곳이라거나? 아니면 물고기를 볼 수 있는 곳?"

"으음…… 시기가 여름이니까 바다도 포기하기 어렵고 산도 시원할 것 같아서 좋아 보이네요……."

"별장 빌려서 느긋하게 보내는 것도 좋겠네. 장도 같이 보고. 재밌겠다―."

올해 초여름에 결혼식을 올리니 신혼여행도 그쯤으로 예정되어 있다.

신혼여행 일정은 3일에서 7일 정도로 정해 뒀지만, 에릭은

"한 달!"이라며 무리한 일정을 요구했다.

"여행 중에 미스티아를 그려 볼까. 꽃밭이나 숲속에 있는 미스티아."

"그러면 바다나 산으로 갈까요⋯⋯?"

에릭은 "꽃이 있으면 좋겠어!"라고 말하며 내 어깨에 팔을 둘렀다. 그러더니 "요즘 스케치북 들고 다니거든~"이라며 다른 한 손으로 가방에서 스케치북을 꺼냈다.

스케치북과 에릭.

정말 오랜만에 보는 조합이다. 함께 마을을 만들던 8년 전에 도화지에 그림을 그리던 때, 어릴 적 같이 그림을 그리던 때 이후로는 그와 그림의 조합을 볼 기회가 없었다.

미술 수업 이야기는 나눈 적이 있지만 그는 나와 다르게 실력이 좋아서 보습은 전혀 하지 않았고⋯⋯.

에릭은 스케치북의 페이지를 한 장씩 넘겼다.

거기에는 연필로 그린 내 뒷모습이나 옆얼굴이 있었다.

선이 여러 겹 겹쳐져서 피부의 질감까지 세밀하게 표현되어 있었다.

교복 차림, 드레스 차림에 사복까지. 에릭의 눈에는 내가 이런 식으로 보이는구나 하는 생각이 들어 계속 구경하게 되었다.

"엄청나네요."

"나도 그림 잘 그리지?"

에릭의 말은 누군가를 비교 대상으로 둔 느낌이었다.

누군가처럼, 아니, 누군가보다 잘 그린다는 뜻에 가까운 것 같았다.

내 주변에 그림을 잘 그리는 사람이라면 한 명뿐이다.

순간, 오늘 방과 후 갑자기 미술실에 가고 싶다던 에릭이 떠올라서 나는 그의 표정을 살폈다.

"왜 그래, 미스티아? 내가 아니라 내가 그린 그림을 봐."

비취색 눈동자는 흐린 것처럼 보이기도 했다. 낮에는 여학생들을 그렇게 매료시키며 반짝였는데.

에릭은 그냥 미술실에 가자고 한 게 아니다.

직감적으로 깨달은 순간 마차가 천천히 속도를 줄이기 시작했다.

이내 아렌가의 정문 앞에서 멈추자 에릭은 문을 열고 "부모님께 인사드리고 올게!"라며 뛰어나갔다.

내게 보여준 스케치북은 자리에 그대로 놔둔 채로.

가벼운 발걸음으로 저택으로 달려가는 에릭을 한 번 바라본 후 나는 스케치북으로 시선을 내렸다.

금속 링으로 고정된 스케치북은 50페이지 정도 두께였다.

에릭이 아까 펼쳤던 페이지는 처음 5페이지 정도.

나는 질감이 있는 종이를 잡고 페이지를 넘겨나갔다.

한 장씩 넘길 때마다 선명해지는 열정에, 시간의 흐름이 바뀐 듯한 착각이 들었다.

목이 졸리는 여자에, 나이프로 찔려 배에서 피를 흘리는 여자.

그 후에는 장례식처럼 꽃에 둘러싸여 조용히 눈을 감고 있는 등 죽는 방법과 장례 방법이 계속 바뀌었다.

수십 가지의 살인 방법이 기술된 듯한 수많은 데생. 등장인물은 한 명.

나뿐이었다.

에릭이 지닌 스케치북에는 나의 시체 그림이 수십 장에 걸쳐 그려져 있었다.

나는 다시 한번 에릭이 떠나간 곳으로 시선을 돌렸다.

그는 저택 중앙, 아슬아슬하게 그 모습과 표정이 인식될 만한 위치에서 나를 보고 발을 멈춘 상태였다.

어중간하게 스케치북을 펼친 나를 무표정한 얼굴로 빤히 바라본다.

서늘한 바람이 부는 와중에, 계속.

에릭은 내가 스케치북을 봤는데도 아렌가의 저택에 들어서자 태도 변화 하나 없이 평소처럼 부모님에게 인사했다.

그 후, 마차에 그대로 남겨둘 수도 없어서 나는 스케치북을 내 가방 안에 넣었는데 에릭은 그것을 알면서도 태연하게 "같이 목욕도 할까?"라며 농담을 건넸다.

이게 꿈이라면 분명 악몽일 것이다.

하지만 저녁 식사를 마치고 목욕을 한 후 머리카락을 말린 다음에 확인해도── 가방 안에는 여전히 스케치북이 있었다.

에릭은 나의 시체를 그리고 있었다.

세밀하게 그려진 그 표현에는 살의가 역력히 전해져 왔다.

범행 예고로 제출해도 이상하지 않을 그것을, 내게 일부러 보여 준 후 평소처럼 행동한다.

당연히, 찜찜하다.

그래서 직접 물어보기로 했다.

타인 상대라면 자살 행위지만 상대는 에릭이다. 앞으로 결혼할 사이이고 찜찜함을 남겨 둔 채로 있을 수는 없다.

게다가 지금까지 나는 상대에게 마음을 밝히지 않고 혼자 고민하면서 그 순간만을 넘기며 살아왔다.

상대는 평생 함께 지낼 상대니까 제대로 마주해야만 한다.

그래서 나는 머리카락을 말리는 에릭에게 돌격하여, 스케치북에 관해 대화하고자 거실로 가자고 했다. 그런데 그는 "북쪽 하늘이 보이고 미스티아가 다쳤던 곳이면 좋겠어."라는 무척이나 이해하기 어려운 장소를 요청했다.

"여기서 제가 떨어졌던 걸 알고 계셨나요?"

나는 지정된 장소—— 예전에 멜로에게 밀쳐진 창가에 선 에릭의 앞에 서서 물었다.

그는 온화한 얼굴로 "응."이라고 대답하며 고개를 끄덕였다.

"그런데 그 그림을 보고도 나랑 단둘이 있어 줘서 깜짝 놀랐어. 왜 같이 온 거야?"

평소와 같은 목소리로 에릭이 내게 물었다.

그는 나를 끌어안고 내 뒤에 자리 잡았다.

"에릭이 무슨 생각을 하는지 잘 이해가 되지 않아서, 알고 싶었어요."

"왜 미스티아를 죽이고 싶은지…… 그런 게 알고 싶어?"

"아뇨. 어째서…… 저를 도망치게 하려는 건가요?"

단순한 시체 그림뿐이었다면 개인의 취향이라고 생각할 수도 있지만, 에릭은 가까운 사람을 그렸다.

그리고 그 그림을 부주의로 들킨 것도 아니다. 내게 일부러 보여 줬다.

그의 애정 표현과 죽이고 싶어 하는 마음과 상냥함, 모든 것을 느꼈다. 좋아하니까, 방해되는 누군가를 죽이려 하는 사람을 본 적이 있다. 하지만 좋아해서 죽이고 싶어 하는 사람은 본 적이 없다.

다른 사람이었다면 무섭다는 감상으로 끝났을 것이다. 하지만 에릭이니까, 자세히 알고 싶다는 생각이 들었다.

"이렇게 죽이겠다고 먼저 겁주고 나서 천천히 죽이는 게 목적일 거라는 생각은 안 해봤어?"

에릭은 떨리는 목소리로 질문했다. 그런 생각은 한 적 없다. 에릭은 장난은 쳐도 협박은 하지 않는다. 게다가 나를 겁주고 싶지 않을 것이다. 왜냐하면 겁줄 타이밍을 고를 필요가 없을 정도로 우리는 오랜 시간을 함께 보내왔으니까.

단둘이 있을 때 칼을 들이민다거나, 자신이 죽으려 한다거나, 그는 지금까지 그런 짓을 한 번도 하지 않았다. '이제 같이 대화하는 건 이게 끝이야.'라는 말을 한 적도 없다. 오늘, 갑자기 시체 그림을 내게 보여 줬을 뿐이다. 나는 겁박당한 적이 없다.

"전혀. 에릭이 제게 겁을 주고 싶었다면 좀 더 좋은 방법이 많이 있었겠죠."

"예를 들면?"

"약혼 파기라거나, 제가 싫어졌다고 하거나."

내 대답에 에릭은 조용히 웃었다. 나를 끌어안고 "그런 부분이지."라며 쓸쓸한 목소리로 중얼거렸다.

"미스티아를 도망치게 할 생각은 없어. 미스티아를. 놓칠 생각도 없고, 도망치려고 하면 바로 붙잡을 거야."

에릭의 생각은 이해하지 못하겠고, 사람을 죽이는 건 나쁜 행위이며 잘못된 행위이다. 하지만 그와 함께 있고 싶다.

"나, 미스티아를 계속 죽이고 싶었어."

에릭은 속마음을 툭 내뱉었다.

"제가 미워서인가요?"

"그럴 리가 없잖아? 전부터 생각했는데 미스티아는 가끔 머리가 이상할 때가 있단 말이야."

"너무하네요."

"미스티아가 100배는 더 너무해. 나도 심한 짓을 생각한 적 있지만 행동으로 옮기진 않았잖아."

심한 짓. 짐작 가는 것은 있다.

나는 계속 에릭의 호의를 막지 않았다.

지금까지 외로웠겠지, 친구가 적어져서 걱정하는 게 아닐까, 이런 빗나간 예측만 해 왔다.

"미스티아는 메이드를 엄청 좋아하니까, 내가 첫 번째가 될 수 없어서, 된다고 하더라도 금방 교체될 것 같아서 무서웠어.

왜냐하면 영원히 첫 번째가 변하지 않는다는 보장이 없잖아. 미스티아의 첫 번째가 메이드에서 나로 바뀐다면, 또 바뀔 수 있겠다는 생각이 들어서."

확실히 에릭이 말하는 대로 교체 가능한 것은 영원과 거리가 멀다. 영원은 불변한 것. 바뀔 가능성이 있는 시점에 영원이라고 할 수 없다.

"그래서 죽여서, 영원한 첫 번째가 되고 싶었어. 그 정도로 널 좋아해."

지금 나는 살의를 고백받고 있다.

그와 동시에 호의도 전해졌다.

죽이고 싶을 정도로 좋아하는 게 가능한 일인지는 모르겠지만, 에릭이 하는 말이니까, 나는 부정하지 않고 가만히 그의 이야기를 듣기로 했다.

"그래도 그런 건 틀렸다고 생각해. 멈출 수는 없었지만. 죽일 준비를 했던 사실은 사라지지 않지만, 그래도."

"그래도?"

"행복한 일이 생길 때마다, 이렇게 행복해도 되는지 의심스러울 때가 있어. 지금 죽이면 행복한 채로 끝나는 게 아닐까 고민하게 돼."

사람을 죽이고 싶다.

그렇게 생각하는 것 자체가, 과연 죄일까 하는 의문이 든다.

무엇을 하든 과정이 있다. 오리지널 아로마 오일을 만들거나, 마을을 만들 때처럼.

"진짜 나는 이런 느낌이야. 미스티아 앞에선 착한 척했지만."

에릭은 감상적으로 중얼거렸다.

생각으로 시작해서 준비, 실행 단계까지 갈 수는 있다. 하지만 생각 단계부터 단속해서 행복해지지 못하도록 벌주는 건 옳지 않은 것 같다.

"저는 괜찮다고 생각해요. 행복해도."

"왜?"

"사람은 언제든 틀릴 수 있어요. 실패도 하고요. 하지만 생각까지 벌을 주면 결국은 실패한 인간을 죽여야 한다는 결론에 도달하겠죠. 결국은 죽이는 행위가 나쁜 건데, 언젠가 누군가를 죽이는 세계가 되어버릴 테니까요."

"어려운 말을 하네."

에릭은 입술을 삐죽였다.

"그러니까, 에릭이 고민할 필요는 없지 않을까, 하는 얘기였어요."

"나는 미스티아 때문에 고민인 건데?"

에릭의 야유하는 듯한 말투에 항의의 의미를 담아 시선을 보냈다. 그는 "화내지 마―!"라며 장난스럽게 말했다.

"……그래도 고마워."

그가 전한 감사에는 절절한 감정이 담겨 있었다. 에릭은 언제나 빠르게 표정을 바꾸곤 했다. 즐겁게 마을을 만들다가도 울면서 인형과 배경을 찢는다. 어두운 눈동자로 미래에 관해 말하다가 천진난만하고 장난스럽게 어리광을 부린다.

그 모든 게 에릭이다. 나를 죽이고 싶어 하는 그도, 나를 좋아하는 에릭인 것은 변함이 없다. 그래서 그도 복잡한 고민을 품었던 거겠지.

나는 그의 등에 팔을 두르고 오늘 주문했던 에메랄드를 떠올렸다.

"에메랄드 안을 잘 들여다보면 숲의 풍경을 보고 있는 것 같다고 해서, 천국의 정원이 보인다고 표현한다고 해요."

"천국……?"

"네. 같이, 천국을 봐요."

가게에서 에메랄드의 이야기를 들었을 때 좋은 이야기라고 생각했다. 에릭과 함께 있으면 즐겁고, 마음이 안정된다. 그런 곳을 천국이라고 부른다면 에메랄드 보석을 그와 이어져 있다는 상징으로 삼고 싶다.

"나, 천국엔 못 갈지도 몰라. 미스티아를 붙잡고 지옥까지 데려갈 거야."

"그러면 제가 에릭을 끌고 천국도…… 지옥도 아닌 곳으로 데려갈게요."

하지만 결코 이 세계의 천국을 고집할 생각은 없다.

사후 세계에 관해서는 잘 모르겠지만 천국과 지옥뿐만은 아닐 것이다.

좀 더 다른 곳이 있으면 좋겠다는 생각이 들었다. 에릭이 어디에도 갈 수 없다면 에릭이 갈 수 있는 곳을 찾고 싶다.

"나, 엄청 속박 기질이 심하거든."

"저도 느껴져요."

"독점욕도 강하고."

"그것도 알아요."

"가능하다면 최대한 나만 봐줬으면 좋겠어."

"노력해 볼게요."

하나씩 대답해 간다. 지금 에릭이 제시한 성질은 지금까지 그가 보였던 언행으로도 어느 정도 알 수 있었다.

"아마 미스티아를 가둬 두는 게 가장 빠르겠지만 미움받는 건 싫고……. 그래도 다른 남자한테 빼앗기는 것도 싫으니까, 아마 미스티아가 안 된다고 하는 걸 진심으로 그만둘 일은 절대 없으리라고 생각해."

내가 안 된다고 하는 것. 아마도 다른 사람에게 나쁜 태도를 보이지 말라고 부탁한 것을 말하는 거겠지.

"그래도 옆에 있어 줘."

"알겠어요."

"그래도 괜찮아?"

에릭은 내 얼굴을 살피는 듯한 눈으로 나를 바라봤다.

그렇게까지 신경 쓸 바에는 다른 사람을 향한 견제를 줄여 줬으면 하지만, 그게 힘들다면 내가 주의하는 게 빠를 것이다.

그의 성격을 다른 사람에게 미리 설명해 두면 적어도 지금보다는 괜찮……겠지.

"네."

"정말? 나, 지금은 엄청 착하지만 미스티아를 죽일지도 몰라."

지금은 착하다.

조금 전에도 스스로 얌전한 척했다는 말을 했다.

다른 사람을 견제하는 걸 착하다고 할 수 있을지는 의문이지만, 사람을 죽이지 않았으니 괜찮다고 생각하며 고개를 끄덕였다. 그리고 나는 지금 살아 있다. 내가 할 수 있는 일은 많다.

"그러면 살해당하지 않게 반격해 볼게요."

"미스티아가 나를 죽이게?"

"살아서 같이 있고 싶으니까 몸통 박치기 한 후에 묶어야죠."

"뭐를?"

"당신을요. 침대 아래에 있는 빨간 밧줄로."

에릭은 우리 저택에 묵을 때마다 여러 가지 물건을 가져왔다.

갈아입을 옷과 양치 세트, 수건과 베개, 향수까지. 열거하자면 끝이 없다.

그런데 저번에 내 방에 몰래 밧줄을 두는 것을 발견했다.

새빨간 밧줄은 단단히 묶으면 풀지 못할 정도로 튼튼해서, 사람이나 물건을 구속하는 데에 적합한 재질이었다.

"알고 있었구나. 뭐, 보여 줄 생각이었지만."

"뭘 하려고 그냥 둔 거예요? 제가 도망칠 거라고는 생각 안 했어요?"

에릭은 나를 죽이려 했고, 묶어 두려고까지 했다. 하지만 그는 그것을 스스로 말한다. 완벽히 실행하고 싶다면 말하지 않는 게 좋을 텐데도.

"역시 거기까지도 알아 주길 바랐던 게 아닐까. 나도 잘 모르겠지만."

"그렇군요."

"너무 행복해서 무서울 정도라서, 이 행복을 내가 부숴 버릴까 봐……. 밧줄을 보여 줬다간 당연히 부서질 텐데."

자학 행위에 가까운 것 같았다. 거기에 자책하는 감정과 미래를 향한 비탄까지.

그의 살의에는 다양한 감정이 섞여 있다. 그리고 결국 그건 전부 예상이다.

그는 근거 없는 예상을 두려워하고 있다.

"그런 미래가 있으리라고 단정할 순 없어요. 지금도 부서지지 않았는걸요."

그런데 에릭은 나를 성공적으로 죽일 수 있으리라고 믿고 있다. 실제로 성공 확률이 어떨지는 모르는 일이다. '변수'가 너무 많았다.

"그런 건 아마 많을 거예요. 에릭이 상상한 일이 일어나지 않거나, 반대로 상상도 하지 않은 일이 일어나거나. 그러니까 에릭은 저를 죽일 수 있다고 생각하겠지만, 반격당해서 에릭이 묶일 가능성도 있어요."

나는 살해당하지 않는다. 근거 없는 예상이지만 이뤄야만 하는 미래이기도 했다.

"묶는다고 방심 시키고 물어 버릴지도 몰라."

"뭐, 살해당하는 것보다는 낫겠네요."

"묶어 두고 물어도 괜찮다니, 미스티아 변태잖아. 무서워라—."

진지한 이야기를 하고 있는데.

"거짓말이야."

"정말인가요?"

"응. 진짜 뽀뽀 하자."

에릭은 키스를 하려고 했다. 방금까지 풀이 죽어 있었는데 대체 뭐지. 감정 변화를 따라갈 수가 없었다.

"갑자기 왜요?"

"모처럼이니까, 더 친해지고 싶어서. 지금이 좋은 타이밍이고. 응? 친해지자. 상냥하게 대해 줘."

에릭은 내 팔을 붙잡고 응석받이처럼 몸을 흔들었다. 귀엽지만 그는 키가 커서 나는 이리저리 흔들렸다.

"안 돼요."

"뭐야. 무는 것도 괜찮고 협박도 안 통하면서, 왜 허락 안 해 주는데."

"장소와 상황이 좋지 않잖아요."

"그럼 장소와 상황이 좋으면 상관없다는 거지? 기억해 둘게."

축축……이라는 소리가 들릴 정도로 젖은 눈으로 나를 바라봐서 나는 흔들리지 않도록 그를 마주 봤다. 그래도 압박감이 느껴져서 더욱 강하게 그를 응시했다.

"전혀 안 통해. 노려봐도 흉폭해 보이려는 게 웃기다는 생각밖에 안 들어. 위협적이지도 않아."

에릭은 나를 놀리며 잘근잘근 내 어깨를 살짝 깨물었다. 방금까지 살의를 표명하던 사람이라고는 상상도 못 할 모습이었다.

"제게는 효과가 늦게 나타나는 독이 있거든요."

"엄청나다—!"

에릭은 박수까지 쳤다. 그와 만난 후로 여름이 몇 번이나 지나갔다. 어떻게 해야 내가 대미지를 받을지 그는 잘 알고 있다.

"그런 반응이 가장 상처예요."

"아하하, 미안. 너무 놀렸나 보다."

우리는 "하아." 하며 한숨을 돌렸다.

창문에서 불어 들어오는 바람이 기분 좋았다. 멜로는 이 방에서 날 향한 살의를 고백했다. 계속 잊고 있던 기억이다. 게다가 나는 딜리아와 멜로를 겹쳐 봤다. 두 사람에게 계속 무례한 짓을 해 왔던 것이다.

그리고 3년 전 여름, 모든 것을 떠올렸다.

눈을 감으면 멜로가 담담히 살의를 말하는 모습이 떠오른다. 그날은 보름달이 떴다. 유달리 밝은 달빛이 멜로의 표정을 자세히 비춰서, 그녀의 상처와 복수심조차 선명히 느껴졌다.

그 순간, 나를 이 창문에서 밀친 순간, 멜로의 상처와 복수심, 분노로 휩싸였던 눈동자가 미약하게 흔들렸다. 낙하하는 순간, 그건 달빛이 반사된 것이라고 생각했다.

하지만 아닐 것이다. 그때 멜로는 날 향한 살의가 흔들렸던 것이다. 그리고 지금 나는 이곳에 있다. 에릭이 이 방에 오자고 하지 않았다면 이 방은 분명 멜로와 나의 운명의 방으로만 남았을 것이다.

아픈 추억도, 이렇게 다양한 추억을 섞으면 다른 모습으로 바뛸지도 모르겠다.

그 달처럼.

"……뽀뽀해도 돼?"

어슴푸레한 빛을 받으며 생각에 빠져 있는데 에릭이 내 손을 잡았다.

"지금이요?"

"응. 지금 분명 나 말고 다른 걸 생각하고 있잖아."

"에릭도 생각하고 있었어요."

"우와. 교묘하게 말하네. 에릭'도'라니, 역시 다른 녀석을 생각하고 있었잖아. 나쁜 여자라니까."

비난 섞인 목소리와 함께 볼이 꼬집혔다.

"다른 사람의 볼을 꼬집으면 안 돼요."

"벌이야. 자꾸 바람을 피우려 하니까."

"바람피운 적 없어요."

"피웠어. 나 말고 다른 걸 생각하는 건 전부 바람이야. 달 보는 것도 짜증 나. 제대로 남편을 보세요."

"억지……."

달을 보는 것만으로도 짜증이 나다니, 그러면 에릭 외엔 볼 수 있는 게 없어진다. 에릭만 바라보는 건 힘든 일이 아니지만 걸을 땐 발밑을 주의해야 하니 어렵다.

"걸을 때 에릭만 보면 위험하잖아요."

"안 걸으면 되잖아. 그렇게 바람피우면 사슬로 묶어둘 거야."

"그런 극단적인 강속구 던지는 건 그만둬 주세요."

"그럼 바람피우는 거 그만둬 주세요—."

에릭은 이런 상황에서도 또 나를 놀린다. 항의하려 했는데 볼에 그리운 감각이 느껴졌다.

"뭔가 볼에 하는 건 오랜만이네. 요즘은 질척질척한 것만 했잖아."

과한 표현법에 나는 대답하지 않았다. 한편 그는 개의치 않고 내 머리카락을 살짝 집어 들었다.

"추억이네. 어릴 때 나, 미스티아를 주인이라고 불렀잖아. 성실하고 귀여웠지."

스스로를 귀엽다고 표현하다니. 하지만 그때의 에릭은 정말 천사 같기는 했다. 지금은 전혀 귀엽지 않다고는 말할 수 없지만, 지금은 아름다움에 가까웠다. 멋있다거나 요염하다는 말이 잘 어울린다.

"에릭은 점점 예뻐지네요."

"나를 여자로 보고 꼬시는 거야?"

"그 대항 의식도 그만둬 주세요. 그게, 남편이잖아요? 에릭은, 저의."

점점 부끄러움이 강해져서 말이 횡설수설했다. 그런데 에릭은 "한 번 더."라며 달콤한 목소리로 나를 끌어안았다.

"한 번 더, '에릭은 내 거'라고 말해줘."

"어어…… 또 놀리는 거죠?"

"말해 줘. 나는 말야. 미스티아를 정말 정말 좋아하니까, 엄청 기뻐."

에릭은 내 볼과 코를 핥짝거렸다. 그러다 눈까지 핥을 것 같아서 나는 손을 쥐었다.

"에릭은 제 거."

"후후후. 미스티아가 내 주인님이니까. 뭐, 이제는 반대가 됐지만."

에릭은 내 볼을 검지로 콕콕 찔렀다. 당시엔 정말 힘들었다. 그가 미쳤다고 생각했으니까.

"저는 그때 계속 불안했다고요."

내 탓에 에릭이 이상한 인생을 걸어갈까 봐. 어떻게든 주인 호칭을 버리게 하려고 노력했지만 3년 전 여름부터 그는 나를 주인이라고 부르지 않게 되었다.

"그러고 보니 왜 그렇게 주인, 주인 하면서 불렀던 거예요?"

에릭은 나를 계속 좋아했다고 한다. 연애에 관해 흥미가 없던 나라도 좋아하는 사람을 주인이라고 부르는 것엔 위화감을 느꼈다. 특별한 이름으로 부르고 싶다……는 느낌도 없었고.

게다가 주종 관계가 연인 관계로 발전할 수 있는지도 의아했다. 이미 관계로서 완성된 느낌이고, 우정이나 가족애의 카테고리에 속한 것 같기도 했다.

"그야 그때는 미스티아에게 첫 번째는 전속 메이드였으니까, 내가 몇 번이나 주인이라고 불러서 존재를 덮어씌우고 싶었어. 지금 생각하면 냉정하지 못했다고 해야 하나, 제대로 '아가씨'나 '미스티아 님'이라고 부르는 게 좋았을 것 같긴 해. 그래도 나만의 호칭이 필요했어."

이해 못 하겠지? 라며 에릭은 말을 이어 나갔다.

그의 말대로 이해하기 어렵긴 했다. 할 말을 찾지 못하고 있자 그는 입꼬리를 올렸다.

"나는 그때 엉망진창이었어. 미스티아는 분명 나를 좋아하면서 이상한 식으로 거리를 두고, 그런데 나를 신경 써 주고. 좋아하면서 왜 약혼은 안 되는지. 뽀뽀하면 안 되는지 계속 생각했어."

"에릭⋯⋯."

"역시 그때 나를 길들이지 않은 게 치명적이었던 것 같아. 미스티아, 지금까지 정말 운이 좋았을 뿐이지, 까딱하면 나한테 찔리거나, 목을 졸리거나, 독을 먹혔을지도 몰라."

에릭은 가벼운 말투로 말했지만 아마 진심이겠지. 그런 기분이 든다. 그는 장난스러운 분위기로 위험한 말을 하지만 결코 장난이 아니다.

아마, 나를 죽여도 괜찮다고 하면, 고민하겠지. 그리고 죽이는 편이 낫다고 판단하면 날 죽일 것이다.

나는 에릭이 소중하다. 내가 살해당해서 그를 살인범으로 만들고 싶지 않았다.

"그런데 미스티아. 정말로 왜 도망치지 않는 거야?"

"궁금한가요?"

"나를 좋아하니까? 그러면 기쁘겠지만."

죽이지 않아도 되고. 그는 강조하듯이 그렇게 말했다. 나는 대답을 말로 해줄까 고민하다가, 그의 팔을 붙잡았다.

발돋움을 해 입술을 겹쳤다. 심장을 쥐어짜는 느낌이었지만 마음이 전해지면 좋겠다는 생각으로 길게, 길게 마음을 전했다.

"나의 악녀는 무섭네. 오히려 내가 당하고 있잖아."

"반대라고 생각해요."

"그럼 지금부터라도 날 길들여 줄래? 주인? 잘 훈련된 착한 아이로 키우면, 미스티아를 죽이지 않고 넘어갈지도 몰라."

에릭은 눈을 가늘게 떴다. 별과 달이 구름에 가려져서 어두워졌다. 그 순간 우리 둘은 어둠에 녹아들어 서로의 체온밖에 느낄 수 없었다.

만일 그가 나를 죽이려 한다면 지금이 기회일 것이다.

하지만 내게 느껴진 것은 날붙이의 차가움도, 밧줄의 감촉도 아니었다. 입술의 부드러운 감촉이었다. 따뜻하고, 달콤하고, 행복해진다. 그저 입술을 맞대는 것만으로도 이렇게 충족될 줄은 몰랐다.

"미스티아, 나는 쉬운 남자라서 말이야. 방금 키스로 죽이고 싶은 마음이 조금 나은 것 같아."

"조금밖에요?"

"응. 그러니까 잔뜩 키스하고 같이 있어 줘. 그러면 아마 미스티아가 원하는 대로 될 거야."

"딱히 그러기 위해서가 아니라, 그냥 같이 있고 싶어서 있는 거예요. 좋아하니까요."

나는 에릭의 등에 팔을 두르고 다시 그를 끌어안았다. 그의 뺨을 만지고, 부드러운 머리카락을 손가락으로 빗었다. 그가 간지러운 듯이 웃는 것을 보니 좋아하는 마음이 넘쳐흘렀다.

"사랑해요. 에릭. 저를 골라 줘서 고마워요."
나는 다시 그에게 먼저 키스했다.

첫사랑을 키우는 법

SIDE: Eric

교회에서 미스티아를 죽이려고 한 적이 있다.

원래 영원한 사랑을 맹세하는 곳에서, 그녀의 목숨을 앗아간다. 멋지다고 생각했다.

녹란과 흑장미를 잔뜩 깔아놓고, 키스하는 곳에서 미스티아를 찌르거나 목을 조를 것이다. 함께 독을 마시고 마지막 순간까지 그녀를 계속 탐할 것이다.

왜냐하면 미스티아가 내 인생에서 사라지는 것은 상상할 수 없는데, 그렇다고 행복하게 만들어 줄 수 없다고 생각했으니까.

그런 식으로 아름다운 정경을 그리는 한편, 또 하나의 후보도 있었다. 미스티아가 낙하한, 전속 메이드가 미스티아를 배신한 장소에서 그녀를 죽이는 것이다. 전속 메이드가 완수하지 못한 일을 내가 한다. 명실공히 미스티아의 첫 번째가 되어서 괴로운 추억을 덮어씌운다.

호시탐탐 세운 계획이었으나, 미스티아와의 꽁냥거리는 일상이 끝나거나, 조금이라도 미스티아가 한눈을 판다거나 하면 찔러 버릴지도……라고 생각했던 게 거짓말처럼 나는 미스티아와 함께 살아 있다.

"축하합니다! 아가씨!"

"축하드려요! 미스티아 님!"

그렇게 맞이한 미스티아와의 결혼식은 나와 그녀의 부모님 외에도 아렌가의 사용인도 초대하여 지금 막 끝나려는 참이다.

계속 미스티아와 결혼하고 싶다고 생각한 한편, 그녀를 죽이려고 했다.

하지만 지금 그녀가 내 옆에 살아 있는 것도, 내가 살아 있는 것도 기쁘게 느껴졌다.

미스티아가 나를 선택해 줬다. 내 옆에 있어도 좋다고 말해 줬다. 내 살의를 알면서도 옆에 있기로 결심해 줬다.

그것만으로도 하늘을 날 것 같은 기분이 되어서, 나는 넘치는 기력으로 축하 파티 회장 안을 걸어갔다.

미스티아를 둘러싸고 울고 웃고 축하하느라 바쁜 사용인 집단과 떨어진 곳. 회색 원피스를 입은 전속 메이드가 벽 옆에 무표정하게 서 있었다.

"저기."

말을 걸자 메이드는 조용히 그 남색 눈동자를 내게로 향했다. 재수 없는 녹터와 같은 계통의 색이어서, 이제는 없는 그 녀석이 떠올라 조금 불쾌해졌다.

"미스티아는 이제 내 거야. 전부."

계속, 말해 주고 싶었다. 드디어 말했다. 이제 네 시대는 끝났다고. 드디어 이 사실을 전했다는 것에 만족하고 있자 "외람되지만."이라며 차가운 목소리가 돌아왔다.

"아가씨와 제 인연에 육체는 필요 없어요. 그리고 일부러 다른 사람에게 그걸 인정받으려고 할 정도로 미약한 인연도 아니죠."

여유 넘치는 말투에 "너 오늘로 해고야."라고 말해 주고 싶었다. 하지만 그러면 미스티아가 싫어하겠지······.

"그리고 저는 당신을 인정하지 않았어요. 조금이라도 미스티아 님을 다치게 한다면 대처할 겁니다."

전속 메이드의 목소리는 진심이었다. 지금까지 왜 나를 죽이지 않는지 궁금했는데, 내가 미스티아를 행복하게 한다면 방해할 생각이 없는 모양이었다.

"흐음. 그러면 정당방위로 내가 널 죽일 거야."

"지금까지 처리해 온 수가 당신과는 압도적으로 달라서요."

"무슨 뜻이야?"

"들으신 그대로입니다. 당신처럼, 그들도 다들 아가씨를 연모했죠. 그런 인간이 갑자기 유학이나 사업을 위해 다른 나라로 떠나갈 리가 없잖아요. 그렇지 않아도 아가씨는 공작가에서 납치된 적도 있는데요."

메이드는 그렇게 말했지만, 나는 직접 나선 적도 없고 목숨을 앗아간 적도 없다.

전부 상대의 자폭으로 끝났다.

극장에서 난동을 부려 체포되었다가 탈옥해서 귀족가 영식을 찌른 친척이 있으니, 부모로서는 사소한 일 하나까지 전부 걱정되었겠지. 일일이 선생님에게 고자질하는 녀석은 매우 싫어했지만, 몰래 말을 전하니 신기할 정도로 간단히 사라졌다.

"나는 그저 녀석의 부모한테 아들이 위험하다고 말했을 뿐인데? 그리고 미스티아가 알게 될 땐, 새로운 가족이 늘어서 신경도 못 쓸걸."

나는 여유롭게 미소 지었다.

하지만 전속 메이드는 반응하지 않았다. 나는 그녀를 더 추격하기로 했다.

"나는 미스티아랑 제대로 살아갈 거야. 미스티아의 마지막을 지켜볼 때 사랑한다는 말을 듣는 건 내가 될 테니까."

선전포고였다.

전속 메이드는 무감정하던 눈을 아주 잠시, 호전적인 눈으로 바꿨다.

"농담을 하시네요."

여유가 사라진 얼굴에 나는 입꼬리를 올렸다.

미스티아의 첫 번째는 나다. 다른 사람은 절대 그 자리를 차지할 수 없고, 그녀를 죽일 수도 없다.

미스티아의 첫 번째도, 미스티아를 죽이는 것도, 살리는 것도, 나뿐이다.

"미스티아."

나는 세계에서 가장…… 아니, 내 세계이자, 끝이기도 한 이름을 불렀다.

그녀의 약지에 각인된 말은 '영원히 사랑하다'였다.

살아도, 죽어도, 절대 떨어지지 않을 것이다. 무슨 일이 있어도 곁에 있을 것이다.

나는 그녀와 같은 반지를 잠시 바라본 후, 노을을 받으며 뒤도

돌아보지 않고 미스티아를 향해 달려갔다.

노을이 지고 밤이 찾아왔다. 맑은 날이면 매일 볼 수 있는 광경이지만 결혼식을 마쳐서인지 평소와 다르게 보였다. 나는 몸을 뒤척이다가 똑바로 누웠다.

식을 마친 나와 미스티아는 아무것도 하지 않고 같은 침대에 누웠다. "오늘은 수고했어."라는 말을 건네고 목욕을 한 후 그대로 누웠다.

얇은 잠옷을 걸친 미스티아도 나처럼 천장을 바라보고 있다. 조명을 끄자 달빛을 받은 샹들리에가 반짝였다. 장미 세공이 되어 있는 이 샹들리에는 하나밖에 제작되지 않았다는 이야기를 듣고 샀다.

지금까지 가구나 인테리어에는 흥미가 없었지만 미스티아와 함께 살 저택의 인테리어는 세심히 신경을 쓰고 싶어서 가구를 고르는 데에 예정보다 시간이 오래 걸렸다.

그렇게 우리를 위한 최고의 신혼집이 완성되었는데, 별동이라고는 해도 같은 부지 내에 사용인들이 지내는 건물이 있는 것은 마음에 들지 않았다. 아렌가의 집사장에게 건축가 선정을 맡겨 놨더니 허를 찔리고 말았다.

"미스티아, 개나 고양이 키울래? 아이가 생기면 말야."

내 말에 미스티아는 어깨를 움찔거렸다. 어릴 적부터 같은 침대에서 잔 적도 있고, 미스티아가 1학년일 때 여름에는 같은 방에서 잔 적도 있는데 미스티아는 갑자기 긴장했는지 아까부터 거동이 수상했다.

"왜 그렇게 긴장해?"

"에릭이 아이라는 말을 꺼내잖아요."

"뭐야. 그래도 가까운 미래잖아? 그리고 처음도 아니고."

그 여름엔 그저 가만히 바라보기만 했지만, 이미 키스도 수도 없이 했고 틈만 있으면 미스티아를 끌어안고, 서로 무릎베개도 해 준다. 그 이상의 행위라고 무엇 하나 부끄러워할 것 없는데 미스티아는 이불을 뒤집어썼다. 번데기 같아서 웃겼지만 거절의 뜻 같아서 쓸쓸해졌다.

"뭐야, 미스티아. 아이가 된 거야? 포대기에 싸이고 싶어?"

나는 일어나서 미스티아가 뒤집어쓴 이불을 잡고 예습으로 배운 대로 포대기처럼 그녀를 감쌌다.

"포장되는 기분이에요……."

"힘을 너무 줬나……? 왜지?"

아직 생기지는 않았지만, 아이가 생기면 10개월 동안은 많은 것을 배워야 한다. 포대기를 감싸는 법을 제대로 터득하지 못했다는 게 마음에 걸려서 나는 한 번 더 도전했다.

"포대기 미스티아~."

아이를 어르듯이 하며 미스티아를 다시 이불로 감싸니 이번엔 만족스럽게 완성되었다. 나는 기분이 좋아져서 확 하고, 그녀의 이불을 벗겨냈다.

"엄청 심한 짓을 당하는 기분이에요."

"뭐야, 너무해. 나는 미스티아의 아이를 훌륭하게 키우고 싶어서 연습한 기술로, 이불에 싸여서 번데기가 된 은둔 미스티아를 야생에 풀어 주려고 한 건데. 그런 말은 너무하잖아."

과장되게 우는 척을 한다. 미스티아는 아마 귀여운 것을 좋아한다. 아이나 약한 것들. 그걸 노리고 일부러 코를 훌쩍이자 볼을 꼬집혔다.

"뭐야."

"울지 말라고요."

"그럼 좀 더 상냥하게 대해 줘. 왜 볼을 꼬집는 거야. 좀 더 상냥히 해 줘."

나는 누운 채로 미스티아에게 안겼다. 심장 소리를 들으며 눈을 감았다.

전에는 이 심장이 멈췄으면 했다. 이 목숨을 빼앗으려 했지만 오늘 내가 할 것은 생명을 이어 나가는 것이다. 이상했다. 하지만, 육아 공부는 하겠지만 미스티아가 살아서 내 옆에 있어 준다면 그것만으로도 만족한다.

나와 미스티아의 아이가 아렌가와 하임가의 뒤를 이어야겠지만, 아렌 영지에는 고아원도 많이 있고 다들 우수하니까.

"나, 미스티아를 죽이려고 했었는데 정말 괜찮아?"

"실행하지 않았고, 저도 살해당하지 않았잖아요."

가볍게, 아무렇지도 않다는 듯이 대답해서 안심했다. 좋아한다는 생각과 동시에 바보 같다는 생각이 들었다. 귀엽다는 생각도 들고, 미스티아를 그대로 삼켜서 내 안에 계속 담아두고 싶다는 이룰 수 없는 충동이 들기도 했다.

"정말로? 지금까지 상당히 자주 위험에 처하지 않았어?"

"주의할게요."

"우와. 전혀 신뢰가 안 가."

그렇게 가벼운 말투로 말하면서 나는 미스티아의 냄새를 맡았다. 전에는 아기 같은 상냥한 향이 났는데, 그녀의 상냥한 냄새 외에도 달콤한 장미향과 내 냄새가 났다. 그리고 같은 곳에서 목욕을 해서인지 같은 비누향도 났고.

"미스티아, 점점 나한테 물들고 있네."

"그야 함께 있는 시간이 점점 늘어나니까요."

일은 바쁘지만 '바빴던 보상으로!'라는 변명을 내세우면 미스티아가 내 말을 전부 들어준다. 무릎 위에 앉혀 두고 독서를 하거나, 바쁘다는 핑계로 밥을 먹여 달라고 하거나. 힘을 내기 위해서라고 하면 뒤에서 달려들어도 곤란한 표정만 지을 뿐 용서해 주고, 내가 원하는 것을 상당히 잘 들어준다.

게다가 아카데미에 있을 땐 "안 돼요."라고만 했는데, 지금은 사람들 앞이 아니라면 뭘 해도 용서해 준다. 키스도 할 수 있어서 기쁘다. 볼을 깨물 수도 있고, 눈을 먹을 수 있을지도 모른다.

"미스티아, 나를 너무 오냐오냐 하지 않는 게 좋을걸."

"왜요?"

"뽀뽀하거나 안아도 이제 화 안 내잖아. 그러면 곧 내가 하라는 대로 다 하게 될 거야. 내가 없으면 못 살지도 몰라."

경고의 의미로 볼을 깨물자 미스티아는 딱히 개의치 않는다는 듯이 내게 고개를 돌렸다.

"에릭이 기뻐하는 게 좋아서 그러는 거니까 이건 제 의사예요. 그리고 장소랑 상황만 괜찮다면 문제없고요."

"뭐야. 이 상황에 날 도발하는 거야? 역시 미스티아 이상하다니까."

내가 기뻐하는 게 좋고 자기 의사라니. 일반적으로 자신을 죽이려 하거나 감금하려고 했던 사람에게 할 말이 아니다.

나는 내가 미스티아 때문에 미쳤다고 생각했는데, 미스티아도 어느 정도 이상해진 것일지도 모른다. 허용량이나, 위험 감지 능력이나, 정의의 기준이라거나.

"그럼 허락해 줬으니까 먹어 버릴까."

나는 누워있는 미스티아의 머리 양옆에 손을 두고 그녀를 내려다봤다.

미스티아의 목을 졸라 죽이거나 위에 올라타서 몇 번이나 찔러 죽일 때 외에 이런 자세를 하게 될 줄은 몰랐다.

"정말 후회 안 할 거야?"

"절대 후회 안 해요."

"알았어. 그럼── 미스티아의 인생도, 미스티아가 엮인 인생도 전부 나로 물들일게. 행복하게 만들어 줄 테니, 내게 붙잡혀 있을 것을 맹세합니까?"

나는 오늘 낮에 신부가 했던 질문을 조금 흉내 냈다. 미스티아도 나도 신 앞에서 사랑을 맹세했지만 가능하다면 미스티아는 이 맹세를 우선해 줬으면 한다.

"네. 제가 에릭을 반드시 행복하게 만들 것을 맹세할게요."

미스티아에게서 만점짜리 대답을 받은 나는 그녀의 작은 입술을 물었다. 그녀의 양손에 깍지를 낀다. 우리의 왼손 약지에는 에메랄드와 루비가 달린 반지가 반짝이고 있다.

"귀여워. 맛있겠다."

"저기, 먹히는 건 좀 그런데요……."

"지금 상황을 봐. 그 의미가 아닐 텐데?"

목을 거는 고리보다도 이 고리가 훨씬 좋다. 평생, 이 고리를 빼지 못하게 할 것이다. 계속, 계속 묶어둘 것이다.

"사랑해, 미스티아. 정말 좋아해. 죽이고 싶을 정도로 좋아해."

나는 미스티아에게 입 맞췄다. 달콤해서 아이스크림 같았다. 순식간에 그녀의 포로가 되는 것을 보면 정말 독이 있었던 모양이다. 아주 잘 드는 독. 미스티아와 만난 순간부터 분명 내 사인은 그녀로 정해져 있었다.

"평생, 내게 묶여서 옆에 있어 줘."

미스티아와 만나기 전에는 누군가가 날 구해 주기를 바랐다. 어딘가에 데려가 주기를 바랐다.

하지만 미스티아와 만나고, 변했다. 미스티아와 새까만 세계에 계속 함께 있고 싶었다. 어디에도 가고 싶지 않았다. 상자 안에 들어가서 아무도 만나지 않고 둘만의 이상향에 있고 싶었다.

하지만 이제 밝은 세계든, 어두운 세계든, 아무 상관 없다.

장소는 상관없다. 미스티아가 옆에 있어 줄 테니까.

어디에든, 갈 수 있다.

어디에든, 갈 것이다.

악역 영애입니다만
공략대상의 상태가 이상합니다

Jey Route

넘치는 마음은 조난 중

세계 제일 멋진 남편

창가에서 한 달 내내 피는 벚꽃의 이유를 이해한 채로 구경하는 것도 벌써 8년 차.

귀족 아카데미도 졸업했고, 제이 씨와의 결혼 준비가 착실히 진행되는 중이다.

초대장 제작과 웨딩드레스 선정도 끝났다. 그리고 오늘은 제이 씨의 집에서 결혼식 선물을 고르기로 했다.

"디저트는…… 파티세리 드로어에 맡기는 게 좋겠어요."

나는 제이 씨에게 파티세리 카탈로그를 보여줬다.

"드로어? 프리뮬러가 아니어도 괜찮겠어?"

"조금 알아봤는데 이 가게가 종류가 더 많아서……."

"그래. 그럼 디저트는 드로어에 맡기기로 하고. 남은 건 이제 두 개인데."

결혼사진의 구도도, 식장의 좌석도 빠르게 정해졌지만 답례품은 좀처럼 결정하기가 어려웠다.

세 품목 정도를 준비하는 게 보통이고, 무언가와 무언가와 디저트……로 하자는 것까지는 정해졌으나 그 무언가 두 가지가 좀처럼 정해지지 않았다.

"우리 부모님은 이름을 새긴 접시를 나눠 줬다고 하는데……. 우리가 쓸 용도로 만드는 건 상관없지만 그걸 주는 건 좀…… 쑥스럽다고 해야 하나……."

제이 씨가 미간을 찌푸렸다. 그 접시는 나도 본 적이 있는 것 같다. 결혼식 등에서 받는 접시는 분명 집사장 스티브 씨가 전부 보관 중이다.

"……너희 부모님은 어떤 거로 하셨지?"

"동상이요. 좀 작은."

부모님의 답례품──부부상은 손가락 끝에서 팔꿈치까지 길이의 평균적인 크기로 제작되었다. 정교하게 만들어진 데다가 크기가 꽤 커서 조금 무서웠다. 게다가 수량을 넉넉히 제작했는지, 청소할 때 재고를 발견할 때마다 아버지는 장식해 두자며 어딘가에 두고는 했다. 걷다 보면 갑자기 튀어나와 깜짝 놀랄 때도 종종 있었다.

"그럼 동상을 만들까?"

제이 씨의 제안에 나는 재빠르게 고개를 가로저었다.

"아뇨…… 그, 평소에 사용할 수 있는 게 좋을 것 같아요. 남에게 주는 거라면……."

동상은 좋지 않을 것 같다. 기념품이라고는 해도 어떻게 사용해야 할지를 알 수가 없다. 가끔 집사장 스티브 씨의 방에 가면 종이가 날아가지 않도록 동상을 문진으로 사용하는 것을 본 적이 있는데, 그 외의 용도가 떠오르지 않았다.

"확실히 동상이나 접시는 우리 집에 두는 거라면 몰라도 다른 사람 집에 장식하기에는 좀 그렇지……."

부부상을 볼 때마다 다른 사람이 받은 동상은 어떤 취급을 받고 있을지 궁금해진다. 누구나 편하게 쓸 수 있는 물건이 좋을

지도 모르겠다.

"뭔가, 이런, 음식 같은 건 어떨까요?"

"그거 괜찮네. 아렌 영지엔 특산품도 많으니까. 아, 시크 영지에도 유명한 와인이 있어. 맛은 모르지만 평판은 괜찮지."

제이 씨는 술을 마시지 않는다. 함께 식사할 때 점원이 술을 추천해도 단맛을 뺀 과일물 혹은 진저에일을 마신다.

미성년자 앞이라 술을 삼간다고 생각해서 신경 쓰지 않아도 된다고 말했더니, 마시지 않는 게 아니라 애초에 술이 몸에 잘 받지 않는다고 한다.

그가 말하기로는 술의 냄새도, 맛도 싫다고 한다. 한편 시크 백작은 술을 매우 좋아해서 와이너리를 몇 개나 소유했고, 술에 어울리는 치즈를 만들기 위해 목장도 가지고 있는 등 상당한 애주가였다.

"그럼 시크 영지의 술과 아렌 영지의 육제품으로 할까요?"

햄이나 베이컨 등 아렌 영지에는 고기를 훈제한 특산품이 있다. 부모님도 와인을 마시며 훈제 식품을 자주 먹으니 조합은 좋겠지. 제이 씨도 "디저트에 술, 고기라면 누구든 하나쯤은 먹을 수 있겠지."라며 긍정적인 반응이었다.

"디저트는 이미 파티세리를 정했으니까…… 오늘 바로 아렌 목장에 연락해 볼게요."

"그래. 나도 와이너리에 연락해 두지."

제이 씨는 수첩에 메모하면서 테이블 중앙에 둔 준비표의 '답례품' 항목에 줄을 그었다.

"그럼 다음은── 혼전 시술이 있는데."

"혼전 시술이요?"

들어보지 못한 단어에 나는 고개를 기울였다. 대체 그게 뭘까. 답례품과 식장, 의상 결정도 끝났고 초대장 제작도 마무리된 상황에 갑자기 모르는 단어가 튀어나와서 두려워졌다. 뭔가빼먹은 게 있는 걸까. 하지만 제이 씨는 딱히 초조한 기색을 보이지 않았다.

"지압 같은 걸 받는 거야. 결혼 준비로 쌓인 피로를 풀고, 최상의 컨디션으로 결혼식을 하기 위해서. 인기 있는 곳을 예약해뒀으니 걱정은 없을 테지만, 혹시 몰라서 나도 따라갈 생각이니까 안심해."

제이 씨는 품에서 팸플릿을 꺼냈다. 내용을 확인해 보니 에스테틱……인 것 같았다. 전생에서도 접해 본 적 없는 세계였기에위축되었다.

"어, 어어, 제, 제가 뭘 하면 될까요? 주, 준비물이나, 이것저것, 어어."

"그렇게 긴장하지 마. 피로를 풀러 가는 거니까. 요즘 결혼식준비로 바빴으니까, 당일치기로 조금 멀리 나가서 편히 쉬고 오자. 혼전 시술이 있는 돌 리조트는 산악지대에 있어서 공기가맑고 상쾌하다고 해."

나는 다시 팸플릿으로 시선을 내렸다.

그곳엔 결혼식 전에 시술을 받아서 자신감이 생긴 상태로 식을 올릴 수 있었다는 신부의 체험담이나, 연하 신랑과 한층 더 사이가 좋아졌다거나, 결혼식 준비로 쌓였던 피로가 단번에 날아갔다는 등의 평판이 적혀 있었다. 그리고 연상 남편과 어울리는 부부가 되었다는 신부의 체험담에 눈길이 갔다.

나와 제이 씨 사이에는 어쩔 수 없는 나이 차가 있다. 거창한 연애를 한 건 아니지만 그에게 어울리는 존재가 되고 싶었다. 그는 한 명의 인간으로서도, 교사로서도 훌륭한 사람이니까 나도 외견과 내면을 갈고닦을 생각이다.

"노력해 볼게요."

내가 의욕적으로 그렇게 말하자 제이 씨는 "굳이 노력하지 않아도 된다니까."라며 웃었다.

혼전 시술을 받는 곳은 우리가 사는 곳에서 상당히 먼 남쪽 지역에 위치해 있었다.

햇빛이 강렬하고, 이국적인 분위기가 흐르는 리조트 지역. 새벽에 출발한 우리가 목적지에 도착했을 땐 하늘에서 눈부시게 햇살이 내리쬐고 있었다.

"오늘 날씨가 너무 좋은데. 너는 괜찮나?"

제이 씨가 차광용 선글라스를 살짝 내리고 가늘게 뜬 눈으로 주변을 둘러봤다.

답례품 등을 결정하고 보름 후. 우리는 바로 돌 리조트를 방문했다.

햇빛이 강한 곳이라 차광용 선글라스가 필수였다.

그리고 푹푹 찌는 더위 때문인지 남성은 상반신 탈의에 꽃이

나 식물무늬가 들어간 무릎 기장의 반바지를, 여성은 수영복 같은 옷 위에 눈에 띄는 색상의 롱스커트를 두르거나 노출이 많은 원피스를 걸친 채로 돌아다닌다. 확실히, 이렇게 더운 곳에선 면적이 넓은 천을 몸에 두르기는 힘들다. 나는 오늘 반소매 원피스를 입었고, 제이 씨도 가벼운 차림이지만 무척 더웠다.

"뭔가, 너……."

제이 씨는 옷깃을 잡고 펄럭여서 땀을 식히며 내게 시선을 보냈다.

"어어, 무, 무슨 문제라도……?"

"아니, 뭐라고 해야 하나……. 네 분위기에 그 안경은 상당히 괴리감이 있어서…… 조금 위화감이 든다고 해야 하나……. 어울리지 않는 건 아닌데, 그게……."

제이 씨는 시선을 살짝 피했다.

오늘 나도 차광용 안경—— 요컨대 선글라스를 착용했다. 선글라스는 이른바 인싸, 외향인의 상징이라는 편견이 있는데, 그 편견 때문인지 선글라스를 착용한 내 자신에게 위화감이 심하게 느껴졌다.

게다가 어제 저택에서 시험 삼아 착용해 봤을 때, 문지기 토마스는 "너무 안 어울려서 무서워."라며 덜덜 떨었고, 살아 있는 것만으로도 나를 긍정해 주는 집사 루크조차도 할 말을 잃었다.

집사장 스티브 씨에게 솔직한 감상을 물으니, "개성이 서로를 죽인다고 해야 할까요."라는 답변이 돌아왔고, 다른 이들의 평가도 내 느낌과 크게 다르지 않았다.

"스티브 씨는 개성이 서로를 죽인다고 했어요."

"너는 줏대가 있어서 인상이 강하고…… 이목구비도 또렷해서 예쁜 편이잖아? 그런데 말투하고 표정은 차분해서, 평소엔 조심스럽고 어른스럽고, 초연한 분위기가 있어. 그런 네 장점과 차광용 렌즈가 주장하는 느낌이 전부 싸우고 있는 것 같기도 해……."

제이 씨는 양손으로 내 선글라스 다리를 잡고 위치를 조정해 줬다. 제이 씨는 선글라스가 어울렸다.

나와 다르게 새까맣지 않고 옅은 색으로 된 렌즈는 그의 상냥하고 성실한 시선과 조화를 이뤄서 평소와는 다른 분위기를 풍겼다.

"제이 씨는 안경이 어울리네요."

"건달처럼 보여?"

"아니요. 멋있어요. 평소엔 시원하고 상냥한 분위기인데 오늘은 멋있어서…… 어른이란 느낌이에요. 아, 평소엔 멋있지 않은 게 아니라요. 그게, 멋있는 분위기가 다르다고 해야 하나, 예전에는 시원스러워서 푸른 하늘 같은 분위기였는데 지금은 성숙한 멋이 있어서……."

나는 온 힘을 다해 설명했다. 이윽고 제이 씨가 작게 고개를 끄덕였다.

"아, 알았어. 네 마음은."

"죄송해요. 오해할 만한 말을 해서."

"신경 쓰지 마. 그보다 혼전 시술 전에 조금 도와줬으면 하는 게 있는데 괜찮아?"

제이 씨는 예의를 차리며 멀리 있는 여관을 가리켰다.

"시술은 저기서 해. 숙소 안에서. 그런데 개방된 장소가 필요하기도 하고, 점심 식사를 하더라도 예약 시간까지 시간이 많이 남아서 말이야. 방을 빌렸으니까 음식을 포장해 와서 경치라도 보면서 자유 시간을 보냈으면 해."

시술은 숙소 안에서 하는구나. 멀리 있는, 벽돌로 지어진 숙소를 바라보며 나는 고개를 끄덕였다.

"네. 그렇게 부탁드려요."

"그렇게 예의 차릴 필요 없다니까. 오늘은 느긋하게 점심 먹고 숙소에서 쉬다가 혼전 시술을 받고 돌아가면 돼. 어깨에 힘 빼."

제이 씨는 숙소를 향해 걸어갔다.

나도 그 뒤를 쫓았다.

상자로 포장된 음식을 몇 개 구입한 우리는 숙소 방에서 작은 식사회를 열었다.

허브와 어패류를 듬뿍 사용한 요리들은 처음 먹어 보는 것뿐이었다. 향신료를 넣은 튀김에, 산미와 매운맛이 조화된 수프, 쌀은 사용한 면 요리는 전부 맛있었다. 나는 제이 씨와 감상을 나누며 즐거운 시간을 보냈다.

그렇게 식사를 마친 후 딱히 할 일도 없겠다, 제이 씨와 소파에 앉아 있었는데 그가 내게 흘끗 시선을 보냈다.

"아까 말했던 것처럼 도와줬으면 하는 게 있는데, 괜찮아?"

"네. 힘내 볼게요."

무슨 일인지는 모르겠지만 제이 씨에게 도움이 되고 싶다. 내가 고개를 끄덕이자 그는 무언가를 부스럭거리며 꺼내더니 테이블 위에 상자 하나를 턱 하고 올려놓았다.

과자 상자처럼 귀여운 파스텔 핑크 색의 상자에는 '마시멜로'라는 레터링이 되어 있었다. 이 상자는 본 적이 있다.

"이건…… 화장품을 만드는……."

전생을 떠올린 지 벌써 8년이나 지났다. 그 사이에 이 세계의 문화도 많이 바뀌었는데, 화장품 업계도 그중 하나였다.

댄스파티를 위해 앨리스에게 화장을 해 줬을 땐 입술연지에 파우더, 간단한 크림 정도였는데, 지금은 눈가를 반짝이게 만드는 글리터나 크림, 립 종류가 출시되기 시작했다.

그리고 파우더를 넣는 병, 콤팩트와 같은 일체형 제품은 액세서리를 넣어두는 보석 상자처럼 아름답게 세공되어서 각 상회마다 디자인에 차별점을 뒀다.

그리고 요즘 조금씩 주목받고 있는 게 이 화장품 키트였다. 자신이 좋아하는 색을 골라 색을 조합한 후, 부속 레시피대로 재료를 섞어서 완성시킨다.

세계에서 단 하나, 자신에게 맞는 화장품을! 이라는 콘셉트의 제품으로, 선물로 유행 중이라고 한다.

"이거로 결혼식 당일에 쓸 입술연지를 만들었으면 해. 레시피와 설명서는 읽었는데 네가 있을 때 열고 싶어서, 개봉하진 않았어."

제이 씨는 천천히 상자를 열었다.

광택이 있는 실크 레이스천이 완충 목적으로 들어 있었고, 여러 색상의 작은 병, 특이한 모양의 용기가 정렬되어 있었다. 시험관이나 이과 실험에 쓰는 듯한 비커, 손잡이 부분이 꽃 모양인 스포이드 등도 수납되어 있어서 마치 세상의 예쁜 것들을 모아둔 듯한 느낌이었다. 구성품이 전부 신경 써서 준비된 느낌이 들었고 아름다웠다.

"예쁘네요……. 감사해요. 정말 기뻐요."

"전부터 네가 해 줬으면 좋겠다는 생각이 들어서…… 유행에 편승하는 것도 나쁘지 않네."

그는 "그리고, 만들기 전에 할 일이 있어."라며 검지를 세웠다.

"입술연지는 본인을 더 눈에 띄게 만드는 색이 있다고 해. 본인의 얼굴형 등에 따라서 사람마다 다르다고 해서, 진단을 해 봤어."

"진단……."

나도 모르게 허리가 펴졌다.

제이 씨는 "너는 파란색이야."라며 내게 프린트 한 장을 건넸다.

"파랗다고요……?"

"그래. 너는 피부도 혈관도 창백한 느낌이고, 얼굴형을 포함해서 여러모로 종합적으로 본 결과 파란색이라고 해."

설명을 듣기 전까지는 새파란 풋내기라거나 그런 표현인 줄 알았다. 용지를 차분히 읽어 보니 나는 푸른 기가 있는 핑크나 약간 어두운 빨강이 잘 어울린다고 한다. 진단서의 내역을 보면 멜로도 같은 속성일 듯했다.

"그러니까 이 파랑 계통에 어울린다는 색상으로 연지를 만드는 게 좋을 것 같은데, 어때?"

"네. 잘 부탁드릴게요."

"그럼 바로 색을 골라서 만들어 보자. 재료는 밀랍이랑, 식물 왁스, 정제 오일이랑 색재인가. 이런 느낌으로……."

제이 씨는 작은 병과 비커를 나무 상자에서 꺼냈다. 연지를 담을 용기도 있었는데 용기 자체에도 원하는 장식을 할 수 있는 듯, 작은 보석들이 함께 들어 있었다.

이건 어떻게 보답해야 할까.

나도 뭔가 직접 만들 수 있는 키트를 사서 제이 씨와 만들어 보는 건 어떨까. 무언가 그가 자주 사용하는 것, 그리고 직접 만들 수 있는 거라면——. 그런 생각을 하며 나는 제이 씨의 지시에 따라 비커에 담긴 액체를 섞었다. 점성 있는 액체는 아직 반투명했다. 이 액체에 색재를 넣으면 입술연지가 된다니. 신기했다.

"잠깐 손 좀 빌려줘."

"네."

나는 손을 멈추고 제이 씨에게 손을 내밀었다. 뼈가 도드라진 거친 손이 내 손가락을 조심스레 잡았다. 그러고 보면 그의 손에 닿은 적이 거의 없었다. 약혼하기 전에는 교사와 학생의 관계였으니 당연하다면 당연한 일이지만…….

지금까지 제이 씨는 선생님의 범주에 속해 있었다. 하지만 졸업한 후엔 그렇지 않다. 그래도 내게는 역시 성별을 떠나 선생님이란 인상이 강했는데—— 지금, 그도 남성이라는 생각이 들어서 긴장되었다.

싫은 느낌이 아니고, 신선하면서도 마음이 간질거리는 듯한 느낌의 긴장이었다.

제이 씨는 내 손을 잡고 대체 뭘 하려는 걸까.

가만히 지켜보고 있자 그는 붓으로 색재를 문지르더니 물감의 색을 확인하듯이 내 손에 색재를 살짝 묻혔다.

"조금 색이 어둡나……? 그래도 어두운 빨강이 어울린다고 했으니 이 정도면 괜찮은가……."

제이 씨는 눈을 가늘게 뜨고 빨간 색이 묻은 내 손을 자세히 관찰했다.

색을 고르는 것뿐이니 전혀 이상할 일 없지만 괜시리 의식되었다.

"조금 더 밝은 편이 좋아?"

"어, 아, 네……."

"이건 너무 밝네. 거의 주황색이 되어 버렸잖아. 조금 더 차분한 색이 좋겠지?"

"그러네요……."

제이 씨는 내 손을 천으로 닦아가며 다시 색을 조합했다. 이윽고 선명하고 고운 빨강이 완성되자 그는 보물을 찾은 것처럼 눈을 반짝였다.

"이거 꽤 괜찮지 않아? 입술에 한번 발라 볼래?"

나는 바로 색재를 내 입술에 발랐다.

색이 다른 것뿐인데 얼굴 전체가 바뀐 듯한, 분위기가 확 바뀐 듯한 느낌이 들었다.

"좋네요……."

"다행이다. 이 색으로 만들자. 분명 하얀 웨딩드레스에도 어울릴 거야."

제이 씨는 기쁜 얼굴로 완성된 빨간 색재를 비커 안에 넣어 섞었다. 빠르게 색을 균일하게 만든 후 용기에 흘려 넣었다.

"이제 건조하면 돼. 시술을 끝내고 오면 완성되어 있을 거야. 아직 시간이 남았으니까 케이스를 꾸며 보자."

"네."

나는 제이 씨를 도우려고 상자로 손을 뻗었다. 그런데 그도 안에 있던 물품을 꺼내려다가 나와 손이 부딪히고 말았다.

"앗……."

서로 서둘러 손을 뺐다. 아까도 손을 잡긴 했지만 그건 미리 이야기하고 잡은 것이었다. 그리고 지금은, 사고.

아까 손을 잡고 남자라는 인상을 받아서인지 시선을 맞추기가 어려웠다.

"미, 미안. 깜짝 놀랐지. 아팠어?"

한편 제이 씨는 당황스러운 표정이었다. "내 손에 맞은 것 같아서……."라며 목소리까지 떨리고 있었다.

"맞은 건 아니고요. 부딪히기만 했어요."

"내 손 같은 거랑 부딪히면 대충돌이잖아. 뼈가 부러지진 않았어?"

"괜찮아요."

오히려 손과는 전혀 관계없는 심장 부근이 조이는 기분이 들었다.

하지만 그런 말을 꺼냈다간 더 당황하겠지. 걱정하는 제이 씨를 진정시키자 얼마 지나지 않아 "시술 시간입니다. 모시러 왔어요."라며 직원이 문을 두드렸다.

"네. 갈게요!"

나는 어떻게든 마음을 진정시키고 그와 방을 나섰다.

에스테틱은 전생까지 거슬러 올라가 봐도 나와는 전혀 연이 없었다. TV에서 본 이미지로는 도착했습니다! 옷 갈아입을게요! 마사지입니다! 라는 인상이었다.

하지만 실제로 시술하는 장소에 도착해 보니, 옷을 갈아입기 전에 평소엔 어떻게 시간을 보내는지, 몸에 신경 쓰이는 부분이 있는지 등 여러 질문을 받고 나서 플랜을 몇 개 제시받았다.

그리고 바로 제이 씨와 플랜을 고르게 되었는데──,

"이 플루메리아라는 코스는 지방 연소 효과가 있다고 해요."

카탈로그를 보여주자 제이 씨는 의아한 표정을 지었다.

"너는 연소해야 할 지방이 없잖아."

"있어요."

"지방질은 몸에 꼭 필요한 영양소 중 하나야. 지금보다 더 줄어들면 건강에 좋지 않아."

"필요한 것 이상으로 있어요."

"없어. ……뭔가 건강에 좋은 건 없을까요?"

제이 씨는 시술사에게 질문했다. 지방 연소가 있는 플루메리아 코스가 가장 가격도 낮고 딱 좋다고 생각했는데 안 되는 모양이다. 어떻게 할지를 고민하고 있는데 시술사는 카탈로그의 최상단, 검은색 배경에 뚜렷한 금색 글자로 적힌 코스를 가리켰다.

"이 코스는 건강적인 관점으로도, 미용적인 관점으로도 고객님께서 극상의 시간을 보내실 수 있는 구성인데 어떠신가요?"

"그거로 부탁드립니다."

제이 씨는 바로 결정해 버렸다. 그건 가장 고급 코스였다. 깜짝 놀라자 "전부 내가 낼 테니까 그런 표정 짓지 마."라며 눈을 가늘게 떴다.

"내가 연상인 것에 장점이 있다면 이 정도뿐이니까."

"아, 아뇨. 그렇지 않아요."

"그리고 일생에 한 번…… 다르게 말하자면 처음이자 마지막 결혼이잖아. 자, 다녀와."

제이 씨는 내 등을 툭 밀었다. 하지만 시술사는 눈을 동그랗게 떴다.

"저기, 고객님…… 이번에 예약하신 건 혼전 시술이어서 두 분이 함께 시술을 받으셔야 합니다만……."

"어, 저, 저도 말입니까……?"

"네. 두 분이 받으셔야 합니다. 결혼은 부부, 두 분이 하시는 거니까요. 저희는 두 분이 더욱 아름답고 건강하게 식을 올리실 수 있도록 도와드리는 역할이어서요."

제이 씨가 "그렇군요……."라며 어딘가 먼 산을 바라보는 듯한 표정으로 나를 바라봤다.

"뭐, 네 옆에 서려면 제대로 준비해야겠지……. 실례했습니다. 잘 부탁드립니다."

"네. 그러면 이쪽으로 안내해 드리겠습니다."

시술사가 안으로 우리를 안내했다. 우리는 함께 브라이덜 에스테틱을 받기 위해 움직였다.

우리는 남녀별로 분리된 탈의실에서 각자 시술 가운으로 갈아입은 후 같은 방으로 안내받았다.

침대 두 개가 나란히 놓여 있었고, 조명은 간접 조명뿐이라 실내는 약간 어두워서 어딘가 차분한 분위기가 풍겼다. 향을 피워 놨는지 숲이나 허브를 연상시키는 독특한 향기가 났다.

그리고 지금, 우리는 각자 침대에 엎드려 바로 시술사에게 오일 마사지를 받는 중이다.

팔을 쥐어짰다가 다리를 쥐어짜고, 등을 누르는 등 행동만 묘사하자면 고문 같지만 굉장히 기분이 좋았다.

오일이 미끌거려서 간지러웠지만 시트러스 계열의 좋은 향이 났고, "여길 누르면 혈류가 좋아져서……." 하는 설명을 들으니 새로운 지식을 쌓는 기분도 들었다.

"윽."

그런데 온화한 분위기와는 조금 거리가 있는 목소리가 옆에서 들려와 걱정되었다.

"많이 굳었네요~, 오랫동안 같은 자세로 계실 때가 많으시죠? 몸에는 그다지 좋지 않아요."

노령의 시술사가 제이 씨의 등을 꾹꾹 누르며 곤란하단 얼굴로 웃었다.

한편 제이 씨는 괴로운 표정으로 고통을 참고 있었다.

"너, 너는 아프지 않아……?"

걱정스러운 목소리에 마음이 아파졌다.

나는 딱히 아프지 않았다. 기분이 좋을 뿐이었다. 하지만 고통스러워하는 제이 씨 앞에서 기분 좋다고 말할 수가 없었다.

"괜찮아요~, 동행인분은 몸이 굳어 있지 않아서 거의 아프지 않으실 거예요. 남성과 여성은 골격도 다르니까요."

하지만 노령의 시술사가 나 대신 바로 대답했다. 나를 담당한 여성 시술사는 쓴웃음을 지었다.

"그렇다면 다행이고…… 으윽."

안심한 목소리로 말하던 제이 씨가 신음했다. 기분 탓인지 뼈 소리가 들려서 한층 불안이 짙어졌다.

"네에―. 지금은 아프겠지만 끝나면 몸도 가벼워지고 건강하고 아름다운 몸이 될 테니까요. 조금만 참으세요~."

뚜둑! 하고 뼈가 부러지는 소리가 났다. 불안이 최고조에 달하여 노령의 시술사에게 시선을 보내자 그는 "부러지지 않았어요~."라며 미소 지었다.

"손님의 척추를 부러트렸다간 가게를 닫아야 할 테니까요. 저도 실직자가 되겠죠. 그러면 승마용품점을 운영하는 동생에게 신세를 질 수밖에 없어요."

확실히 맞는 말이지만 들려오는 소리가 공포를 상당히 자극했다. 뼈의 존속이 걸린 듯한 소리와 뼈가 부러진 듯한 목소리가 옆에서 들려오는 중이다.

하지만 내 불안과 다르게 시술사는 "부럽네요."라며 눈을 가늘게 떴다.

"신혼……이라기엔 아직 결혼 전이지만, 아내가 남편을 걱정하고, 남편도 아내를 걱정하고, 훌륭합니다. 아주 멋져요."

"아…… 감사합니다."

아마도 칭찬이겠지? 다만 칭찬받을 만한 일을 한 것 같지는 않아서 조금 머쓱했다.

"그리고 보니 두 분은 공중 화원에는 가 보셨나요?"

"공중 화원……?"

시술사의 질문에 나는 이 주변의 지도를 머릿속으로 떠올렸다. 하지만 생각나는 장소가 없어서 고개를 가로저었다. 공중 화원. 이름대로 아마도 화원……이겠지.

"이 시기엔 메도우스위트가 흐드러지게 피는, 이 지역 사람들만 아는 장소가 있어요."

흔들다리를 건너야 하지만요. 라고 덧붙이면서 시술사는 이야기를 이어 나갔다.

"이렇게, 산악지대에 위치해 있는데 좁은 흔들다리를 건넌 곳에 있어서 공중에 있는 꽃의 낙원 같다고 공중 화원이라는 이름이 붙었어요. 절경이니까 시간이 되신다면 꼭 한번 가 보세요.”

“공중 화원, 가 볼까?”

제이 씨는 내게 미소 지었다. 이곳의 주민밖에 모르는 절경 스폿. 흔들다리를 건너야 한다는 건 불안했지만 고소공포증은 1학년 여름에 극복했다. 지금은 딱히 공포증도 없고, 아름다운 풍경을 제이 씨와 함께 보고 싶다.

“네. 가요.”

대답하자 제이 씨도 웃으며 고개를 끄덕였다. 그런데 그 순간, 무척이나 밝았던 표정이 괴로움으로 바뀌었다.

“아야야야! 뭐, 뭔가요.”

“공중 화원은 가볍게 갈 수 있지만 여기에서 좀 머니까요. 자양강장을 위한 지압이 필요하실 듯해서……”

시술사가 놀리듯이 고개를 기울였다. 어쩐지 이 시술사는 제이 씨와 자주 가는 승마용품점 점주와 닮은 듯했다.

그러고 보니 동생이 승마용품점을 운영한다고 말했던 것 같은데…….

나는 기묘한 인연을 느끼면서 여전히 ‘뚜둑’ 하는 무서운 소리가 들리는 옆자리로 불안한 시선을 보내며 시술을 받았다.

시술을 마친 우리는 바로 공중 화원으로 가 보기로 했다.

공중 화원은 시술사가 말하는 대로 마을 중심부에서 상당히 떨어져 있었고, 마차가 지나갈 수 없는 좁은 길을 지나야 했다. 공기가 맑아서 걷는 것만으로도 상쾌한 기분이 되었다.

나무들이 늘어선 사이에서 솟아난 물이 개울을 이뤘고, 물가 주변에 핀 꽃들이 나비를 불러모으는 광경은 제이 씨와 말을 타고 자주 봤던 풍경을 떠올리게 했다.

"저게 그 흔들다리일까요?"

나는 점차 보이기 시작한 폭이 좁은 다리를 가리켰다. 건너가기 쉽지 않다는 소리는 들었는데 실제로 보니 한 명이 겨우 지나갈 만한 폭이었다.

아이라도 둘이 나란히 건너가진 못하겠지. 산과 산을 잇는 듯한 입지에, 다리 아래에는 강이 흐르고 있었지만 높이 때문인지 물소리는 들리지 않았다.

"절대 난간에서 손 떼지 마……."

제이 씨는 다리를 빤히 바라보다가 내게 그렇게 말한 후 한 발짝을 내디뎠다. 나는 그 뒤를 쫓았다.

오늘은 바람이 별로 불지 않았지만, 흔들다리라는 특성상 한 발짝을 내디딜 때마다 다리가 흔들렸다. 제이 씨가 있으니 무섭지는 않지만 그가 떨어지는 상상을 하면 불안했다.

"미스티아. 난간에서 손 떼지 않지?"

"네. 제대로 붙잡고 있어요."

"그럼 됐어. 절대 손 떼지 마."

신중하게 발걸음을 옮겼다.

조여드는 긴박감 속에서 다리를 다 건넜을 때는 목덜미가 땀으로 흠뻑 젖어 있었다. 우리는 거친 숨을 내뱉었다.

너무 긴장해서 숨을 멈추고 있었는데 제이 씨도 그랬던 모양이다. 그는 다리를 바라보며 숨을 가다듬었다.

"이곳 주민들만 온다더니, 아마 저게 이유인가 보네. 사람이 너무 많으면 다리 중간에서 맞은편에서 건너오는 사람을 맞닥뜨릴 테니까. 저 다리에서 그랬다간 언젠가 추락 사고가 일어날 거야. 그래서 관광 책에도 싣지 않은 것 같아."

확실히, 관광객이 몰리면 위험한 사고가 날 것 같다.

오늘은 오는 길에 아무도 마주치지 않았고 다리도 나와 제이 씨, 둘이서만 건넜지만 사람이 늘어나면 다리도 크게 흔들릴 것이다.

"그래도 경치는 좋네…… 자, 미스티아. 저기 봐 봐."

나는 그가 말한 대로 시선을 앞으로 돌렸다. 그곳에는 메도우스위트뿐만 아니라 빨강, 주황, 분홍, 노랑, 화려하고 남국의 분위기가 느껴지는 색상의 장미가 만개한 화원이 있었다.

또한 독특한 무늬를 지닌 나비가 날아다니며 화원을 더욱 화려하게 만들었다.

"예쁘다……."

"그래. 예쁘네."

제이 씨는 홀린 듯이 장미를 바라봤다.

프러포즈를 받을 때 제이 씨는 아름다운 야경을 내게 소개해 줬고, 승마를 가르쳐줄 때도 예쁜 경치를 보여 줬다. 그는 이런 경치를 바라보는 것을 좋아하는 걸까. 그렇다면 결혼한 후에도 함께 예쁜 것들을 보러 가고 싶다. 나도 열심히 조사해서 멋진 풍경을 찾아 그에게 소개해 주고 싶다.

"데려와 주셔서 감사해요."

"그렇게 예의 차리지 않아도 돼. 그런 점도 좋다고 생각하지만 결혼할 사이이니까 편하게 대했으면 해."

제이 씨가 내 볼을 콕 찔렀다.

"하지만 시술도 준비해 주셨고…… 저는 그런 걸 잘 몰라서요."

"나도 원래 잘 알던 건 아냐. 연지 만들기 키트 같은 것도 가져왔지만 애초에 화장에 관해선 전혀 몰랐고. 화장하면 꼭 지워야 한다거나, 피부에 부담이 간다거나, 뭔가 바른다거나, 날 위해서 그런 수고를 해 줬다는 걸 알고 놀랄 정도였으니까."

"제이 씨……."

"너는 내게 자주 감사하다고 하지만, 나는 네게 받은 만큼 돌려주고 있는 거니까 그렇게 신경 쓰지 않아도 돼. 나는 네게 빚을 갚고 있는 기분이니까."

빚을 갚다니. 그렇게 생각하지 않아도 되는데.

나는 지금까지 몇 번이나 제이 씨에게 도움을 받았다.

함께 있는 것만으로도 기쁠 정도인데.

"저야말로, 제이 씨에게 받기만 해서……. 선물은 물론 기쁘지만 함께 있어 주시는 것만으로도 충분해요. 이런 저와 결혼까지 해 주시고……."

"정말이지. 너는 겸손이 과하다니까. '이런 저'라고 하지 마. 강하고, 상냥하고, 배려심 깊고, 주변을 보고 행동할 줄 알고 책임감도 있지. 책임감이 너무 강해서 전부 떠맡으려고 하는 게 걱정이지만—— 어쨌든, 네 장점을 들자면 끝이 없을 정도니까

괜히 겸손 떨지 마."

"겸손이라니⋯⋯. 제이 씨야말로 모두에게 신뢰받고, 수업도 잘 가르쳐 주시고, 자기 일처럼 상담해 주시잖아요. 이런 선생님으로서의 매력은 물론이고, 모든 일에 적극적이고, 성실하고, 제이 씨처럼 되고 싶다는 생각이 들 정도로 인간으로서도 존경스럽고, 그래서 결혼 상대가 저로 괜찮은지 의아할 정도로──."

"너뿐이야. 내 상대는."

제이 씨가 나를 똑바로 바라봤다.

"너뿐이야. 너는 세계 제일의 존재야. 최고의 상대라고."

그리고 강조하듯이 반복했다.

이렇게까지 나를 인정해 준다는 점에 마음이 뜨거워졌다.

"제이 씨⋯⋯."

"나는 너를, 한 명의 인간으로서 존경해. 처음 만났을 때 승마를 가르치고 배우는 관계였지만, 그 후엔 교사와 학생이 되었고, 여러모로 위치나 주변 상황이 바뀌었지만 나는, 계속 너를 향한 마음이 바뀌지 않았고 앞으로도 바뀌지 않을 거야. 계속, 너를 좋아해."

혹시, 이건 연애적인 의미의 고백⋯⋯?

제이 씨는, 나와 나이 차가 난다. 얼마 전까지 교사와 학생이었는데, 이건 좋아한다고⋯⋯ 마음을 고백하는 건가⋯⋯?

"제이 씨는 제가 좋나요?"

"당연하지. 좋아하지 않는데 같이 있으려 할 리가 없잖아. 너는 세계에서 제일 매력적이니까. 아무도 널 대신할 수 없어."

제이 씨는 그의 강한 책임감과 상냥함으로 나를 결혼 상대로 골라 줬다.

그런데, 함께 지내면서 그는 나를 연애적인 의미로 좋아하게 된 건가……?

나이 차이가 나는 사람이 내게 연애 감정을 품는다는데도 이상하게도 공포가 느껴지지 않았다.

그저, 기쁘다는 생각만 들었다.

제이 씨라서. 그래서 기쁘고, 영광이었다.

"엄청, 기뻐요. 정말…… 기뻐……."

"그렇다면 나도 기뻐. 네가 기뻐하는 게 제일이니까."

"제이 씨……."

마음이 흘러넘쳐서 그의 이름을 부르는 것밖에 하지 못했다.

이렇게, 이렇게 인간적으로 훌륭한 사람이 내 남편이 되어 준다니 믿기지 않는다.

연애는 어렵다고, 흥미가 없다고 생각했는데 제이 씨와 결혼할 수 있고 호감을 받는다는 게 이렇게나 기쁘다.

"제이 씨. 저도 제이 씨가 기뻐하는 모습을 보면 기뻐요. 저, 제이 씨를 행복하게 해 드릴게요. 앞으로도, 부, 부디 잘 부탁드릴게요."

"부디든 뭐든, 평생 같이 있을 거잖아. 그리고 나는 네가 옆에 있어 준다면 어디에 있든 행복할 거야. 그러니까 내가 너를 행복하게 만들어 줄게. 너는 그대로 있어도 괜찮아. 단지, 내게 사랑만 받아도 돼."

제이 씨는 그렇게 말하며 상냥하게 미소 지었다.

하지만 나도 제이 씨를 행복하게 만들어 주고 싶다. 제이 씨만 노력하는 것은 싫다.

좀 더, 좀 더 노력하자.

어쩐지 존경과 호의, 다양한 감정이 흘러넘쳐서 나는 나도 모르게 제이 씨에게 다가가 그를 끌어안았다.

"저, 저도 노력할게요. 제이 씨에게 어울리는 존재가 될게요. 세계 제일의, 최고인 제가 될 수 있도록 노력할게요."

"……정말 노력하지 않아도 괜찮은데. 나야말로 너와 어울릴 수 있게 노력하는 중이니까 말이야."

제이 씨는 당황하면서도 내 등에 손을 얹었다. 그게 기뻐서 나도 모르게 끌어안은 팔에 힘이 들어가고 말았다.

"그렇지 않아요! 제이 씨는, 정말 훌륭하고……!"

"기쁘지만…… 좀 부끄럽네. 그 정도면 됐어."

"하지만."

"충분하고도 넘칠 정도로 알고 있으니까. 네가 나를 봐 준다는 건."

제이 씨가 내 머리를 가볍게 쓰다듬었다.

알록달록한 꽃밭에서 우리는 서로를 보고 계속하여 미소를 나눴다.

SIDE: Jey

내가 먼저 미스티아에게 고백한 경위도 더불어, 좋아하는 마음은 내가 더 크다고 생각했다.

연하인 미스티아는 제대로 우리를 생각하고 장래를 바라보는데, 나는 폭주 기관차처럼 달려 나가기만 했다. 미스티아가 좋아서 주체할 수 없지만 혼자 폭주했던 경험 때문에 9할을 넘는 강한 확신을 품고 있었다.

그런데 결혼식을 앞둔 지금, 미스티아의 나를 향한 사랑이 끝없이 이어졌다.

"그렇지 않아요! 제이 씨는, 정말 훌륭하고……!"

미스티아는 반짝거리는 눈으로 호감을 확실하게 전해왔다.

"기쁘지만…… 좀 부끄럽네. 그 정도면 됐어."

나는 나도 모르게 미스티아의 말을 가로막았다. 결혼식 준비로 바쁘니, 혼전 시술로 미스티아의 피로를 풀어줄 생각이었는데 설마 이런 반격을 맞을 줄은 상상도 못 했다.

"하지만."

"충분하고도 넘칠 정도로 알고 있으니까. 네가 나를 봐 준다는 건."

정말 진심으로. 걱정이 될 정도로 미스티아의 호의가 전해져왔다.

미스티아가 나를 좋아한다는 기쁨에 걱정이 섞이기 시작했던 건 양가에 인사를 드리기 시작할 때쯤이었다.

우리 가족에게 그녀를 소개한다……라고는 해도 초면이 아니니까 함께 식사하는 자리를 만드는 것뿐이었지만, 미스티아는 그 자리에서 내가 얼마나 인기가 있는지를 열심히 설명했다.

나는 별로 인기가 없지만 미스티아는 내가 고백받는 장면을 봤다고 한다. 솔직히 나를 멋있다고 해 주는 건 미스티아뿐이었고, 나는 여심을 잘 모른다.

그런데 미스티아는 내가 부정하는 말을 듣고 진심으로 놀란 표정이어서, 곧바로 '아, 미스티아가 혹시 질투하는 건가?'라는 생각에 다다랐다.

나도 미스티아에게 남자가 접근하는 것을 보고 질투한 적이 있다. 예전뿐만 아니라 지금도 미스티아에게 호의를 품은 남자를 볼 때면 나이 차가 나지 않는 게 부러울 때가 있다. 다만 요즘은 좋아하는 마음만큼은 지지 않는다는 강한 자신이 생겼다.

미스티아의 독점욕을 완전히 자각한 것은 답례품을 고를 때였다. 여성에게 인기가 좋다길래 미스티아도 좋아할 것 같아서 디저트 가게는 프리뮬러가 좋을 것 같다고 했더니, 미스티아는 드로어가 좋다고 했다.

어쩐지 신경 쓰여서 조사해 보니 프리뮬러는 점원이 여성뿐인 가게였다.

반대 입장으로 생각하자면. 내가 동행한다고 해도 남자밖에 없는 가게에 미스티아를 데려가고 싶지는 않았다. 뭔가 위험한 일이 생기는 게 싫으니까.

하지만 그건 집단 전투에서 내가 혼자서 그녀를 지킬 수 있을까? 라는 위험성에서 비롯된 걱정이었다.

그런데, 프리뮬러는 다르다.

미스티아는 매력적이지만 이런 건달 같은 인상의 내게 여성 점원이 접근할 일은 없다. 격투에 정통한 녀석이 없다면 힘으로도 지지 않을 것이다.

그런데 미스티아는 다른 가게가 좋다고 말했다.

그리고, 내 모습이 담기거나, 내 이름이 각인된 답례품을 나눠 주는 것을 피할 정도로 나를 독점하려고 했다.

게다가 그때 "남에게 주기에는……."라고 말했다.

동상이나 접시는 물품인데도 나와 연관되어 있다는 것만으로도 사람처럼 취급했다.

동상과 접시를 말이다. 인형도 아닌 동과 흙을 사람 취급했다.

조금 무섭다.

하지만 미스티아가 귀여운 한편, 미안하다는 생각도 들었다.

미스티아는 지금까지 혼자서 사랑을 키워온 반동이 나타나고 있다.

게다가 이제 졸업하여 18세가 되었다고는 해도 20세가 될 때까지는 손을 대고 싶지 않다. 지금 이대로 행복하고, 몸이 걱정되고, 생활을 안정시키는 게 먼저라는 생각이 든다.

그렇다고 해서 '너는 최고야.', '매력적이야.', '결혼하게 되어서 기뻐.'라는 마음을 전해도 물리적인 관계가 진전되지 않았다. 불안하겠지. 그래서 나는 미스티아에게 선물하기로 했다.

그게, 입술연지 제작 키트였다. 영애들 사이에서 상당히 유행이라는 듯, 입수하기 쉽지 않았다. 좋아하는 사람이 기뻐하는 모습을 보기 위해서 하인에게 줄을 서라고 명령하는 것도 좀 그래서 엄동설한 속에 10시간 줄을 서서 입수한 귀중품이었다.

선물을 받은 미스티아는 기뻐했고 곧바로 함께 제작에 돌입했다.

내가 만든 색을 바르고, 내가 미스티아의 것이라는 사실에 안심했으면 했다.

결혼식용으로 만들자고 말은 했지만 평소에도 사용할 수 있도록 색을 조정했다.

결혼반지에 입술연지. 평소 사용하는 것이니 내가 옆에 없더라도 마음은 연결되어 있다고 생각해 줬으면 했다.

그래서 선물을 한 건데——.

"저는 제이 씨와 결혼하게 되어서 정말 행복해요."

미스티아는 눈을 반짝이며 나를 바라봤다. 오늘은 미스티아가 독점욕이나 질투에서 해방될 수 있기를 바랐는데, 나를 향한 호감이 더욱 강해진 듯했다. 그래도 괜찮나……?

일방적인 것도 아니고, 내가 미스티아의 마음을 받아들인다면 문제없나.

하지만 미스티아가 질투로 슬퍼하지는 않았으면 좋겠다. 가게 점원에게까지 질투하면 그녀가 힘들지 않을까.

"너를 행복하게 만들고 싶고, 계속 행복하기를 바라지만, 행복한 건 너뿐만이 아니야. 나도, 너와 함께 있어서 행복해."

"제이 씨……!"

미스티아의 눈에 담긴 정열이 점점 강해지기만 했다. 질투나 독점욕 때문에 괴로울 텐데도…… 복잡했다.

많은 감정을 전해서 안심시키고 싶지만 솔직히 미스티아의 깊은 사랑이 기쁜 내가 있다.

미스티아에게 '저 말고 다른 사람과 대화하지 마세요.'라는 말을 듣는다면, 먼저 미스티아의 마음을 걱정해야 하겠지만 나는 '알았어.' 하고 부탁을 들어주게 될 것만 같았다.

미스티아는 나를 좋아한다고 하지만 나는 남편으로서는 실격이다. 미스티아가 더 어른스럽다. 하지만 독점욕을 생각하면——우리는 결국 비슷할지도 모르겠다.

"미스티아, 행복해지자."

나는 미스티아의 머리를 가볍게 쓰다듬었다. 못 미더운 남편이지만 잘 부탁해——라는 말은 분명 부정할 테니까, 마음으로만 전했다.

세계 제일 나의 아내

SIDE: Jey

아름다운 흰 벽으로 둘러싸인 실내, 네스트리움과 장미로 장식된 하객석에, 새빨간 벨벳이 깔려 있다. 드디어, 미스티아와의 결혼식 당일. 극채색의 스테인드글라스를 등 뒤로, 나는 장인에게 에스코트 받으며 걷는 세계에서 제일 멋진 미스티아를 빤히 바라봤다.

드디어 이날이 찾아왔다.

긴장을 풀기 위해 심호흡을 하고 있자 바로 앞으로 미스티아가 다가왔다. 함께 신에게 영원한 사랑을 맹세하고 반지를 교환했다.

"그러면 맹세의 키스를……."

신부의 말대로 나는 미스티아가 쓰고 있던 면사포를 들췄다. 선물한 입술연지를 바른 미스티아는 평소보다 성스럽게 보였다. 미스티아에게, 맹세의 키스.

아직 이르지 않나. 좀 더…… 미스티아가 스물…… 아니 스물둘이 되었을 때 해도 되지 않을까.

"자."

주춤거리자 신부가 다시 한번 재촉했다.

나는 눈을 꾹 감고 미스티아의 어깨에 손을 얹었다. 가늘어서 부서질 것만 같았다. 부러지지 않을까 불안해서 머릿속이 핑핑 돌았다.

"어⋯⋯."

나는 나도 모르게 이마에 입 맞추고 말았다.

미스티아도 놀랐고 신부도 눈을 동그랗게 떴다.

"키스는, 입술에 부탁드립니다."

신부는 헛기침을 하고 다시 지시했다. 하지만 입술은⋯⋯. 미스티아는 처음이다. 나도 처음이다. 손을 잡은 건 아버지, 어머니 다음이 미스티아였지만, 그 외에는 데이트한 것도, 이성의 저택에 놀러 간 것도, 모든 게 미스티아가 처음이었다.

"미, 미안⋯⋯ 노, 노력해 볼게⋯⋯."

나는 조심스럽게 미스티아에게 다시 한번 손을 뻗었다. 용기를 내야지. 그런데 그때 강한 장미향이 확 풍겨왔다.

"제이 씨."

정신을 차려 보니 시야 가득 미스티아가 있었다.

입술에 부드러운 감촉이 전해졌고, 더할 나위 없는 행복감과 충족감이 퍼져나갔다. 다리 힘이 빠질 것 같았지만 어떻게든 버텼다.

내가 미스티아에게 키스를 받고 있다.

내가, 미스티아에게 키스를 받고 있다고?!

혼란한 머리로 상황을 인식한 나는 미스티아가 발을 최대한 들고 있는 것을 깨닫고 넘어지지 않도록 붙잡았다.

이윽고 미스티아는 내게서 살짝 몸을 떨어트리더니 나를 올려다봤다.

"사랑해요. 제이 씨."

"나도…… 사, 사랑해."

내 아내가. 귀엽다. 너무 행복해서 무서울 정도다. 강력하다. 존경스럽다. 좋아한다. 어떻게 하지. 어떻게라도 좋으니 계속 함께 있고 싶다. 아내가 너무 적극적이라서 심장이 남아나질 않았다. 죽을 것 같았다. 좋았다.

뇌가 망가진 것처럼 감정이 계속하여 어지럽게 바뀌었다.

"행복하게, 해 줄게."

하지만 어떻게든 진심을 쥐어짰다.

나는 미스티아를 행복하게 만들고 싶다. 이렇게 내 감정을 움직이게 만드는 건 미스티아뿐이다.

우리를 축복하며 흩날리는 꽃잎 사이에서 나는 미스티아를 꼭 끌어안았다.

"음……."

복부에 충격이 느껴져서 살짝 눈을 떴다. 미스티아가 자다가 몸을 뒤척였는지 내 배 위에 팔이 올려져 있었다. 창문으로 시선을 돌리니 어렴풋한 아침 햇살이 들어오고 있었다.

하품하며 일어나 옆에서 자는 미스티아가 꿈속보다 성숙한 것을 보고, 멍했던 의식이 선명해졌다.

"벌써 2년이 지났나……."

나는 벽에 걸린 달력을 보고 감탄했다. 하루 전, 어제는 내가

그린 볼품없는 장미 그림으로 표시가 되어 있다.

미스티아는, 어제 스물이 되었다.

결혼식으로부터 2년. 우리는 정식으로 부부가 되었다.

같은 침대에서는 계속 자 왔고, 나는 미스티아를 좋아하고 우리의 마음은 쌍방이었지만, 미스티아에게 부담을 줄 만한 일은 시도조차 안 했다.

장인과 장모가 조심스럽게 손주에 관해 물어볼 땐 그런 건 적어도 미스티아가 술을 마실 수 있는 나이가 되었을 때……라며 얼버무렸다. 결국 장인, 장모에게 "미스티아, 자기에게 마음이 없는 게 아닌지 고민한다고."라며 혼난 적이 있다.

그땐 미스티아에게 내 마음을 설명하고 "네가 너무 좋아서 손을 대는 생각만 해도 울렁거려."라는 한심한 말을 했지만, 미스티아는 내 마음을 이해해 줬다.

다만 키스 정도는 하며 지내자는 약속을 하고, 아침저녁으로 미스티아에게 키스 받는 무서울 정도로 행복한 의식이 일상이 되었는데…….

그런데 어제는.

나는 부끄러워져서 어찌할 바를 모르고 침대에서 일어섰다.

미스티아가 감기에 걸리지 않도록 이불을 덮어 주고 옷을 갈아입는 데에 집중했다.

오늘 미스티아의 얼굴을 어떻게 마주해야 할지 모르겠다. 미스티아가 아침에 일어나면 평소처럼 내게 키스해 줄까. 어제의 일로 행복 허용량이 한계를 넘어서 심장이 멈출지도 모른다.

나는 손을 떨면서 주방으로 가 냄비에 물을 끓였다.

아렌가의 요리사는 지금까지 계속 미스티아가 먹는 것을 담당해 왔다고 한다.

앞으로도 그건 변하지 않지만, 첫날밤을 마친 아침은 내가 만들게 해 달라고 부탁했고, 결국 "홍차 정도라면……! 아가씨를, 몸을 던져 지켜 주신 은혜가 있으니…… 한 잔 정도라면……." 라며 피를 토할 것 같은 괴로움이 전해져 오는 승낙을 받아 이렇게 주방에 서게 되었다.

아렌가의 요리장은 미스티아에게 제공하는 음식에 자부심을 지녔다. 모처럼 얻은 승낙이니 눈이 반짝 떠지는 맛있는 차를 우리고 싶다.

용기도 데우고, 옆에서 우유도 데웠다.

미스티아는 평소 아무것도 넣지 않은 홍차를 마시지만, 아침에 일어나자마자 마신다면 우유를 넣는 편이 위장에 부담이 없겠지.

미스티아, 좋아해 주려나…….

눈을 가늘게 뜨며 물이 끓는 것을 기다리고 있자 등에 '폭' 하는 부드러운 감촉이 닿았다. 뒤돌아보니 미스티아가 "……찾았잖아요."라며 조금 어색한 얼굴로 말했다.

"미안. 네가 깼을 때 차를 대접하고 싶어서."

미스티아는 옆에 놓인 티 세트를 바라봤다. 그러고는 찬장에서 컵과 컵 받침을 하나 더 꺼냈다.

"저는 제이 씨랑 함께 마시고 싶어요."

"미스티아……."

좋아해.

죽을지도 몰라.

무작정 끌어안고 싶은 충동이 끓어올랐지만, 주방이고 불 앞이니 참는다.

찻잎을 넣은 티포트에 뜨거운 물을 붓고 뚜껑을 덮은 후 뜸을 들인다. 손을 움직이고 있으니 의식을 덜할 수 있었다.

우유도 식지 않도록 주의하면서 불에서 내렸다. 이제 뜸만 들이면 된다. 밀크티는 뜸 들이는 시간이 긴 편이 좋다. 그사이에 미스티아와 어떤 대화를 나눌까.

그보다, 얼굴이 보기 어려웠다.

지금 내 얼굴이 이상하면 어쩌지. 최대한 평범한 이야기를 나누는 게 좋을까. 아니면 어제 일을 건들어야 하나.

하지만 어제 일에 집착한다는 인상은 주고 싶지 않고, 그렇다고 배려 없이 없던 일인 척하며 미스티아를 불쾌하게 만들고 싶지 않다. 무엇이 정답일까. 가만히 있는 게 제일인가.

"오늘은."

고민에 빠져 있자 미스티아가 말을 꺼냈다. 나는 티 세트에 시선을 내려둔 채로 "왜?" 하고 대답했다. 미스티아의 얼굴을 보기 어려웠다. 심장이 멈춰서 미스티아를 두고 죽을 수도 없다. 목숨이 아깝다.

"아직, 아침 키스를 하지 않았는데……."

살아야지.

확 반전되듯이 내 마음이 단번에 바뀌었다. 하지만 제대로 좋은 남편으로 보이고 싶어서 "알았어."라고 냉정하게 고개를 끄덕였다.

"어어, 그러면, 할게요……."

미스티아는 뒤꿈치를 들었다.

다리 힘줄이 끊어질까 무서워서 나는 다리를 살짝 구부렸다.

"사랑해요."

눈을 감자 입술이 맞닿았다. 마음속이 따스해져서 안심했다. 입술을 떨어트리자 미스티아의 눈동자가 내게 똑바로 향해 있었고, 빨갛게 물든 표정이 사랑스러웠다.

"하, 한 번 더 해도 되나요?"

"그, 그러면 내가 해도 될까?"

내가 묻자 미스티아는 고개를 끄덕이고 눈을 감았다.

나는 조심스럽게 미스티아에게 입 맞췄다.

"기뻐요."

"그러면 한 번 더."

"네."

이번엔 미스티아가 내게 키스했다. 그렇게 나는 홍차가 다 우러날 때까지 더할 나위 없는 행복을 느끼면서 미스티아와 입을 맞췄다.

상냥한 아침

"밀크티가 뜨겁진 않아? 천천히 마셔도 돼."

온화한 아침 햇살을 받으며 상냥한 목소리로 내게 묻는 제이씨에게 나는 고개를 끄덕여 보였다.

결혼한 지 2년 차. 스무 살이 된 날의 아침. 상당히 곤란하게도, 제이 씨가 귀여웠다.

열 살에 만나서 벌써 10년이나 함께 있었다. 처음엔 믿음직한 선생님, 교사의 귀감이라고 생각했지만 고백받은 후 그를 의식하게 되었다. 요즘은 멋있다고 생각하는 한편 귀엽다고 느낄 기회가 많아졌다.

선잠을 잤을 때의 어리광이나, 다음 데이트 장소를 생각하며 시선을 내린 표정이나, 아침에 일어나 인사할 때의 갈라진 목소리. 조금 순진한 발언을 하거나 내가 호감을 전하면 부끄러워하는 모습이.

전부 날이 갈수록 귀여워 보였다.

분명 제이 씨도 나도 함께 나이를 먹어가고 있는데. 게다가 귀여운 순간만 있는 게 아니라, 평소에는 멋있거나 존경스럽다는 생각이 드는 순간이 많아서 그 반동으로 귀여움이 도드라지는 느낌이었다.

하지만 "네게는 멋있어 보이고 싶어."라는 말을 들은 적이 있어서 말할 수가 없었다.

제이 씨는 너무 뜨거운 것을 좋아하지 않는다. 고양이 혀……
인 듯했다. 전에 뜨거운 것을 싫어하냐고 물으니 "그렇진 않아."
라고 대답했지만, 그라탱 등의 요리를 먹을 땐 정성 들여 입김
을 불어 넣으며 식혔고, 음식의 온도를 자주 신경 썼다.

그리고 오늘도 갓 만든 밀크티를 빤히 바라보는 제이 씨를 보
고 있는데, 그는 내게 시선을 보냈다.

"너, 몸은, 아프지, 않, 아?"

제이 씨는 띄엄띄엄 내게 물었다.

말투가 귀여웠다. 마음이 간지러워지는 한편, 질문의 의도를
추측한 나는 작게 고개를 끄덕였다.

어제, 나와 제이 씨는 드디어 부부다운 일——이라고 해야 하
나, 부부로서 한 걸음을 더 내디뎠다.

결혼하면 맞이하게 될 일이라고 생각해서 고민한 적도 있었으
나, 소중히 여겨 주고 싶다는 제이 씨의 의견에 따라 어제가 되
어서야 드디어 그날을 맞이했다.

그래서인지, 어색했다.

결혼식 전날, 제이 씨와 결혼식 리허설을 했을 때 그는 키스
단계에서 긴장하여 기절하고 말았다.

그런 사건이 있었던지라, 장기적으로 접촉을 금하면 중요한
날에 그가 극도로 긴장해서 죽어 버릴지도 모른다는 불안이 생
겨 내가 키스하자는 제안을 했다.

그 이후, 내가 제이 씨에게 입을 맞추곤 했으나 어제의 일을
떠올리면 두근두근했다. 지금은 아무것도 하지 않는 건전한 분

위기지만 부끄러웠다.

나는 밀크티를 조심스럽게 마셨다. 홍차 향이 코를 간지럽혔고, 상냥한 단맛이 입안에 퍼졌다.

제이 씨 같다는 생각이 들어서, 갑자기 그를 의식하게 된 나는 고개를 숙였다.

"미스티아? 왜 그래? 혀가 데었어?"

갑자기 차분함을 잃은 나를 보고 제이 씨가 당황했다. 허둥대는 제이 씨가 자리에서 일어나 내게 달려왔다. 나는 의도치 않게 그를 올려다봤다가 어제의 일이 떠올라서 패닉에 빠지고 말았다.

"아, 아무것도 아니에요. 죄송해요. 너무 의식해서, 그게, 오늘 아마 제가 이상할 거예요. 제이 씨가 너무 좋아서 이상 사태에 빠져 버려서……."

나는 대체 무슨 말을 하는 걸까.

아니, 하지만 어제 일에 관해선 꺼내지 않아서 다행인가. 그보다 나는 무슨 말을 하고 싶은 걸까. 갈팡질팡하고 있자 제이 씨의 볼이 점점 붉어졌다.

"너, 너 그렇게 귀여운 말을 하면 어떡해. 나를 죽일 생각이야?"

제이 씨가 그렇게 중얼거리며 손으로 입을 가렸다. 귀까지 새빨개졌고 눈가도 촉촉해졌다.

심장이 꼭 죄이는 기분에 나도 모르게 내 얼굴을 손으로 감쌌다. 내게는 결정타였다. 인간적으로 완벽하면서 귀엽기까지 하다니 대체 뭐야.

신님이 밸런스를 맞추지 못한 게 틀림없다. 괴로웠다.

"저는…… 당신이, 좋아요……."

"나도, 네가 좋아. 매일 반해서, 매일 죽을 것 같아."

나도 모르게 고백하자 그 두 배가 돌아왔다.

얼굴에 열이 올랐고, 제이 씨의 얼굴도 빨개서, 서로 같은 마음일지도 모른다는 생각에 마음이 간질거렸다.

"제가 더 좋아할 거예요."

"그럴 리 없잖아. 분명 내가 더 좋아해."

그런 말을 나누고 잠시 서로를 바라본 후, 우리는 같은 타이밍에 시선을 내렸다. 2년 전, 꽃밭에서 그랬던 것처럼 우리는 한참을 웃었다.

악역 영애입니다만
공략대상의 상태가 이상합니다

Robert Route

자칫 어둠으로

이상한 일그러짐

두꺼운 구름에 뒤덮인 쌍성을 바라보며, 얼어붙은 풀로 둘러 싸인 오솔길을 걸어 목적지로 나아갔다. 건조하고 맑은 공기. 곧 눈이 내릴 기미가 느껴졌다.

"그보다 뭔가 묘한 느낌이야. 봉사 활동 후에도 너를 따라서 몇 번 들른 적은 있었지만…… 그, 우리의 관계에 관해선 밝히지 않았으니까."

옆에서 걷는 로베르토 씨가 안경을 쓱 올려 고쳐 쓰며 말했다.

전생을 떠올리고 여덟 번째 여름.

로베르토 씨와의 결혼식의 날짜가 대략 정해져서, 포르테 고아원에도 인사하러 가기로 했다.

이 지역은 눈이 한번 내리면 높이 쌓여서 마차도 거의 지나다니지 못하게 된다. 그래서 이 시기에 로베르토 씨와 오는 건 처음이다.

"괜찮아? 내 목도리까지 두 겹으로 두르면 조금은 덜 춥지 않을까."

그는 검은 가죽 장갑을 낀 손을 비비며 나를 바라봤다.

정식으로 약혼 사이가 된 이후로 그는 무척이나 나를 과보호했다.

내가 저택 안을 돌아다니고 있으면 안아서 옮겨 주려고 했고, 식사할 땐 자신 앞에 놓인 요리를 내 접시에 올려 주곤 했다. 외출하려고 하면 목도리와 코트, 장갑에 모자 등 꼭 껴입고 가도록 한다.

하지만, 나는 걷고 싶지 않아서 쓰러지지도 않았고, 무한한 공복 상태에 빠지는 저주에 걸리지도 않았으며, 춥다고 죽지도 않는다. 게다가 로베르토 씨에 의해 방한용품을 잔뜩 두르고 있으면 멜로가 "이건 너무 더워서 안 돼요."라며 벗기는 일도 종종 있었다.

"괜찮아요."

그리고 오늘도 나는 고개를 가로저었다. 그는 불안한 얼굴이었지만 고개를 끄덕인 후 고아원을 향해 나아갔다.

"아······."

하지만 그는 바로 발을 멈췄다. 그의 시선을 따라가 보니, 전에 그에게 도움을 받았던 추억의 닭장이 있었다.

"저기 있던 닭들은······?"

"한파가 심해서 다른 곳으로 옮겨 뒀대요. 저긴 철망으로 되어 있어서 바람도 못 막고 눈도 들어오니까요."

이 추위는 닭들에게 상당히 위협적이다. 바람이 들지 않는 닭장으로 옮겨서 적절한 실온에서 지낼 수 있도록 한다는 것을 설명하자 그는 납득하면서도 어딘가 의아한 표정이었다.

"······그 닭들은 너를 둘러쌌지."

"모이나 비슷한 거로 생각한 걸까요?"

"오늘 무슨 일이 생기면 구워 먹겠어."

로베르토 씨는 황당한 말을 하면서 다시 고아원을 향해 걷기 시작했다.

약혼이 완전히 결정된 후 그는 의사 자격을 빠르게 얻기 위해 2학년 후반이 되자마자 이웃 나라로 떠났다. 나도 그를 따라갔고, 3학년 후반, 올해 겨울, 그의 자격 취득과 함께 다시 이 나라로 돌아왔다. 다만 그쪽 아카데미를 월반해서 졸업했기 때문에 귀족 아카데미에는 일단 등교 의무가 없어서 쉬는 중이다.

그 이후, 로베르토 씨는 랜스데이 선생님 아래에서 공부하며 아렌가의 경영을 돕고 있다.

하지만 로베르토 씨의 희망으로 명의는 내가 지녔다. 왠지 그의 노력을 빼앗는 것 같아서 찜찜했지만 그는 자신의 이름이 아렌가와 함께 있는 것을 피하고 싶은 듯했다.

그리고 그의 부모님은, 둘이 함께 정기적으로 심리 상담회에 참가한다고 한다. 로베르토 씨는 만나고 싶지 않다고 해서 부모님 이야기는 피하는 중이다.

타국에 사는 로셰 씨는 이미 결혼식을 올렸고, 여제라는 별명이 붙을 정도로 활약하고 있다고 하니, 그녀만 행복하다면 가족에 관해선 더 바랄 게 없는 듯했다.

그러면서 로베르토 씨는 포르테 고아원에 인사하러 가자고 제안했다. 기뻤지만 그의 인생을 빼앗는 기분이 들어서 죄책감도 들었다.

"왜 그래? 추워서?"

상냥한 목소리에 고개를 들었다. 그의 불안한 얼굴을 보고 나는 미소 지었다.

"괜찮아요. 잠깐 생각에 빠져 있었어요."

"생각? 무슨 생각?"

"죄송해요. 까먹어서. 아, 도착했어요."

얼버무릴 필요 없는데, 나도 모르게 대답을 회피하고 말았다. 나는 그의 주의를 돌리듯이 고아원을 손가락으로 가리켰다.

"와아―! 미스티아 님이랑 로베르토다!"

"로베르토 씨라고 불러야죠. 안 돼요, 등산하듯이 사람 위로 올라가면."

떠들썩해진 아이들을 나무랐다. 고아원에 도착하여 로베르토 씨는 바로 아이들에게 둘러싸였고, 정글짐처럼 아이들을 태우게 되었다.

"여전히 대단하네……."

"죄송해요……."

로베르토 씨와 결혼한다는 사실을 원장인 바스 씨에게 전한 후 아이들을 만나러 왔는데 다들 활기가 넘쳤다. 우리의 결혼을 축복해 줬지만 "그럼 로베르토는 앞으로 가족인 거네."라거나, "그럼 남동생이구나!" 하는 이상한 대화가 오가더니 그를 둘러쌌다.

"네가 사과할 일이 아냐. 활기찬 건 좋은 거잖아?"

그는 벗겨지려 하는 안경을 고쳐 쓰며 쓴웃음을 지었다.

"로베르토, 제대로 미스티아 님을 지켜야 해."

한 아이가 그에게 몸통 박치기를 날렸다. "위험해."라며 주의를 주면서도 그는 그 아이의 머리를 쓰다듬었다.

"미스티아 님, 갑자기 마차에 뛰어들지도 모르니까 눈을 떼면 안 돼. 미아가 되면 죽을 거야."

"아, 아니. 저는 이제 아이가 아닌데……."

황당한 말에 나는 쓴웃음을 지으며 아이의 머리를 쓰다듬었다. 마차에 뛰어들 일도 없고, 미아가 될 일도 없다. 어른이 되는 단계를 착실히 밟고 있다고 생각한다.

"하지만 미스티아 님은 갑자기 누굴 감싸겠다고 떨어지기도 했다며! 우리도 들었어. 멜로가 나쁜 녀석들을 해치우니까, 그럼 로베르토도 제대로 강해져야지. 그러니까, 콰앙!"

그렇게 말하며 아이들은 다들 로베르토 씨에게 덤벼들었다. 나는 서둘러 그들 사이에 끼어들며 "로베르토 씨는 이미 절 지켜 줬어요."라며 그에게 점프하려는 아이들을 붙잡았다.

"로베르토 씨는 제 생명의 은인이에요."

"그거다! 칼 든 녀석이 아카데미에 들어왔었단 이야기 맞지?"

아이들은 "나도 들었어―!"라며 각자 아는 체했다.

"그때, 로베르토 씨가 절 구해 줬어요. 그러니까 저는 이미 구해진 거죠."

나는 로베르토 씨를 바라봤다. 그는 복잡한 얼굴이었다. 한편 아이들은 일제히 태도를 바꾸기 시작했다.

"뭐야―. 그때 미스티아 도와준 게 로베르토였어? 대단하다!"

"뭐야, 로베르토! 강하잖아! 다행이다!"

"쓰다듬어 주자. 착하다, 착하다―!"

집단으로 로베르토 씨의 머리를 효험 있는 부처상이라도 되듯이 쓰다듬었다. 이대로라면 그의 두피에 엄청난 대미지가 가지 않을까.

"안 돼요. 그렇게 한꺼번에 다른 사람 머리를 만지면. 머리카락이 약해질 거예요."

그렇게 말하며 로베르토 씨를 지키려 했지만 그는 멍하니 있을 뿐, 움직일 기미를 보이지 않았다.

"그래도 로베르토 대단하잖아! 영웅이잖아? 칼 상대로 엄청나게 강하잖아! 미스티아 님을 맡겨도 되겠어!"

"맞아, 맞아. 미스티아 님 갑자기 죽을지도 모르니까."

전에도 비슷한 이야기를 정원사 포레스트에게 들은 적이 있었다. 타살로 죽는다거나, 여러 이야기를…… 그 후, 청소부장 리자 씨나 마부 솔 씨에게 넌지시 물어봤는데 그들도 포레스트에게 동의했다. 이렇게 어린아이들조차 내가 죽으리라고 생각하는 것을 보면 내가 너무 둔감했던 것일지도 모르겠다.

"저는 그렇게 간단히 죽지 않아요."

"흐음—…… 그래도 말야! 이상한 사람 잔뜩 있잖아."

"무서운 세상이니까—."

방범 의식이 높은 것은 좋지만, 간단히 죽지 않는다는 말에 설득되지 않는 것은 신경 쓰였다. 어른 같은 대답이 돌아오고 말았다.

내 의견에는 동의할 수 없지만 너무 부정하는 것도 좋지 않다는 듯한 말투였다.

"아—, 미스티아 님도 이제 유부녀인가……. 다른 사람의 것이 되어 버렸나."

"그런 말 쓰면 안 돼요. 어디서 배운 거예요, 그런 말은."

"고아원에 오기 전에 배웠어."

현실적인 대답에 할 말을 잃었다. 이 고아원에서 지내는 아이들은 사고나 병으로 부모님을 잃은 아이 외에도, 길가에서 혼자 살아가야만 했던 아이도 있다.

의도치 않게 이상한 지식을 얻은 아이도 있었고, 철든 것처럼 보이지만 아이 때 얻었어야 할 할 것을 얻지 못한 아이도 있었다.

"미스티아 님. 로베르토의 것이 되어 버린 건가."

"그건 아니야."

조금 전까지 멈춰 있던 로베르토 씨가 그 아이 앞에 쪼그려 앉았다.

"미스티아 양은 미스티아 양의 것이야. 나는 미스티아 양의 것이지만, 그 반대는 아니야."

조용한 부정이었다. 로베르토 씨는 나를 좋아한다고 했고, 나도 마음을 전했다. 하지만 그의 마음속에는 선이 그어져 있었다.

나는, 자유로워야 한다.

그리고 로베르토 씨가 나를 지지한다.

일방적인 관계.

로베르토 씨는 내 것이고, 나는 로베르토 씨에게 속하지 않는다.

그의 말과 태도에서 여실히 느껴지는 그 분류는, 그가 데릴사위로 들어와 아렌가의 다양한 상속을 포기한 것으로도 뚜렷이 나타났다.

그가 악인을 연기하고 있을 때가 오히려 물리적인 거리는 더 가까웠다.

그래서인지 마음이 통했는데도 실감이 들지 않았다.

지금은 손을 잡는 일도 전혀 없다.

"에―, 그러면 로베르토, 강아지 같잖아!"

"뭐, 그런 느낌이지."

로베르토 씨는 간단히 긍정했다. "사람에게 강아지 같다고 하면 안 돼요."라고 주의를 주니 아이는 바로 고개를 끄덕였다.

"로베르토 씨도, 강아지가 아니잖아요."

"미안……."

그가 사과하는 건 아마 사람을 강아지라고 말한 아이에게 주의를 주지 않은 점 때문이겠지.

그의 자기부정은 어릴 적부터 저주받은 결과다. 그래서 그 저주를 풀어야만 한다.

저주를 푸는 건, 간단하지 않다.

그래도, 빨리 풀어 주고 싶다.

나는 로베르토 씨를 바라봤다. 보라색 눈동자는 어딘가 허무해 보였다. 부디 이 말이 전해지기를 바라며 나는 입을 열었다.

"당신은, 인간이에요. 그것도 훌륭한 사람이에요."

"고마워."

그는 미소 지었지만 어딘가 쥐어 짜낸 듯한 느낌이었다.

좀 더 나를 의지해 줬으면 했다. 그에게 의지가 되고 싶다.

하지만 내가 믿음직스럽지 못한 것일지도 모른다. 그렇다면, 좀 더 의지할 만한 모습을 보여주자.

"뭐야, 로베르토~ 표정 이상해~!"

아이들은 신이 나서는 다시 그에게 달려들었다.

나는 앞으로 힘내서 그에게 의지가 될 수 있기를 강하게 바라며 그와 함께 아이들을 나무랐다.

남이 의지할 수 있는 사람이 되자.

그의 상처를 다시 확인하고, 그 각오를 새로 다진 지도 얼마 되지 않아 로베르토 씨는 물리적인 상처가 눈에 띄게 되었다.

"어떻게 된 거예요? 그거……."

"아무것도 아니야. 잠깐 산책하다가…… 나뭇가지에 걸려 버려서."

저택의 현관홀로 내려가자 로베르토 씨가 조심스럽게 복도를 걷고 있는 모습이 보였다. 그의 소매는 쫙 찢어져 있었고, 피는 나지 않았지만 심각한 셔츠의 참상이 그의 몸에 무슨 일이 있었다는 것을 말해 주고 있었다.

그리고 무엇보다 무서운 건, 이게 처음이 아니란 것이다.

고아원에서 돌아온 후 1주일 정도 지났을 때부터 시작한 그의 "아무것도 아니야."는 이미 두 손으로 셀 수 없을 정도였다.

"지금 꿰매 드릴게요……."

나는 아직 바깥에 정신이 팔린 듯한 그의 손을 잡았다.

언제나 그는 저택 부지 안에서 상처가 난다. 밖에서 그를 지켜봐도 어느새 사라지곤 했다.

"하지만."

"금방 끝나니까요."

나는 억지로 그를 내 방으로 끌고 왔다.

의자에 그를 앉힌 후, 반짇고리를 꺼냈다. 금방 끝난다고 말해 버린 이상 그에게 옷을 벗어달라고 할 수는 없었다. 나는 바늘을 움직여 소매 근처가 찢긴 와이셔츠에 실을 꿰었다. 그는 조심스럽게 팔을 든 채로 있었다.

바느질 자국이 보이지 않도록 신경 쓰며 바늘을 움직이던 나는 그에게 물었다.

"요즘 운동 같은 거라도 하고 계신 건가요?"

"뭐, 그런 거지."

와이셔츠가 찢어지는 운동이 있긴 한 걸까. 하지만 더는 "아무것도 아니야."란 말로 끝낼 수는 없다.

"그게 어떤 운동인지, 물어봐도 될까요?"

"괜찮아. 딱히 네가 걱정할 만한 건 아무것도 하지 않았으니까. 안심해."

침입 경로를 끊어버리는 듯한 대답에 나는 "다행이네요."라고 구색뿐인 맞장구를 쳤다.

전혀 다행이 아니었다.

하지만 로베르토 씨는 내 추궁을 피하고 싶은 듯, "이제 겨울도 끝나가네."라며 화제를 바꿨다.

"그래도 아직 쌀쌀해. 찬 공기는 피하도록 해."

"네. 걱정 감사해요……."

대답하다가 와이셔츠를 전부 꿰맸다는 것을 깨달았다.

제대로 수선하기 위해 꿰매기 시작한 건데, 완성한 것이 아쉬웠다.

"고마워. 손 다치지 않았어?"

로베르토 씨는 벌떡 일어나 내 손가락을 확인했다.

오랜만에 닿은 손에 놀라고 말았다.

예전에는 잘 알고 있었던 손이, 신선하게 느껴지고 말았다.

나도 모르게 그와 닿았던 손을 쥐자 그는 깜짝 놀라며 손을 떼 냈다. 그리곤 내게서 등을 돌렸다.

"오늘은 정말 고마워."

"아뇨……."

"그럼 다녀올게."

따라갈지 고민되었지만, 개입 받고 싶지 않은 일에 끼어들면 곤란할 것 같아서 발을 멈췄다.

누군가 다른 사람에게 요즘 상태를 물어보는 게 좋을까. 아니면 본인에게 묻는 게 나을까. 어느 쪽이 그에게 도움이 될까.

나는 가만히 생각하며 멀어져 가는 그를 배웅했다.

로베르토 씨와 묘한 거리가 생긴 채로 겨울이 끝나고 있었다.

멜로와 스티브 씨에게 슬쩍 물어봤으나 그는 단련 중일 뿐, 위험한 일은 없다면서 자세한 정보는 알려 주지 않았다.

그렇다면 직접 조사해 보자는 생각에 몰래 그를 따라가 보기도 했지만, 중간에 갑자기 사라지는 일이 계속되었다.

"미안. 당분간 휴일에 집을 비울 거야. 그래도 무슨 일이 생기면 바로 말해줘."

아직 하늘도 밝아지지 않았는데 로베르토 씨는 랜스데이 선생님을 따라 빠르게 저택을 나서려 했다.

"어디에……."

"미안. 지금 좀 먼 곳으로 출장 진료를 다니기 시작했거든. 바빠서 이만."

랜스데이 선생님이 나를 달래듯이 웃었지만, 로베르토 씨는 내게서 고개를 돌린 채로 떠나고 말았다.

쾅 소리를 내며 닫힌 문 앞에, 나는 멍하니 서 있었다.

혹시, 나를 피하는 건가? 확실히 그는 요즘 지쳐 보였고, 밤에도 금방 잠들곤 했다. 우리가 만나는 건 저녁 식사 시간뿐. 그러나 그때도 정신이 다른 데에 가 있는 느낌이었다.

나는 어떠하냐면, 아렌가의 당주로서 할 일도 있어서 바쁜 시간을 보내고 있다. 가끔 내 일을 로베르토 씨가 도와줘서 미안한 한편, 나도 그를 돕고 싶다는 복잡한 감정에 빠져들었다.

그렇게 시간은 하염없이 흐르기만 했다. 그래도 마음속은 지금 상황을 바꿔야 한다는 생각뿐이다.

"이건 처분, 이건 처분하지 말고. 이건 처분하고 싶고. 이건 처분……."

침울한 기분으로 저택 복도를 걷고 있는데 빈방에서 정원사 포레스트가 문지기 토마스와 함께 우편물을 분류하는 소리가 들렸다.

"수고하시네요."

둘에게 인사하자 그들은 "수고하십니다!"라며 손을 흔들어 줬다. 가까이 다가가니, 그들이 들고 있던 편지의 수신인이 눈에 들어왔다.

"어라, 그거 제게 온 건가요……?"

그들이 든 편지는 전부 미개봉이었지만, 처분용 상자에 들어가기 직전이었다.

"네. 이건 아가씨를 향한 러브레터라 버려도 돼요."

"어어…… 이, 이미 결혼했는데요."

기혼인 내게 러브레터가 온다니, 좀처럼 믿기 어려운 이야기였다. 나도 모르게 의아하다는 표정을 짓자 포레스트는 "안 돼요!"라며 손가락을 들었다.

"결혼 여부가 상관없는 인간이니까 이렇게 러브레터를 보내는 거예요. 답장했다간 결국 저택까지 처들어올걸요! 그러니까 무시가 제일 좋아요. 무례한 자에게 동정을 베푸는 건 예절이 아니에요. 부주의한 거죠. 그러니까 휙 던져 버려요."

포레스트는 편지를 그대로 난로에 던져 버렸다. 할 말을 잃자, 토마스가 내 어깨를 두드렸다.

"아가씨! 포레스트의 말이 맞아! 인간은 감정적인 생물이니까! 그렇게 틈을 보이면 아가씨는 바로 쉭, 퍽, 확이라고요."

"쉭퍽확……?"

"토마스가 말하고 싶은 건 누군가 집적일 거란 거예요. 남녀 불문하고 아가씨에게 연애 감정을 품고 집적대지 않는 인간은 없어요! 저희뿐이에요! 욕정 섞인 연애 감정을 넘어선, 숭고하고 고상한 신성한 사랑을 지니고 아가씨를 대하는 건 저희 사용인뿐이에요! 저희만이 아가씨를 지킬 수 있어요——."

생각해 보면, 로베르토 씨와는 아무 일도 일어나지 않았다.

그는 내게 닿으려 하지 않는다. 그가 악인이 되려 할 때는 자주 손을 잡았다. 그에게는 마음이 일방통행인 상태에서 그런 짓을 하는 게 악인의 행동이었다.

하지만 지금은, 마음이 통했다…… 아마도.

혹시 통하지 않은 건가……?

하지만 나를 좋아한다고 했다.

그 시점에는 마음이 통했고, 지금은 다른 건가……?

그런 생각에 빠져 있을 때, 안개가 걷힌 듯한 기분이 들었다. 로베르토 씨의 이해 가지 않았던 행동도, 이해되었다.

"아가씨?"

두 사람의 목소리에 정신을 차렸다. 나는 당황하여 "아무것도 아니에요."라며 고개를 가로저었다.

"잠깐, 아버지께 볼일이 있어서, 먼저 실례할게요."

두 사람이 불안한 얼굴로 나를 바라봐서 마음이 아팠지만 나는 그 자리를 뒤로했다.

로베르토 씨는 자신이 악역이 되어서, 그가 말하는 '왕자님'이

나타나기를 바랐다. 자기 행복까지 버려서, 그는 내게 은혜를 갚으려고 했다. 애초에 그가 내 생명의 은인인데도.

어쩌면, 로베르토 씨는 지금까지 나를 향한 감정이 연애 감정이 아니라 선의일 뿐이다……라는 사실을 깨달은 것일지도 모른다.

그는 무엇이든 중대하게 받아들이는 경향이 있다. 아카데미를 자퇴하려고 한 적도 있었다.

그는 결혼을 앞두고 자신을 되돌아본 게 아닐까…….

매리지 블루라는 말도 있듯이, 떠올릴 만한 가능성은 수도 없이 많다.

결혼식 날짜는 아직 확정되지 않았다.

그에게 날짜를 연기할 수 있다고 말해 두는 편이 좋을 듯했다. 분명 결혼은 끝이 아니고, 나와 그가 수명을 다해 죽는다고 생각하면 아직 60년 이상의 인생이 남아 있다.

나는 아버지의 방으로 가기 위해 복도를 걸었다. 그러다가 로베르토 씨의 방 앞을 지나갔다.

로베르토 씨는 접객실을 고친 방을 사용했기에 내 방과 그의 방은 거리가 꽤 멀었다. 그래서 결혼하면 내 방을 고쳐서 부부 방으로 쓰기로 말을 해 놨다.

하지만 연애적인 의미의 결혼이 아니라 어디까지나 파트너라는 방향성을 그가 바란다면 각방을 쓰는 게 좋을 수도 있다.

입적 없는 사실혼이나, 나와 그가 다른 장래를 걷더라도 문제가 없을 형식 등을 진지하게 생각해 봐야겠다.

제대로 로베르토 씨가 자신의 길을, 자유롭게 걸을 수 있도록.

어쩌면 결혼 일정을 바꾸게 될지도 모른다고 말하자, 아버지도 로베르토 씨가 바쁜 것을 걱정했는지 우리의 건강이 우선이라며 이해해 줬다.

요즘 로베르토 씨는 계속 바빴고, 잠을 제대로 자고 있는지도 모르겠다.

아버지에게 허락받은 후에도 나는 그의 시간이 비기만을 기다렸다. 그리고 드디어 그와 대화할 수 있었던 것은, 아버지와 대화한 후 3일이 지난 날의 저녁이었다.

"로베르토 씨, 계세요?"

문을 노크하자 그의 대답이 돌아왔다. 나는 전까지 느끼지 않았던 긴장을 품으며 방으로 들어갔다. 안은 정돈되어 있었고 딱히 이상한 점은 보이지 않았다.

하지만 이상할 정도로 어떤 물건도 위치가 바뀌지 않았다. 아무리 꼼꼼한 성격이더라도 사람이 지내는 공간은 어느 정도 물건의 위치가 변해야 한다.

그런데 어쩐지 생활감이 없었다. 로베르토 씨는 이 방에서 자고 있는 걸까.

"무슨 일 있어?"

그는 조금 피곤한 기미를 보이며 나를 방 안으로 들였다. 기분 탓인지 눈 아래에 옅은 다크서클도 보였다. 타이밍이 좋지 않은 것 같아 걱정하면서 나는 말을 꺼냈다.

"잠시, 할 말이 있어서요."

"할 말?"

"그게, 결혼식 날짜를 미루는 게 어때요? 아직 청첩장도 안 보냈고 지금이라면 문제없을 것 같아서요."

"어째서?"

바로 돌아온 대답에 시선을 올렸다. 그는 담담했고, 내 진의를 묻는 듯한 시선이었다.

"어어, 결혼식 준비에 쫓겨서 지금 한계를 넘을 정도로 바쁜 게 아닐까 해서……. 그리고 입적도 빠르게 할 필요는 없다고 생각해요. 결혼 생활은 기니까, 지금 급하게 할 필요는…… 로베르토 씨의 몸도 걱정이고요."

"나는 아무 문제도 없어."

단정 짓는 말투에, 나는 그의 병문안을 갔던 날을 떠올렸다.

상황을 포함해 모든 것이 바뀌었는데 나를 향하는 시선에서 그때와 비슷한 위태로움이 느껴져서 무슨 말을 해야 할지를 모르겠다.

"어어, 하지만, 이렇게, 무리하면서 진행하는 건 아닌 것 같아요. 결혼에도 다양한 형식이 있으니까, 모색해 보는 것도 나쁘지 않——."

"그보다."

지금까지 로베르토 씨가 다른 사람의 말을 끊은 적은 한 번도 없었다. 누구의 말이든, 어떤 이야기든 그는 맞장구를 쳤다.

"지금, 잠깐 산책이라도 할까?"

"지금…… 말인가요?"

창밖으로 보이는 하늘은 주황색에서 남청색으로 모습을 바꾸려 하는 중이었다. 산책하기에는 조금 늦은 시간이 아닐까.

"괜찮잖아. 요즘 바빠서 대화할 기회도 줄어들었으니. 천천히 이야기하자."

혹시, 이별 선언…… 아니면, 파트너로서 우호적인 관계를 유지하자는 의사 확인일지도 모른다. 나는 각오를 다지며 고개를 끄덕였다.

"좋아요."

미소 짓자 그는 "다행이다."라며 의사 일을 할 때 사용하는 가방을 들었다. 지금 진료를 보러 나가는 것도 아닌데 어째서 가방을 들고 가는 걸까.

"그 가방은……?"

"만일의 상황에 없으면 곤란할 테니까. 자, 가자. 곧 어두워질 거야."

로베르토 씨는 집사처럼 빠르게 문을 열었다. 실은, 평범하게, 함께 나가고 싶었다. 그의 보필을 받는 게 아니라.

나는 약간의 쓸쓸함을 느끼며 방을 나섰다.

잠시 산책하자.

그 말과 다르게 우리가 저택을 빠져나와 도착한 곳은 아렌가에서 상당히 먼 숲이었다.

노점상이 길게 늘어선 길 끝, 좁은 골목이 몇 개나 교차했고,

고서점과 낡은 레코드 등을 파는 가게로 가득한 노점가를 빠져나간 곳. 마른 가지가 지면에 흐트러진 이곳은 아렌가에서 멀리 떨어져 있었다. 결코 산책으로 쓸 경로가 아니었다.

하지만 그는 무언가 목적이 있는 듯, 내 손을 잡고 조용히 나아갔다.

"슬슬 돌아가야 하지 않을까요? 다들 걱정할 것 같은데……."

"괜찮아. 너와 조금 길게 대화하겠다고 랜스데이 선생님에게 전해 뒀으니까."

"그런데 어쩐지 점점 길이 어두워지는 것 같아서……."

로베르토 씨는 가로등이 적은 쪽으로 계속해서 나아갔다.

노점상으로 북적이는 큰길도, 독서가가 모이는 고서점도, 이미 작은 점으로만 보였다.

"어두운 곳을 향해 가고 있으니까. 마치, 너를 버리러 가는 것 같네. 사실은 완전 반대인데."

차가운 목소리에 숨을 들이켰다. 그는 나를 뒤돌아보지 않은 채로 계속해서 나아갔다.

이윽고 그는 햇빛이 전혀 들지 않는, 높은 나무로 둘러싸인 그늘 앞에서 멈춰 섰다.

"나는, 아렌가에 관한 자산을 포기하겠다고 했지. 만일이라도 와이즈가로 흘러 들어가선 안 되니까. 하지만 네 남편 자리까지 포기한다고 말한 적은 없어."

천천히 뒤돌아보는 그의 표정이 그늘에 가려져서 보이지 않았다.

"저, 제가 로베르토 씨를 버린다니 그게 무슨 뜻인가요?"

사실은 완전 반대라는 그의 말은 대체 무슨 의미일까. 질문하자, "네가 가장 잘 알잖아."라며 온화한 목소리가 돌아왔다.

"결혼을 미루고 싶다. 결혼 형식에 얽매이지 않겠다. 애정 표현은 적어도 좋다……. 우아하게 이별하자는 표현이라고 해석하기에는 너무 충분하잖아."

구름이 천천히 흘러가면서 지금까지 어둠에 가려져 있던 로베르토 씨의 표정이 드러났다. 그는, 비통한 표정으로 나를 바라보고 있었다.

"미안하지만, 이미 늦었어. 너는 나를 과대평가하지만, 나는 그런 사람이 아니야. 앞으로 그 사실을 알아 줬으면 해. 미안."

로베르토 씨의 손이 어깨에 닿았다. 성급한 키스가 내려와 호흡이 어려웠다.

"너를 사랑하고 말았어. 마음을 지울 수 없어. 너를 행복하게 만들고 싶어. 나 같은 게 어울리지 않는다는 건 알아. 하지만 네게서 떨어질 수 없어. 부부가 되자. 나는 네게 무엇이든 할 거야. 네가 원한다면 뭐든 될 수 있어. 그러니까, 거절하지 말아 줘. 나를 받아들여 주지 않겠어? 행복하게 만들 테니까. 행복해지자. 행복하게 해 줘."

로베르토 씨는 내 옷자락을 붙잡았다. 귀엽다는 생각과 함께, 달콤한 눈동자로 사랑을 속삭여서 몸의 힘이 빠져나갈 것 같았지만 나는 서둘러 그를 멈췄다.

"자, 잠깐만요. 이별하자는 이야기를 하는 게 아닌데요?"

"나는 이제 네게서 멀어질 수 없어."

"하, 하지만, 저를 피, 피하셨잖아요."

"너를 갖고 싶어서 흥분되니까. 그렇게 참던 게 바보 같을 정도였어. 나는 바보야. 결국 이렇게 전부 밍가트리지. 네 상냥함에 보답할 수 없어. 최악이야. 그런데도, 좋아해. 너를. 옆에, 있고 싶어…… 도망치지 말아 줘…….."

마음을 토해내면서 로베르토 씨는 내 옷 안으로 손을 밀어 넣었다. 천천히 나를 쓰러트린 그는 사랑스럽다는 듯이 내 뺨을 쓰다듬으며 눈을 가늘게 떴다.

"사랑해. 네가, 더 이상 내게 흥미가 없어도…… 나는 항상 너를 생각하고 있어. 내 마음은, 네게 있어…….."

로베르토 씨는 울면서 나를 끌어안았다. 끌어안으며, 뭔가에 쫓기듯이 나를 흩트리려고 한다.

"잠시, 잠깐, 잠깐만요!"

"너는 상냥하니까, 분명 나를 받아들이면 날 버리려 하지 않겠지. 그러니까 멈추지 않을 거야. 가족이 되자."

그렇게 말하며 이마에 내려앉은 키스는 상냥했지만, 내 손목을 잡은 손에는 힘이 들어갔고 눈에서는 물방울이 뚝뚝 떨어졌다.

거부하기 어려운 색기를 풍기면서도 눈동자는 어딘가 허무하고, 어두웠다.

"좋아해. 계속 좋아했어. 앞으로도 변하지 않을 거야. 영원해. 너를 좋아하는 걸 멈출 수가 없어. 미안해. 동정이든 뭐든 좋아. 내 옆에 있어 줘."

"버리다니, 그건, 반대가 아닌지……. 저는 로, 로베르토 씨가 거, 거리를 두니까 족쇄가 되지 않으려고——!"

나는 큰 목소리로 부정했다. 밤이지만 지금은 그런 걸 신경 쓸 때가 아니다. 내 피부에 닿으려던 로베르토 씨의 손이 멈췄다.

"족쇄?"

큰 목소리로 말한 게 효과가 있었는지 빤히 나를 내려다보는 눈이 아까보다도 냉정하게 보였다.

"저는…… 로베르토 씨가, 그, 결혼에 긍정적이지 않아 보이고, 거리도 두려 하니까, 어쩌면 저를 좋아하지 않을 수도 있겠다는 생각이 들어서……. 죄책감이나 책임감으로 결혼하려 한다면 그게, 이별하거나, 결혼 외의 관계성으로 로베르토 씨를 도와드리고 싶어서……."

"내가 결혼에 긍정적이지 않을 리가 없잖아……? 오히려 네가 무서워하지 않도록 참았을 정도인데……?"

로베르토 씨는 믿기지 않는 것을 보는 듯한 표정으로 놀랐다.

내가 무서워하지 않도록……?

"하, 하지만 저를 피하셨잖아요……."

"그건, 네게 닿지 않으려고 한 거였어. 나는, 인내심이 별로 없으니까……."

"그런……."

나도 놀라서 할 말을 잃고 말았다. 로베르토 씨가 인내심이 없다고? 그는 언제나 절제했다. 본능 그대로 사는 것과는 정반대인 사람이다.

"네게, 말할 수 있을 리가 없지. 닿으면 덮칠 것 같다는 말을. 겁주고 싶지도 않고, 만일 괜찮다고 하더라도 너는 상냥하니까 싫은 걸 참으면서 날 받아들이려 할지도 모른다고 생각했어. 그래서 더욱 아무 말도 할 수 없어서…… 미안해. 전부 내 잘못이야."

로베르토 씨는 나를 안아 일으켰다. 마주 보듯이 앉아서 그는 고개를 숙였다.

"로베르토 씨……."

"널 불안하게 만들었어. 그렇게 내 존재를 신경 써 줄 거라고는 생각 못 했어. 내 마음이 일방적이니까, 내 쪽에서 거리를 두는 게 편하지 않을까…… 그렇게 생각했어."

"그렇지 않아요. 저는 로베르토 씨를 무척…… 그, 신경 쓰고 있어요."

"고마워."

로베르토 씨는 쓸쓸한 눈으로 나를 바라봤다. 하지만 하나 신경 쓰이는 게 있다. 그는 나를 피한다고 했는데, 그건 사용인 전원이 협력했다는 뜻일까.

"저기, 그러면 가끔 다쳐서 들어오시던 건 대체……."

질문하자 그는 곤란하다는 듯이 시선을 내렸다. 나는 서둘러 "대답하고 싶지 않으면 괜찮아요."라는 말을 덧붙였다.

"저, 말하고 싶지 않으면 정말 괜찮아요. 단지 위험한 일이라면 그만두기를 바라는 마음도 있고, 저는 그게, 로베르토 씨가 다치지 않았으면 해서……."

"……전투에 대해, 네 정원사와 메이드한테 배우고 있었어."

어두운 목소리에 나도 모르게 고개를 들었다. 전투를, 포레스트와 멜로에게 배웠다고?

분명 포레스트는 검술에 능하고, 멜로는 말할 것도 없지만. 그래도…….

"갑자기 왜요?"

"나는 체력이 없어. 만일 누군가가 너를 덮치려 할 때 나는 시간 벌이도 되지 못할 거야. 그래서 강해지고 싶었어. 빨리, 빨리 강해지고 싶어서, 네 사용인들에게 나를 한계까지 몰아붙여 달라고 부탁했지. 그런데 지금까지 거친 일을 해 본 적이 없어서인지, 독이 오른다고 해야 하나……."

그는 머쓱한 표정으로 고개를 숙였다. 손바닥을 쥐더니, 볼을 붉혔다.

"시, 실전 훈련 후에 네가 시야에 들어오면 네게 닿고 싶어서 미칠 것 같았어. 죽을 것 같을 때면 오히려 살아나는, 제멋대로인 몸의 반응 때문에 너를 상처입히고 싶지 않아서, 내 사악한 욕구로부터 너를 지키려고……."

어째서인지, 의미가 이해되었다. 나도 어색한 기분이 되어서 그처럼 고개를 숙였다.

"그, 그렇군요……."

"하지만, 나는 멋을 부리고 싶었던 걸지도 몰라. 몰래 강해져서, 네게 좋은 평가를 받고 싶었어. 약한 모습을 보여서 환멸 받고 싶지 않았어. 정말이지, 전혀 성장하지 않았지. 너는…… 나를 걱정해 줬는데."

빤히, 차분한 보라색 눈동자가 날 응시했다.

얼마 전까지 좀처럼 똑바로 볼 일이 없어서인지, 아니면 내가 그를 좋아하기 때문인지, 세계에서 가장 아름다운 색이란 생각이 들었다. 나는 빨려 들어가듯이 로베르토 씨에게 손을 뻗었다. 그는, 나를 봤다.

"네가 나를 좋아하는 감정은 분명 아름다울 거야. 하지만 내가 더 널 좋아하고, 사랑하고── 추악해."

"그렇지 않아요. 로베르토 씨는 추악하지 않아요."

"전에는 네가 그렇게 말하면 그대로 받아들이려고 했어. 하지만 마음속 어딘가에서 언젠가 환멸 받으리란 각오를 하고 있었어. 이별할 때가 오면 제대로 너를 떠나보낼 수 있는 사람이 되고 싶어서……. 하지만, 오늘 확실히 알았어. 나는 너를 떠날 수 없어. 날 속이는 건 그만둘 거야."

절실한 고백에 가슴 안쪽이 아플 정도로 조여왔다. 나도, 같은 마음이었다. 이별할 날이 오더라도 제대로 정신을 차리자고. 그것만을 생각했다.

"네가 도망치면, 쫓아갈 거야. 어디든 쫓아가서 붙잡을 거야. 네가 싫어하더라도, 네게서 떨어질 수 없어. 그러니까 그렇게 되지 않도록 노력하면서, 네 호의를 외면하지 않고, 도망치지 않도록 할 거야."

"로베르토 씨……."

그는 내 손을 꽉 잡았다. 그 손의 힘으로 조금 전과 같은 성급함이 아니라 확실한 연결고리를 만들고 싶어 하는 마음이 느껴져서 나는 그의 마음에 부응하듯이 그 손을 맞잡았다.

"저는, 당신이 좋아요."

"미스티아 양…… 아니, 미스티아…… 계속 닿고 싶었어. 계속. 네가 내 옆에 있다는 걸 실감하고 싶었어. 아아, 나는 지금 너를 끌어안고 있구나……."

그의 품속에서 나는 몇 번이나 고개를 끄덕였다.

"저는, 당신 거예요."

"그래. 나도 네 것이니까, 교환이네."

그는 내게서 몸을 조금 떨어트리고는 열이 담긴 눈동자로 나를 바라봤다. 입술이 다가와서 나는 눈을 감았다.

"사랑해. 미스티아."

이윽고 입술이 맞닿았고, 입맞춤은 깊어졌다. 나는 있는 힘껏 부응하며 그의 등 뒤에 손을 얹었다.

로베르토 씨와 마음을 재확인한 날, 나는 곧장 그와 함께 아버지를 찾아가 서로의 인식에 오해가 있었다는 사실을 알렸다. 아버지는 자신도 그런 시기가 있었다면서 울었다.

그 후로 시간이 지나 눈이 녹은 어느 날. 우리는 결혼식 직전, 숙박이 포함된 밤 연회에 초대받았다. 숙소로 건물 한 채를 쓰는 호화로운 연회였다. 결혼 전, 부부가 되기 전 마지막 연회였지만, 우리는 평소와 다름없이 자연스럽게 인사를 마친 후 각자 다른 초대객들과 이야기를 나누며 시간을 보냈다.

"그럼 로베르토 씨는 영지를 경영하면서 의사 일도 하시는 건 가요?"

"영지를 경영하는 아내를 보좌하며, 가 정확하겠네요. 저는 어디까지나 경영은 보조 역할이에요."

지금 로베르토 씨가 대화하는 것은 먼 영지에서 온 백작들이 었다. 남자끼리 대화하자며 로베르토 씨를 데려갔고, 나는 가만히 멀리 떨어져 시간을 보냈다.

"로베르토 씨. 의학에 경영까지 힘쓰시는 건 훌륭하지만 조금은 휴식 시간도 필요하지 않을까요? 사냥을 하거나…… 아직 젊으니까 다양한 안식처를 만들어 두고 싶지 않아요?"

"전혀요. 저는 아내가 옆에 있는 것만으로도 만족하기에. 솔직히…… 다른 여성의 매력을 모르겠네요. 게다가 제가 다른 여성을 만나면 아내가 슬퍼할 테니까요."

로베르토 씨는 아무렇지도 않게 그렇게 단언했다. 그를 둘러싼 영식들은 당황한 표정이었다.

그 모습을 보고, 다른 초대객들이 소곤거리기 시작했다.

"아마 아렌 양 쟁탈전에서 참패한 것에 화풀이를 하려는 것 같은데…… 이번엔 완전히 한 방 먹었네."

"그러게. 부인도 담담해 보이는데 꼭 그렇지는 않나 봐."

화풀이. '이번엔'이라는 것은 저번에도 이런 일이 있었던 걸까. 불안한 얼굴로 로베르토 씨를 바라보자 그는 이쪽으로 다가왔다.

"미스티아, 왜 떨어져 있어?"

"남성분들끼리 대화하시는 것 같아서——."

"네가 방해될 리 없잖아. 네가 시야에서 사라지는 것만으로도 호흡이 어려워."

로베르토 씨는 내 이마에 입 맞췄다. 여성 초대객들이 그 모습을 보고 "멋지다."라며 새된 목소리를 냈다.

최근 그는 전보다도 더 멋있어졌다거나 근사해졌다는 말을 듣는다. 약간 어두운 느낌이 좋다거나, 신비롭다거나, 낮고 차분한 목소리로 고백받고 싶다는 등—— 거리낌 없는 내용이 내게도 들릴 정도로 주목의 대상이었다.

"슬슬 방으로 돌아가자. 변변치 않은 인간들이 너한테 시선을 보내잖아."

그런데 그는 자신의 평판을 모르는지 불안한 얼굴로 주변을 둘러봤다.

"이미 입적도 했고, 그리고 주목받는 건 로베르토 씨예요."

"결혼한 건 상관없잖아. 나를 죽이면 너는 홀몸이 되니까."

"그렇게까지……."

"그렇게까지 하는 인간은 분명히 있다고. 너는 매력적이니까. 나조차 받아들이는 넓은 마음, 자기보다 나이 많은 사람에게 맞서는 용감함은 소문만 듣고도 홀릴 정도야. 이렇게 나를 상징하는 색을 몸에 둘러도 견제가 되지 않을 정도로."

로베르토 씨가 가만히 내 손목을 잡았다. 그에게 선물 받은 자수정 팔찌 외에도, 오늘은 그의 눈동자 색과 같은 드레스를 착용했다. 오늘 내가 착용한 모든 것이 그가 고른 것이다.

"둘이서만 있고 싶어……."

뜨거운 한숨이 섞인 속삭임을 듣고 로베르토 씨가 제정신인지 의심했다.

선에는 '건전', '결벽', '불순한 이성 교제 반대'라는 인상이었는데. 대체 뭘까, 이 모습은.

"왜 고개를 돌려?"

여기서 무척이나 성적인 말이어서 그렇다고는 말할 수 없었다. 악의가 있다면 몰라도 본인에게 다른 뜻은 없는 듯해서, 더욱 감당하기가 어려웠다.

"잠깐, 자리를 뜰까요?"

"고마워."

기척을 스슥 지우며 퇴장하려 하자 그는 부드럽게 미소 지으며 내 손을 잡았다.

대체 뭘까, 이 모습은. 정말로. 너무 익숙하잖아. 어떻게 해야 하지. 자주 '달콤한 미소'라는 말을 듣는데, '이게! 이게 바로! 설탕! 설탕이에요!'라며 설탕을 쏟아붓는 듯한 기분이었다.

"손잡아도 돼?"

괴로움을 느끼며 접객실로 향하는 복도를 걷는 사이에도 그가 손깍지를 껴서 마음의 용량이 이상해졌다. 고개를 숙이고 있자 불만스러운 목소리가 돌아왔다.

"왜 내 얼굴을 보지 않는 거야?"

"목숨의 위험이 느껴져서요."

역시 시선을 계속 돌리는 건 좋지 않은가 싶어서 그에게 고개를 돌렸다. 그 순간, 시야가 확 어두워졌다. 입술에 부드러운 감촉이 들었고, 취할 정도로 짙은 크로커스 향기에 휩싸였다.

"미안. 부끄러워하는 네 모습을 보니 나도 모르게."

"……바, 방으로 돌아가요."

나는 발걸음을 빨리했다. 이렇게, 언제 누가 올지도 모르는 곳에서 이런 짓을 하다니. 그렇게 성실하고, 법률이 사람이 된 듯한 청렴함을 지닌 그는 어디로 간 걸까.

"요즘…… 그, 대담하시네요."

방 자물쇠를 열며 비난 섞인 목소리로 중얼거렸다. 이런 것을 계속 당했다간 몸이 남아나지 않을 것이다. 정말 언젠가 죽을지도 모른다. 하지만 그는 곤란하단 표정이었다.

"내게 자유롭게, 있는 그대로 있으라고 한 건 너였잖아?"

"하지만 전에는 아마도, 아니, 확실히 그런, 누가 올지도 모르는 복도에서 키스하지는 않았잖아요."

방 안으로 들어서며 나는 과거를 떠올렸다. 활력을 찾기를 바랐고, 좀 더 자기주장을 내세우길 바랐다. 하지만 설마 이런 식으로 바뀔 줄이야.

쿵, 하고 문이 닫히는 소리가 들리자마자 뺨에 근육이 붙은 손이 닿았다. 눈을 뜸과 동시에 보라색으로 반짝이는 눈동자가 바로 코앞으로 다가왔다.

"아니, 원래부터 나는 이랬던 거야. 아닌 척하면서, 어떻게든 올바른 모습으로 있으려고, 감춰 왔던 속내를…… 네가 꺼낸 것뿐이지."

"저, 저는 그런 적이……."

"있어. 지금까지 나는 누구에게도 이런 마음을 품지 않았어. 흥미가 없었어. 모든 걸 억지로 빼앗고 싶은 건 너뿐이야."

입맞춤으로 증명하듯이 몇 번이나, 몇 번이나 입술이 겹쳤다. 나도 모르게 몸을 뒤로 빼자 그는 눈을 가늘게 떴다.

"무서워?"

"아뇨……. 단지, 그게, 너무 그렇게, 성적인 행위는 익숙지 않다고 해야 하나……."

말하는 도중에도 내가 무슨 말을 하는지 알 수가 없었다.

"우연이네. 나도 잘 모르는 분야거든. 전에는 싫어했을 정도였고."

"어, 어어……?"

"전부 네게 배운 거야. 모든 게 처음이야."

로베르토 씨는 내 심장 부근을 가리켰다. 그리고 천천히 입꼬리를 올렸다.

"마음 가는 대로 행동하면 돼. 생각을 말하고, 그저 나만을 사랑해 줘. 나는 네가 주는 것 모든 게 사랑스러워."

그렇게 말했지만, 나는 로베르토 씨의 행동에 모든 마음이 흐트러졌다.

"나를, 좋아해?"

"좋아해요……."

"고마워. 나도 네가 좋아. 사랑해. 네 앞에서만 나는 있는 그대로의 내가 될 수 있어. 사랑해."

그가 날 꽉 끌어안고 키스했다. 나는 서투른 사람이 아니라, 무척이나 능숙한 사람의 옆에 있기를 바라게 되었을지도 모르겠다.

나는 로베르토 씨의 사랑에 휘둘리면서 그의 등에 팔을 둘렀다.

사랑의 이유

SIDE: Robert

"슬슬 식을 시작하겠습니다."

맑게 갠 푸른 하늘이 보이는 창가에서 순백색 웨딩드레스를 입은 나의 연인이 뒤돌았다. 마찬가지로 새하얀 의상을 입은 나는 그녀에게 천천히 다가갔다.

"드디어 이날이 왔네."

"네. 어째서인지 눈 깜짝할 새에 시간이 지났어요."

과거를 회상하듯이 눈을 가늘게 뜨는 옆모습에, 나는 조심스럽게 손을 뻗었다. 내 의도를 알아챈 미스티아는 내게서 슬쩍 거리를 뒀다.

"아, 안 돼요. 맹세의 키스도 있으니까. 그리고 오늘은 입술연지를 발라서, 무, 묻을 거예요."

"괜찮잖아. 나는 혈색이 나쁜 편이니까 네가 나눠 주는 게 딱 좋을지도 몰라."

"나눠 준다니······."

내 말에 그녀는 황당하단 표정이었다. 하지만 서로가 같은 마음이란 게, 오늘 식을 올리는 게 너무나도 행복해서 어떻게든 미스티아와 앞으로 계속 함께 있으리란 것을 실감하고 싶었다. 게다가 오늘 아침은 결혼식 당일이라서 바쁜 탓에 제대로 스킨

십도 하지 못했다.

"안 돼?"

"……."

"정말로, 안 돼?"

빤히 파고들 듯이 쳐다보자 미스티아는 시선을 피하고 말았다. 최근, 그녀가 나를 좋아한다고 생각하거나 부끄러워할 때 이렇게 시선을 돌린다는 것을 알게 되었다.

전까지는 거절이라고 생각했던 행동이, 더할 나위 없는 호의적인 반응이었다는 사실에 주체할 수 없이 마음이 들떴다.

"미스티아. 네게 닿아서 행복을 실감하고 싶어."

주춤거리며 뒷걸음질 치기 시작하던 미스티아가 더 이상 도망치지 못하도록 손을 잡았다. 레이스 장갑 너머로 느껴지는 온도가 뜨거워서, 조용히 입을 맞추자 낚아 올린 물고기처럼 손이 펄떡였다.

"결혼식 전에 차분한 분위기를 흐트러트리지 말아 주세요."

"나는 이미 흐트러져 있어. 그러니까 너도 마음껏 흐트러져도 좋아."

"당신은 정말──!"

그녀에게 빈틈이 생긴 것을 느끼고 그대로 입을 맞췄다. 계속 안달 나서인지 한 번으로는 부족했다. 몇 번이나 겹친 입술을 떨어트리자 그녀는 "아……." 하고, 곤란한 표정을 지었다.

"입술연지가 묻었어요……. 지금 닦을 테니……."

"난 이대로 나가도 괜찮은데 말이야."

"이상한 소리 하지 말아요."

미스티아는 열심히 내 입술을 손수건으로 닦았다. "됐다."라고 안도한 그녀는 옆에 있던 거울 앞에 섰다.

"저는 괜찮을 것 같네요."

열심히 자기 입술을 확인하는 모습이나, 진지한 시선에 마음이 이끌렸다. 실은, 아무에게도 보여 주고 싶지 않았다. 단둘이서 결혼식을 올리고 싶다는 이기적인 생각이 들었고, 10년 후의 기념일은 단둘이서 식을 올리고 싶었다. 꼭 그럴 것이다.

"나는 괜찮지 않아."

그래서 지금만큼은 그녀를 독점하고 싶다. 뒤에서 끌어안자 그녀는 뭔가를 깨달았는지 내 팔을 쓰다듬었다.

"키스하지 않으려는 건 결혼식에서 실수하지 않기 위해서고, 당신과 하기 싫어서가 아니에요."

아무래도 미스티아는 내가 키스 때문에 삐졌다고 오해한 듯했다. 하지만 부정은 하지 않는다. 그녀의 마음이 열려서 기쁘고, 단둘이서 식을 올리고 싶다고 말해서 그녀를 곤란하게 만들고 싶지 않으니 그렇게 생각하는 편이 낫다.

"그래? 나는 또, 키스를 많이 해서 싫어하는 줄 알았어."

"시간과 장소만 맞다면 몇 번이든 괜찮아요."

"고마워."

미스티아를 끌어안은 팔에 힘을 줬다. 장미향과 그녀 본연의 상냥한 향기가 섞여서 안심되었다. 아예 이대로 그녀의 피부와 내 피부를 꿰어서 평생 떨어지지 않도록 하고 싶었다.

그런 바람을 품으며 미스티아의 몸을 내 품에 가두고 있자 조심스러운 노크 소리가 들려왔다. 아무래도 시간이 다 된 모양이다.

"슬슬 가야겠네요."

"그래. 이동해야겠어."

신랑은 단상 앞에 서서 신부의 입장을 기다려야 한다. 그러니 그때까지는 헤어져야 한다. 아쉬움에 휩싸이지 않도록 나는 마지막으로 미스티아를 꼭 끌어안았다.

"그럼, 다녀올게."

"네. 저도 금방 갈게요."

미스티아의 목소리에 미소로 화답한 후, 나는 그녀가 있는 방을 나왔다. 개방적인 유리 천장에서 햇빛이 쏟아져 들어오는 복도는 마치 오늘의 나와 그녀를 축복해 주는 듯했다.

미스티아를, 행복하게 만들 것이다. 다른 이가 아닌 내가.

나는 강한 결심을 마음에 품고 한 발짝씩 앞으로 나아갔다.

눈꺼풀 너머로 강한 햇살이 느껴져서 느른하게 오른팔을 뻗었다. 옆에 둔 안경을 손으로 더듬어 찾자, 선명해진 시야에 놀라고 말았다.

벌써 오후가 다 되어가고 있었다. 너무 오래 잤는데도 좋은 꽃향기가 나서 그런지 기분은 나쁘지 않았다.

미스티아 양은 이미 일어났겠다고 생각했으나, 묘하게 왼팔이 자유롭지 않은 것, 침대가 너무 부드러운 것, 그리고 지난밤의 기억이 떠올라 온몸의 체온이 급격히 식었다.

"미스티아……."

나는 미스티아를 안은 채로 자고 있었다.

자다가 뒤척이지도 못할 정도로 강하게 끌어안고, 그녀를 압박하고 있다고 표현할 수밖에 없는 상태였다. 서둘러 상태를 확인해 보니 그녀는 조용히 잠들어 있었다.

"침대가 폭신해서, 괜찮나……?"

아주 조금, 베개 옆을 눌러 봤다. 반발이 느껴지지 않는 감촉에 안도하면서 그녀에게 부담을 주지 않도록 일어났다.

잠시 들여다보니, 힘없이 뻗은 흰 팔이나 등에 엄청난 양의 키스 흔적이 남아 있었다. 약간 붉어진 것도 아니고 보라색으로 멍들 정도였고, 목덜미에는 이빨 자국까지 나 있었다. 어루만지듯이 쓰다듬은 후, 그녀의 승낙을 얻었을 때를 떠올리고 어슴푸레한 충족감에 잠겼다.

누군가와 입을 맞출 일은 내 인생에 없으리라 생각했다. 욕정에 지배된 인간은 다 죽어 버렸으면 좋겠다고 생각했다.

여동생이 갖고 있던 소설을 아무 생각 없이 읽다가 키스하는 장면이 나왔을 때도 혐오감이 느껴질 정도였다.

그런 행동을 하는 목적이 뭐지. 더러워.

의미 없는 행동은 좋아하지 않는다. 핏줄을 잇는 것과도 관계가 없는데 일부러 입을 맞출 필요가 있을까.

그런데 미스티아에게 좋아한다는 말을 들었을 때, 나는 그녀에게 닿고 싶어서 미칠 것 같았다. 상냥함이 전해져올 때마다,

그녀를 느끼고 싶었다. 손을 잡고, 끌어안고, 그래도 충족되지 않아서 키스를 한다는 것을 깨달았다.

좋아한다고, 계속 말하고 싶다. 사랑한다는 이 마음을 알아 줬으면 했다.

일방적인 호의에 시달렸다. 그녀의 마음을 받았다고 해도 내 감정과 그녀의 감정에는 명확한 차이가 있었다. 그녀는 내게 애정을 보여 줬지만 나는 집착도 섞여 있었다.

더욱 두려운 것은 지금까지 육체적인 접촉을 혐오해서인지 미스티아를 볼 때마다 손을 잡고 싶어져서, 뺨을 만지고 싶어서, 입을 맞추고 싶어서, 주체할 수 없었다는 것이다.

미스티아는 나를 계속해서 용서했다. 만일 내가 그녀를 덮치고, 그녀가 어쩔 수 없이 날 용서한다면 그야말로 세계의 끝이었다. 그러니까, 거리를 뒀다. 내 감정은 너무 많이 전해졌다. 이성은 없는 것과 마찬가지니까 내가 조금 떨어지는 편이 그녀에게 부담을 주지 않고 끝낼 수 있다고 생각했다.

하지만 그건 나 혼자만의 상상에 지나지 않았다.

"사랑해."

흐트러진 흑발을 가지런히 한 후 아침 키스를 했다.

침대를 빠져나와 세면대에서 물을 떠 온 나는 잠든 미스티아 옆에 앉았다.

땀으로 축축해진 잠옷을 벗기고 그녀의 몸을 적신 수건으로 닦았다.

내 체온이 높아서 자기 힘들었을 것이다. 미스티아도 체온이 높아서 더 더웠을 텐데.

다음엔 얼음물로 몸을 식힌 후에 그녀와 잘까. 달아올라서 그녀를 더 불쾌하게 만들면 어쩌지.

가녀린 발목을 잡고 그녀의 땀을 수건으로 닦았다. 발목도, 허벅지도, 전부 가늘었다.

함께 바다에 갔을 땐 최대한 시선을 피했지만, 그때도 마른 것이 신경 쓰였다.

드레스의 치수를 잴 때 엿들은 이야기로는, 가슴둘레는 평균보다 크다고 했으나 허리는 평균에 미치지 못한다고 한다.

뼈에 부담이 되지 않을지 걱정되었다.

마음 같아서는 매일 그녀를 안아 옮길 수도 있다. 뼈와 근력을 걱정할 일이 없게 해 주고 싶었다.

내 모든 것으로 그녀에게 헌신하고 싶다. 그녀의 뼈 일부가 되어서 그녀를 지탱하는 존재가 되고 싶었다.

근력 운동을 시키는 편이 좋을까 생각하며 허리를 건드렸다. 잘록하다기보다는 얇다는 표현이 어울리는 모습에 더욱 불안이 짙어졌다.

근육이 문제가 아니라 식사가 부족한 건 아닐까……. 운동으로 근육을 키우며 식사도 챙기자.

하지만 전에 미스티아와 대화했던 '이 저택에서 배우는 운동'은 사람의 목숨을 빼앗는 것이다.

그것만큼은 말할 수 없었다. 솔직하고 싶었지만 그것만큼은 평생 숨길 것이다.

"미안. 하지만 사랑해."

고아원을 다녀온 후 곧바로 그녀를 지키기 위해 나는 집사장에게 호신술에 관해 물었다. 아렌가에는 전속 메이드, 정원사, 마부가 호위를 겸임하고 있었고, 누구에게 부탁하든 사용인을 통솔하는 집사장에게 먼저 부탁할 필요가 있다고 생각했다.

그리고 그는 내게 각오를 물었다. 미스티아를 위해 사람을 죽일 수도 있냐고.

미스티아를 위해 죽을 수는 있다. 누군가를 죽이는 것은, 내 꿈에 어긋나는 행동이다.

가능할지 어떨지는 모른다. 제대로 싸우는 것조차 힘든데 누군가의 목숨을 빼앗는 건 불가능한 것으로 느껴졌다.

하지만, 미스티아를 위험에 처하게 만드는 놈들은 죽이고 싶었다.

그 대답은 아슬아슬하게 합격이었던 모양이다. 나는 집사장, 정원사, 전속 메이드로부터 사람과 거리를 두는 방법부터, 자신의 기척을 숨기는 방법, 기초적인 암기술을 배웠다. 처음엔 마부도 동참했지만 그가 싫증을 내기도 했고, '체격이 좋고 윤리관이 없는 사람 전용'이라는 전술은 내게 어울리지 않는다고 집사장이 판단하여 거의 그 세 사람에게 배움을 받았다.

집사장으로부터는 무기를 사용하지 않는 거친 대인 전술, 총 사용 방법을.

정원사로부터는 검술과 약품의 사용 방법을.

전속 메이드로부터는 암기의 사용 방법과 암살 기술을.

특히, 전속 메이드와의 실전 훈련은 목숨이 위험할 때도 많았다. 전속 메이드는 "제가 아가씨를 지키고 있으니, 시간 낭비라고 생각되네요."라고 말하면서도 결코 훈련을 빼먹지 않았다.

나이프로 나를 베어 버리려고 하면서도 "그렇게 필사적으로 맞서도 이기지 못한다면 개죽음일 뿐이에요."라며 파고들 방향을 알려 준다. "아가씨가 슬퍼할 테니까요."라며 피부를 베지는 않았다.

그렇게 미스티아를 지키는 법을 배우고, 다음엔 집사장과 전속의와 함께 실제로 미스티아를 노리는 인간들을 처리하게 되었다.

갑자기 군사 산업에서 의료 사업 및 자선 활동으로 방향을 전환한 아렌가의 재산을 노리는 자도, 질투하는 자도 대단히 많았다. 그리고 아렌가의 핵심이자 약점인 미스티아는 공격 대상이 되기가 쉽다. 전부 말해 줬다간 마음에 상처를 입을 정도의 수많은 위협을 본인이 모르도록 선수를 쳐서 없앤다.

신기한 것은 내가 상대한 모두가 집사장이나 전속 메이드의 실력엔 크게 미치지 못했다는 것이다. 훈련과 실전을 반대로 행한 듯한 기묘함을 느끼며 나는 매일 임무를 다했다.

근육도 조금이지만 붙었고, 예전의 둔한 움직임도 없어졌다. 효과적이었다고 생각한다.

그래도 미스티아에게 이것을 가르쳐 줄 순 없었다. 뭔가, 함께 할 수 있는 무해한 운동을 시작하는 편이 좋겠지. 해수욕은……부력 덕분에 몸에 부담은 덜하겠지만 물속에 오래 있으면 피곤해지고 그녀에게 부담이 된다. 달리기는 위험하다. 넘어지니까. 그렇다면 산책부터 시작하는 게 좋을까. 하지만 그 전에 식사부터 챙겨야 한다. 그녀는 먹는 것을 좋아하고, 케이크 등 디저트도 잘 먹는다.

고기를 더 많이 먹이는 편이 좋을까, 아니면 그 거슬리는 닭들을……

팔과 다리, 등과 둔부, 허벅지까지 구석구석 닦고 몸이 굳지 않도록 마사지도 했다. 그렇게 몸을 풀어 주면서 그녀의 건강을 생각하고 있는데 갑자기 마주친 시선에 나는 손을 멈췄다.

"이, 일어났어……?"

"좋은 아침이에요."

미스티아가 볼을 붉히며 어색한 표정으로 나를 바라봤다. 의아하게 생각하고 있자 "이제 제가 할 테니까…… 감사해요."라며 부끄러운 듯이 내 손에서 수건을 가져가려 했다.

"힘들잖아. 나한테 맡겨."

"하지만."

"내가 하게 해 줘. 너무 무리시켰으니까."

나는 일어나려는 그녀를 다시 눕히고 목덜미와 쇄골을 닦았다. 그녀는 눈을 꼭 감고 손을 잘게 떨었다.

"추워?"

그렇게 물으니 미스티아는 고개를 가로저었다.

"부끄러워서요. 어, 어제 일도 있었고……."

"네가 부끄러워할 만한 부분은 하나도 없잖아. 더 자도 돼. 깨끗이 닦아 줄 테니까."

미소 지은 후 입을 맞췄다. 그녀는 나를 보고 "빨리 일어날 걸 그랬어요."라고 말했다.

"왜?"

"실은, 그게, 어, 엉덩이를 닦을 때, 깨서, 자느라 몰랐던 척을 하는 게 나았을 것 같아서……."

"너는 날 신경 쓸 필요 없어. 우린 부부잖아?"

"부부는 이런 건 안 하잖아요……."

"뭐, 이건 내가 하고 싶어서 하는 거니까, 부부의 정의와는 다를 수도 있겠네."

"네?"

내 말에 미스티아는 더욱 볼을 붉혔다. 열이라도 있는 건지 확인해 보려고 이마에 손을 대려 하자 고개를 돌렸다.

"아까부터 대체 왜 그래?"

"그야, 아까부터 당신이――."

"전부 내 거인데?"

나는 자기 얼굴을 감추려 하는 미스티아의 손목을 붙잡았다. 그 손을 끌고 내 볼을 만지게 했다.

"교환, 했잖아?"

"어어……."

"네 모든 것이 내 거고, 내 모든 것이 네 것이잖아. 부끄러워할 것 없고, 부끄러워할 시간이 아까워. 그냥 서로를 생각하면서 지내자."

가녀린 손목에 입 맞췄다.

그렇게 구제할 길 없다고 생각했던 부모님도 미스티아는 돌려보냈다. 민폐를 끼치기만 하는 나를 필요하다고 말해 줬다. 그녀가 나를 좋아한다면, 옆에 있자. 그녀가 나를 필요 없다고 여길 때까지.

그렇다고 해서 아무것도 하지 않은 채로 미스티아의 옆에 있을 수는 없었다.

그래서, 그녀를 지킬 수단을 지니고 싶어서, 그녀의 옆에 계속 있기 위해—— 살인하는 방법을 배웠다.

미스티아를 지키기 위해서라면 정의는 필요 없다. 그녀가 내 모든 것이니까.

그런데 미스티아는 나를 위해 멀어지려 하거나, 오늘처럼 이렇게 부끄러워한다.

나는 이렇게 미스티아를 사랑하고, 모든 것을 원하는데도.

"하지만 부끄러운 건 부끄럽다고 해야 하나……. 그, 그보다 왜 그렇게 여유로운 거예요? 저는 여유의 단계를 표현하자면 벌써 치사량 정도로 여유가 없는데요."

"그건, 내가 좋아서?"

"……으, 다, 당연하죠."

"그렇군……."

그녀를 몰랐을 땐 표정이 없는 사람처럼 느껴졌는데. 내가 그녀를 알게 되어서인지, 아니면 내 앞에서만 그녀가 특별해지는 건지, 표정이 선명하고 확실해서 사랑스러웠다.

"나도 네가 좋아. 똑같네."

절대 떨어지지 않을 것이다. 나와 그녀를 떨어트리려는 자가 있다면 죽이면 된다.

전에는 살리는 것을 고집했고, 지금도 의사라는 직업을 자랑스럽게 생각한다.

하지만 내 모든 것은 미스티아의 것이고, 미스티아의 모든 것은 남김없이 전부 내 것이며, 있는 힘껏 사랑하며, 그녀의 사랑을 음미하고 싶다.

그녀에게 사랑받고 있으니까.

그러니까, 앞으로 만일 분수도 모르는 자가 나타난다면 알려 줘야만 한다. 그 목숨을 취해서라도, 미스티아가 누구의 것인지를.

"영원히, 죽어도 떨어지지 않을 거야."

붙잡은 손목을 미스티아의 머리 옆에 두고 그녀 위에 올라탔다. 시선을 피하지 않도록 한 손으로 턱을 잡았다.

"사랑해. 네가 옆에 있어 주는 것만으로도 최고로 행복해."

미스티아가 두 번 다시 불안해지지 않도록.

실수로라도 내 사랑을 곡해하지 않도록. 평생 전할 것이다.

나만의 감정을, 거짓 없이, 그대로.

악역 영애입니다만
공략대상의 상태가 이상합니다

Claus

꿈의 끝

광대의 피날레

클라우스 센트릭에게는 어릴 적부터 이어져 온 꿈이 있었다.

하나는 만족스러울 때까지 자신의 인생을 최대한으로 즐기는 것.

그리고 다른 하나는, 타인이 최대한으로 쌓아 올린 것을 부수는 것이었다.

어릴 적부터 클라우스는 타인의 괴로운 표정이 좋았다. 여유 있는 인간이, 성공을 확신한 인간이 눈앞의 현실에 부딪히는 순간에만 기쁨을 느꼈다.

계기는 없었다.

센트릭 부부는 집안을 이어받지 않을 셋째 아들 클라우스를 소중히 키워왔다. 부인은 직접 식사를 만들어 먹였고, 남작은 틈만 있으면 자장가를 불러 줬다.

그의 형 두 사람과 비교하지도 않았고, 클라우스만을 과도하게 오냐오냐하지도 않았으며, 모범적이었다.

누가 봐도 문제없을 환경에서, 클라우스는 저주받은 취향을 얻었다.

괴로운 얼굴을 보고 싶어서, 자신에게 친절한 두 형이 블록 쌓기 놀이를 할 때 실수인 척 무너트린다.

블록을 쌓는 것에는 전혀 흥미가 일지 않았고, 형들에게 블록을 빼앗겨도 아무 감정도 들지 않았던 클라우스는, 형들이 공들여 쌓은 블록이 무너지는 순간에만 현기증이 날 정도의 흥분을 느꼈다.

하지만 클라우스도 그 형들도, 언젠가부터 블록에 흥미를 잃었다. 두 형은 각자 승마나 독서를 즐겼고, 넓은 세계로 나가려 했다.

나이 차가 있는 동생 클라우스를 귀찮아하는 듯한 모습도 보였다.

본래, 클라우스는 몸이 강하지 않다.

다리는 튼튼했으나 지구력은 없었다. 선천적으로 폐와 기관지에 문제가 있던 클라우스는 어린 형들과 함께 블록 놀이는 할 수 있어도, 성장하여 야산을 뛰어다니는 두 사람을 따라가기는 무척 어려웠다.

그래서, 클라우스는 생각했다. 이대로라면 재밌는 것을 볼 수 없다. 어떻게든 해서, 뭔가가 부서지는 모습을 보고 싶다.

고민한 끝에 도달한 결론은, 말로 사람들을 움직이는 것이었다. 마치 체스 말을 움직이듯이 조종해서 상대가 실수하기를 가만히 기다린다. 장난으로 정보를 흘리고, 형들의 사이를 이간질하여 주먹다짐으로 발전시켰을 때, 클라우스는 자신의 방에서 데굴데굴 구르며 크게 웃었다.

서서히 자신이 바라는 곳에 갈 수 있게 된 클라우스는 대상을 형들로부터 지인, 친구로 바꿨고 큰 소망을 얻게 되었다.

한 사람이, 인생을 걸고 쌓아 온 계획을 엉망으로 만들고 싶다고.

그 후로 세월이 지나, 새로운 교사에서 맞이하는 새 학기를 하루 앞둔 클라우스는 이 나라에서 종신형, 혹은 그 목숨으로 셋값을 치르게 된 죄인이 모인 옥사의 복도를 당당히 걸었다. 이윽고 튼튼한 철창 앞에 다다랐고, 옆에 놓인 종을 울리자 철창 너머의 철문에서 간수가 나타나 열쇠 뭉치 몇 개를 꺼내며 다가왔다.

"클라우스 센트릭 님이시죠. 이쪽으로 오십시오."

간수는 철창으로 된 문을 열고 무표정하게 클라우스를 안으로 들였다.

실수로라도 탈옥할 만한 틈을 만들지 않기 위해 청소도 되어 있지 않았다. 천장에는 거미줄이 쳐져 있고, 벽에는 곰팡이가 펴서 얼룩을 만들어 냈다.

평민조차 코를 막을 공간인데도 클라우스는 안색 하나 바꾸지 않고 나아갔다. 복도 좌우에는 벽을 따라 문이 몇 개나 있었고, 옆에는 숫자가 적힌 판이 달려 있었다. 죄수를 이름이 아닌 번호로 관리하는 형무소의 형태를 곁눈질하며, 클라우스는 2년 전 여름에 들렀던 교회의 지하를 떠올렸다.

외모가 뛰어난 아이들을 모아 몸을 팔게 하고, 존엄성을 짓밟는 것으로 돈을 번다. 사람들이 외면하고 싶어질 수준의 인간 관리 방법과 별반 다르지 않은 처사에, 클라우스는 입꼬리를 올렸다.

악역 신부는 공작가의 피를 이은 더러운 남자를 얻어 마지막을 맞이했다. 더러운 남자는 한심한 소녀에게 구해졌고, 제 운명을 깨닫고 소녀를 떠났다. 더러운 남자는 청렴하고 냉철한 공작이 되어서 아카데미에 힘을 쏟아부었다.

그 운명은, 클라우스가 그녀에게서 들은 이야기와는 전혀 다른 흐름으로 나아갔다.

"이 끝이 파즈 앤지의 독방입니다."

간수가 우뚝 발을 멈췄다. 클라우스의 시선 끝에는 이중 구조로 된 철창이 있었다. 복도의 끝에는 한 소녀가 감옥 구석에 멍하니 있었다.

"앤지."

클라우스가 부르자, 아카데미에 방화를 저지른 혐의로 신문에서 악역무도한 영애라는 별명을 얻어, 그 이름을 단번에 국내외로 퍼트린 소녀──파즈 앤지가 뒤돌았다.

"와주셨군요……!"

앤지는 환하게 웃으며 황홀한 눈으로 눈앞에 있는 클라우스에게 손을 뻗었다. 두터운 창살 탓에 닿지는 못했지만, 그녀는 교태 어린 목소리로 상대의 이름을 불렀다.

"레이드 님…… 계속 당신을 보고 싶었어요. 정말 기뻐요. 레이드 님……."

볼을 붉히며 앤지는 몇 번이나, 몇 번이나 이름을 불렀다.

클라우스의 조사에 따르면 치료를 받아 의식이 돌아온 앤지는 모든 사람을 녹터가의 장남, 레이드 녹터라고 인식했다.

자신을 치료한 동성 의사를 끌어안고, 간수에게 입을 맞추고, 끝내는 배식을 위해 찾아온 직원을 덮치려 했다.

몇 번이나 사랑을 속삭이고, 위병에게 제압당하는 것을 반복한 결과, 2중 감옥 속에서 사형을 기다리는 신세가 되었다.

"나도 만나서 기뻐. 너만을 사랑해."

클라우스는 일부러 레이드의 말투를 흉내 내며 철창 앞으로 손을 뻗었다.

"아아…… 행복해……."

앤지는 귀기가 감도는 표정으로 자신의 연적——미스티아 아렌을 궁지로 몰아넣은 것이 거짓말이었던 것처럼 천진난만한 얼굴로 미소 지었다.

클라우스가 앤지의 공범을 연기하게 된 것은 귀족 아카데미에 입학한 후 얼마 지나지 않은 늦봄의 일이었다. 평민 신분으로 아카데미에 입학한 소녀의 출신을 폭로한 범인이 자신이라고 밝히며, 앤지는 클라우스의 앞에 나타났다.

[이 세계는 정해진 운명에 따라 움직여. 하지만 나는 그걸 바꿀 힘을 지녔지. 최고의 광경을 보여 줄 테니까, 협력해.]

클라우스는 그렇게 말한 앤지의 손을 잡았다. 그렇게 얻은 지식은 클라우스의 취향을 충족시키는 것이었다.

[레이드는 어릴 적에 어머니를 잃고, 거기에 부모님 사이가 안 좋았던 기억 때문에 연애에 회의적이야. 연애적 관계로 발전시키려면 스스로 적극적으로 엮이고, 자유행동 시간엔 도서실이나 교실에 있을 것.]

[연애 이벤트는 봄에 첫 만남, 여름에 스터디 모임, 여름방학
에 카페에서 아르바이트, 열심히 일하는 모습을 보이고 선물을
받을 것. 그 후 가을에 미스티아에게 보복당하기 위해 제대로
레이드에게 상담하기. 댄스파티에서는 자금을 이유로 불참을
표명, 계단에선 넘어지는 척하며 레이드의 도움을 받고, 사고인
척 키스하기. 그 후 숙박 체험 학습에서 바다로 낙하. 이 시점에
고백.]

앤지가 클라우스에게 보여준 수첩에는 그렇게 적혀 있었다.

원래 이런 운명을 걷는 것은 평민인 앨리스고, 거기에 레이드
를 좋아하는 아렌가의 영애, 미스티아가 나타나 그녀를 협박하
는 것이 이야기의 흐름이었지만, 앤지는 스스로 앞장서 이벤트
를 일으키고 레이드를 수중에 넣을 계획을 세우고 있었다.

하지만, 레이드는 부모님을 잃지 않았다.

그뿐만 아니라 미스티아를 쫓아다니며 집요하게 그녀의 주위
를 맴돌았다. '레이드 녹터가 미스티아 아렌을 짝사랑한다.'라
는 소문은 유명했고, 여름방학에는 미스티아와의 결혼을 확실
히 하기 위해 좋은 당주가 되겠다며 지반을 굳히려고 분주했다
는 이야기는, 학급이 다른 클라우스의 귀에 들어올 정도로 신빙
성 있는 이야기로 취급되었다.

하지만 앤지만이 그것을 '게임 이벤트를 먼저 했기 때문.'이라
고 믿으며 의심하지 않았다.

"레이드 님, 나 2에서 파르페를 먹는 이벤트를 계속 기대했어!
레이드 님에게 에스코트 받으면서, 데이트도 많이 하고 싶어

서……!"

"그거 좋네. 나는 네가 말하는 게임 속에서 어떤 일을 했어?"

"같이 나쁜 공작을 해치웠어! 그리고 마지막에는, 숲속에서 키스하는 거야! 프러포즈도 해줬어."

앤지는 가끔 클라우스에게 "속편에서 만회할 수밖에 없어."라고 말했는데, 그 이야기 또한 자신들이 아카데미에 입학하기 전에 파괴되었다는 사실을 전하면 어떻게 반응할까. 클라우스는 씩 웃으며 눈을 가늘게 떴다.

나쁜 공작이란 건 다리우스 필진이다.

앤지가 자신에게 '나쁜 공작'에 관해 이야기할 때마다, 클라우스는 흑발에 빨간 눈을 지닌 어리석은 소녀를 떠올라서 배꼽이 빠지게 웃고 싶었다.

설마 악역 신부는 자신의 상품이 공작의 혈통이고, 거기에 이 나라조차 흔들 혁명가가 되리라고는 상상도 못 했겠지.

클라우스는 앞에 있는 앤지처럼, 이 옥사에서 지내던 신부를 떠올렸다.

다리우스 필진은 앤지가 말하는 이야기 속에서 정의를 내세우며 이상향을 만들고자 하는 악인으로 등장한다고 한다.

필진가의 당주──의 남동생이 평민과 사랑의 도피를 하여 태어난 남매 중 한 명이 다리우스였다. 하지만 필진가의 당주는 어릴 적부터 제 남동생에게 열등감을 품었고, 자신이 가문을 이어받고도 증오는 사라지지 않았다. 그 결과, 필진가 당주는 부하를 시켜 다리우스의 부모님을 처리했다.

하지만 다리우스 남매는 죽지 않았다.

부하는 어린 남매를 불쌍히 여겨 죽이지 못했다. 그렇다고 데려올 수도 없어서, 가난한 자들이 모이는 지역에 그들을 두고 떠나갔다. 운 좋게 두 사람은 각자 다른 집단에 주워져서 그 지역에서 자랐고, 결국── 같은 자에게 판매되었다.

다리우스는 교회 지하에서 팔리게 되었다.

거기까지는 아마 시나리오대로 진행되었으리라고, 클라우스는 예측했다.

교회에서 상품으로 지내던 다리우스는 미스티아 아렌에게 주워졌고, 운명이 바뀌었다.

앤지가 말하는 이야기에는 없었던 이야기다.

다리우스는 원래 18세가 될 때까지 계속 그 지하에서 지내야 했다.

필진가에 참극이 일어나 핏줄을 찾고, 당시의 필진가 당주를 모시던 비서가 다리우스를 발견하고, 교회를 무너트린 후 저택으로 들이게 될 예정이었다.

다리우스는 인간은 모두 추악하다는 생각을 품게 되었고, 약자가 상처받지 않는 세계를 만드는 것을 목표로 아카데미의 학생 전원을 인질로 삼아 중죄를 일으킨다.

미스티아의 방화 사건으로 아카데미의 경비가 허술하다는 것을 확신한 그는 아카데미의 학생들을 가두고, 부정을 저지른 자나 증거는 있지만 죗값을 치르지 않은 자들을 제시한 후, 그들을 귀족의 손으로 처리하지 않으면 아카데미의 학생을 한 명씩 죽이겠다며 나라를 협박할 예정이었다.

하지만 미스티아, 그리고 다름 아닌 앤지의 손에 의해 모든 것이 빗나갔다.

미스티아는 아무것도 모른 채로 다리우스를 구출했고, 앤지는 다리우스에게 협력할 예정이었던 범죄자들을 회유하여 아카데미에 불을 질렀다.

애초에 속편에 등장할 예정이었던 미스티아의 후임자, 헬렌 루키트가 '두근러브1'의 시나리오에 나타난 시점에 이야기에 지장이 생겼다는 것을 깨달았어야 했다고 생각하며 클라우스는 앤지를 바라봤다.

"앤지는 귀엽네."

이야기 속에서 공략 대상이라 불리는 4명은 전부, 2학년이 되는 것을 기다리지 않고 프러포즈를 위해 움직이기 시작했다.

속편의 이야기는 레이드 녹터는 앨리스 하트펄과 이어졌고, 그를 좋아하던 헬렌 루키트가 앨리스 하트펄을 괴롭히는 내용이었다. 결국 헬렌 루키트는 다리우스가 일으키는 혁명의 첫 희생자가 된다.

하지만 헬렌 루키트는 이미 레이드 녹터를 향한 연심을 버린 상태다.

에릭 하임의 이야기에선 학생회 선거에서 진 빅터 네인이 앨리스 하트펄에게 흥미를 품고 연적이 된다.

하지만 빅터 네인은 학생회 선거에서 승리했다.

제이 시크의 이야기에선, 다리우스의 모략에 의해 제이 시크는 직업을 잃는다.

하지만 다리우스는 사랑하는 이와 맺어지기를 바라지 않는다.

로베르토 와이즈의 이야기에선, 여동생인 로셰 와이즈가 병에 걸려 세상을 떠나고, 앨리스 하트펄이 헌신적으로 그를 위로한다. 하지만 두 사람은 엇갈리고 클라우스 센트릭이 반쯤 재미로 앨리스 하트펄을 빼앗는다.

하지만 로셰 와이즈의 병은 완치되었다.

전부, 시작하기도 전에 망가졌다. 앤지가 말하는 속편은 주축으로 설정된 레이드 녹터와의 이야기 외에는 연적을 등장시켜서 연인과 새롭게 나타난 연적 중 한 명을 골라야 하는, 궁극의 선택을 강요받는다고 한다.

에릭 하임과 빅터 네인. 제이 시크와 다리우스 필진. 로베르토 와이즈와 클라우스 센트릭.

사랑을 선택해 나가는 이야기.

클라우스는 앨리스 하트펄에게 흥미가 없었다. 그 신분에는 관심이 있어도, 순수하고 솔직한, 어디에나 있는 성격은 관심이 없었다. 미스티아 아렌과 비슷한, 따분하고 선함에 지배당한 장기 말이었다.

'조금 더, 행동력을 보여 줬다면 결말도 달라졌을 텐데.'

클라우스는 동정하는 눈으로 앤지를 바라봤다.

책략을 펼치고, 수단을 고르지 않는 자들의 그림자 뒤에 숨어서, 호시탐탐 행복해질 시기를 기다리던 소녀.

단지 기다리는 것밖에 하지 않았던 소녀를 바라보며, 클라우스는 웃었다.

"하지만 너는 1학년 때 내게 그다지 말을 걸지 않았잖아."

"그, 그건 부끄러우니까요. 그리고, 혹시 거절당할까 봐 무서
워서……."

앤지는 입가를 가리며 클라우스를 올려다봤다. 앤지가 어째서
레이드밖에 인식하지 못하게 되었는지 조용히 생각해 봤지만
대답은 나오지 않았다.

사람을 죽이는 계책은 세우면서, 좋아하는 남자에게는 말도
걸지 못하는 마음가짐이 원인인가.

사악한 인간을 모두 없애도, 좋아하는 남자를 바라던 사랑이
거절당한 게 원인인가.

클라우스는 앤지를 향해 상냥하게 웃어 보였다.

"이제, 네 얼굴을 볼 수 없다고 생각하니 쓸쓸하네."

이 나라에선, 가장 중한 판결을 받은 죄수는 면회가 금지되어
있다.

하지만 사형집행 당일에는, 딱 한 명의 면회가 허락된다. 앤
지의 관계자는 아무도 면회를 희망하지 않았기에 클라우스에게
그 권리가 돌아왔다.

"레이드 님, 가는 거야?"

간살스러운 목소리가 독방에 울려 퍼졌다.

클라우스는 앤지를 좋아하지 않는다.

좋은지 싫은지를 묻는다면 싫어한다고 대답할 것이다. 미스티
아의 평가와 같았다.

자신에게 재밌는 광경을 보여준 점에는 감사한다. 하지만 좋아하진 않는다. 감사와 호의는 다르다고, 클라우스는 생각했다.

"고마워. 내 꿈을 이뤄 줘서. 앤지."

클라우스는 천국에 갈 수 없다.

그것은 아주 잘 알고 있다. 앤지와는 지옥의 끝에서 재회하겠지.

"늦지 않아서 다행이야."

클라우스는 그렇게 말하며 독방에서 한 발짝 물러섰다.

이윽고 면회 종료의 종이 울렸고, 왔던 길을 돌아간다.

"안녕."

뒤돌아보니 앤지가 손을 흔들고 있었다. 평민 출신을 폭로하고, 타인을 덮치게 하고, 추락시키고, 복수심을 이용해 아카데미를 불태운 그녀의 눈빛은 사랑하는 이를 향해 곧게 뻗어 있었다.

앤지의 독방을 들른 클라우스는 커다란 문을 다섯 개 정도 빠져나간 끝에 한 복도 앞에 섰다.

아까보다 경비가 덜하고 청소도 된 이곳은 종신형을 선고받은 자들의 감옥이었다. 죄수마다 각방이 주어졌고, 철창은 있지만 천장 옆에는 창문도 달려 있었다.

클라우스의 시선 끝에 있는 방에는 한 소녀가 등을 돌리고 혼자 묵묵히 그림을 그리고 있었다.

다가갈 때마다 형무소에 어울리지 않는 오일 냄새가 짙어졌고, 소녀가 그리는 그림이 선명해졌다. 클라우스가 방 앞에 서자 드디어 소녀가 뒤돌았다.

"클라우스."

방울이 굴러가는 듯한 소녀의 목소리가 차가운 감옥 안에 울려 퍼졌다.

"여어, 샤니."

예전에 앤지의 부추김을 받아 공작 영애와 백작 영애 납치에 도움을 준 소녀는 자신이 사랑하던 남자를 그리고 있었다.

다만 그 눈동자는 맹목적이지 않았고 또렷하게 클라우스를 바라보고 있었다.

"유화인가. 불날까 봐 무서운데?"

"불을 붙일 만한 물건은 금지되어 있으니까요. 게다가 유화라서 그릴 수 있는 거죠. 아교는 갤 필요가 있고, 연필은 뾰족하게 만들어서 다른 일에 쓴다고 의심받으니까요."

"방화범의 공범이니까."

클라우스는 입꼬리를 올렸다. 그리고 진지한 얼굴로 샤니에게 물었다.

"너, 왜 내가 공범이라고 말 안 한 거야?"

샤니는 클라우스가 공범으로서 앤지에게 협력했다는 사실을 말하지 않았다. 앤지는 의식을 되돌린 후부터 모든 이를 레이드로 인식했으니, 샤니의 증언 없이는 클라우스를 체포할 수 없다.

클라우스는 꿈이 이뤄진 이상 체포되든 상관없었으나, 샤니는 자신이 앤지에게 협력한 것을 담담하게 말했을 뿐이었다.

"그럴 때가 아니었으니까."

샤니는 시선을 얕게 깔고 대답했다.

"나는 계속 미스티아 아렌을 죽이고 싶었어. 불쌍한 이프가 보답받지 못하니까. 하지만 죽일 기회가 몇 번이나 있었는데 앤지에게 의지했어. 내 힘만으로는 움직일 수 없었어. 원래라면 그저 미스티아 아렌의 교실에 가서 그녀를 죽일 수 있었는데, 나는 이프를 생각하면서도 내 꿈을 좇고 말았어. 그런 내가 지금 와서 남에 관해 이러쿵저러쿵 말할 처지가 아니었어."

앤지의 말에 따르면, 샤니는 '서포트 캐릭터'라는 역할을 부여받았다.

그건 원래 클라우스에게 주어진 설정이었고, 앨리스에게 정보나 조언을 주고, 앨리스를 사랑의 성취, 혹은 파멸로 이끄는 역할이었으나, 속편에서는 로베르토를 고른 앨리스에게 구애하는 역할을 맡게 된 탓에 클라우스는 그 책무로부터 해방되었다고 한다.

거기서 활약한 게 샤니였다.

밝고, 활기차고, 그림 그리기를 좋아하는 여자아이.

그런 설정이 있다고 들었지만 지금 눈앞에 있는 샤니도, 처음 만났을 때의 샤니도, 클라우스에게는 언제나 음울하고 무표정한 여자였다.

앤지는 클라우스에게 이프가 새로운 공략 대상이라고 말했지만, 현실은 그녀의 말과는 무척이나 달랐다. 클라우스는 모든 건 아렌가가 군사 산업에서 발을 빼서 일어난 비극이라는 것을 깨달았다.

"그래서, 너는 평생 여기서 지낼 거야?"

"나도 몰라. 적당한 때를 봐서 죽을지도 몰라. 전에는 이프와 만나고 싶었지만 지금은 마주할 면목이 없어. 어떻게 할지 생각하면서 지내려고 해."

샤니는 클라우스를 힐끗 보고는 다시 작업을 재개했다.

"그 유화 물감, 혹시 미스티아가 보낸 거야?"

"편지가 같이 왔는데 읽지는 않았어. 괜찮다면 가져가."

샤니는 그리 말하며 클라우스의 발치로 편지를 밀어 넣었다.

클라우스는 편지를 집어 들어 수신인 이름을 확인한 후 주머니에 넣었다.

"네가 그린 그림, 미스티아가 인수했어."

"그래?"

붓은 멈추지 않고 캔버스에 색을 얹었다.

선명한 파란 하늘을 배경으로 불타는 듯한 적발의 소년이 서서 미소 짓고 있다.

"이프가 죽은 후에 보이지 않았던 색이, 이제는 보여."

"다행이네. 피도, 불도 그릴 수 있어서."

야유하듯이 말해도 반응은 돌아오지 않았다.

샤니에게 클라우스는—— 자신 외의 인간은 캔버스 속 세상보다도 먼 존재라는 것을, 그녀의 시선이 증명하고 있었다.

샤니는 앤지와 다르게 어디까지나 현실을 바라봤다.

그래서 죄를 앞에 두고 담담히 받아들였다.

그곳에서 죽지 않았던 것을 후회하면서, 이것도 운명이라며 죄를 직시한다.

"너는."

샤니는 붓을 헹구는 타이밍에 클라우스에게 말을 걸었다.

"앞으로 어떻게 할 거야? 자유의 몸이 되어서 뭘 목표로 살아 갈 거야?"

"결국 나도, 여생이지. 일단 끝까지 지켜보긴 하겠지만, 아카 데미를 졸업하면 죽기 전에 어디든 쭉 돌아볼까 해."

"여행?"

"뭐, 그렇지. 이 1년간 나는 계속 즐거운 경험을 했어. 앞으로 는 즐거운 일은 없을 것 같아. 하지만 일단 좀 더 살아갈 수 있 다면 지옥에 떨어지기 전까지는 저항해 볼까 하고."

"뭐에?"

돌아온 질문에 클라우스는 입꼬리를 올렸다. 앤지의 독방에서 처럼 면회 종료의 종이 울리고, 방에 정적이 돌아올 때까지 가 만히 기다렸다.

이윽고 종소리가 멎자 클라우스는 문에서 멀어졌다.

그리고 아슬아슬하게 목소리가 들릴 정도의 위치에 멈춰서서 말했다.

"내, 운명에 말이야."

귀족 아카데미의 졸업식은 매년 벚꽃이 눈 내리듯 쏟아지고, 모든 건물이 분홍색으로 물드는 것으로 유명했다.

구교사가 불바다에 휩싸여 새로운 부지에 건설되었지만, 다시 벚꽃 나무를 심은 덕분에 교사는 올해도 벚꽃색으로 물들었다.

졸업생은 모두 블레이저의 가슴팍에 학교 문양을 본뜬 분홍색과 흰색이 섞인 꽃장식을 달았고, 봄과 함께하는 새 출발에 눈을 반짝이고 있었다.

올해 졸업을 맞이하는 클라우스도 꽃장식을 달고, 자신처럼 졸업증서를 품에 안은 이의 등을 약하게 두드렸다.

"여어, 미스티아."

장미와──별종의 꽃향기를 풍기는 그 이름을 부르자, 미스티아가 클라우스를 향해 뒤돌았다.

"졸업, 축하해요……."

어딘가 꺼림칙한 표정으로 미스티아는 오른손으로 자신의 왼쪽 손목을 잡았다.

왼손 약지에는 반지가 봄 햇살을 받아 반짝였다. 반지에 달린 보석과 같은 색의 눈동자를 지닌 인간은, 지금 미스티아의 옆에 없다.

클라우스는 눈을 가늘게 뜨고는 미스티아의 어깨에 팔을 둘렀다.

"너한테는 신세졌으니까! 마지막 인사하러 왔어. 기뻐하라고."

"신세…… 말인가요……?"

"그래. 2년 전에는 최고로 즐거운 경험을 시켜 줬잖아? 그 후에는 알콩달콩 끈적끈적해서 재미없었지만 말이야. 나는 의리가 있으니까 감사 인사라도 하려고."

클라우스는 혼돈을 바란다.

하지만 미스티아가 한 명을 고르자 모든 사태가 정돈되었다. 혼돈스러운 장면을 기대할 만한 건 고작해야 미스티아가 멋대로 그 '한 명'에게서 멀어질 때 정도. 그것도 누군가가 죽거나 다치지 않고 바보가 새장에 갇힐 위기에 처하는 수준에서 그쳤기에 클라우스는 재미없다며 몇 번이나 실망했다.

"고마워."

클라우스는 미스티아의 볼을 꼬집었다. 빨간 눈동자가 의아함으로 일그러져서 평화롭고 지루한 느낌이 조금이나마 옅어졌다.

"어딘가로 가시는 건가요?"

"그래. 세계일주란 거지. 그러니까 만나는 건 오늘이 마지막일지도 몰라."

클라우스는 눈을 가늘게 뜨고 흩날리는 벚꽃잎을 바라봤다. 여전히 예쁘다며 감동할 일은 없었다.

"죽으러 가는 것 같아요."

"그 반대일걸?"

클라우스는 조용히 덧붙였다.

놀라움으로 커진 빨간색 눈동자가 하늘거리며 떨어지는 벚꽃잎보다 훨씬 아름답게 느껴졌다.

"어차피 너는 도망치지 못할 테니까."

여전히 미스티아에게 보이지 않는 진실을 전한 순간, 꽃보라가 두 사람을 감쌌다.

폭력적일 정도로 흩날리는 벚꽃잎에 몸을 숨기듯이 클라우스는 발길을 돌려 가벼운 발걸음으로 문밖을 향해 나아갔다.

앤지와 샤니와 함께 걷던 1년을 떠올리고, 계속 쌓아 왔던 최고의 블록을 무너트린 순간의 감동을, 눈을 감고 음미했다. 그 이상의 즐거움은 평생 없을지도 모른다. 희망과도 같았던 '여성향 게임'의 시나리오는 끝나고 말았다.

앞으로 지루한 나날에── 자신이 즐길 수 없는 것뿐인 세계에서, 세계를 한껏 즐기는 사람들을 바라보는 나날이 시작되려 한다.

하지만 클라우스는 슬프지 않았다. 클라우스에게는 타인이 인생을 걸어 쌓아 왔던 것이 한순간에 무너진 그 순간의 기억이 있다.

그 기억이 있는 한, 클라우스는 이 세계에서 확실히 서서 걸어갈 수 있다.

"뭔가 재밌는 일 없으려나─."

클라우스는 편도 티켓과 보관해 뒀던 짐을 들고 역을 향해 걸어갔다.

찬란한 벚꽃 가로수길이 그의 앞에 끝없이 펼쳐졌다.

악역 영애입니다만
공략대상의 상태가 이상합니다

Darius

꽃 도 둑

꽃 장례

SIDE: Darius

가끔, 꿈을 꿀 때가 있다.

나는 아직 어리고, 주변에는 더욱 어린아이가 있고, 흑발 소녀와 대화하며 공원을 거니는 꿈. 공원은 푸르른 초목이 우거져 있고, 노을빛이 닿아 그 색이 조금 옅어졌다.

그 나무둥치에 모여 누가 '도깨비'*가 될지를 정한다.

나는 '도깨비'라는 존재를 모른다. 소녀에게 '도깨비'가 무엇인지를 묻자 악마와 비슷한 존재라는 대답이 돌아온다.

정성스레 '도깨비'란 글자를 쓰는 법도 배웠고, '도깨비'라는 것을 어렴풋이 알게 되었다.

도깨비는 악마와 비슷하고, 뿔이 달렸고, 사람을 먹는다.

사람은 숨고, 도깨비에게 들키지 않도록 해야 한다.

들키면, 끝나 버리니까.

아카데미에서 신분을 바꾸며 세 번째 봄을 맞이했다.

첫 번째는 학생으로서, 두 번째는 직원, 올해부터는 이사장으로서였다. 하지만 화재로 인해 교사도 새롭게 단장했고 위치도 바뀌었다.

작년의 복도는 옅은 색이었지만 지금은 뚜렷한 색이 되었고, 인테리어에 흥미가 없어도 눈치챌 정도로 많은 것이 바뀌었다.

---

* 술래잡기를 일본에서는 오니곳코(鬼ごっこ), 직역하면 도깨비놀이라고 부른다. 그에 따라 오니/도깨비는 술래 역할을 지칭하는 말로도 쓰인다.

나는 바닥에서 시선을 돌려 압박감을 느낄 정도로 활짝 핀 벚꽃을 흘끗 본 후 다시 복도를 걸어갔다.

벚꽃이 아름답다고 느낀 적은 한 번도 없다.

꽃을 보며 즐기는 것은 이해할 수 있다. 직원으로 생활할 땐 원예도 자주 했다.

하지만 하양과 빨강이 섞인 색이 마음에 들지 않아서인지, 봄마다 시야를 메우는 분홍색을 봐도 꽃이 피었다는 것 외의 다른 감정은 들지 않았다.

"어라, 이, 이사장님……?"

망설임이 섞인 목소리에 뒤돌자 눈을 동그랗게 뜬 미스티아가 서 있었다. 1학년 때부터 미스티아는 아카데미에 일찍 등교했지만, 오늘은 일찍이라고 하기에도 어려운 애매한 시간이었다.

"좋은 아침."

이사장으로서 학생과 적절한 거리는 이 정도인가.

직원 알리는 친근하면서 비밀이 많고, 서투르며 오지랖 넓은 신입이란 설정으로 일했으니, 어느 정도 학생과 거리가 가까워도 '직원 일이 처음이라 잘 모른다'라면서 넘겼다.

하지만 이사장인 다리우스 필진은 특정 인물을 신경 쓴다는 것을 알려져선 안 된다.

한마디라도 덧붙이고 싶다.

하지만 이사장으로서 상대한다면 냉담한 태도가 안전하다.

작년 장마철에 미스티아를 지켜보던 것을 들키는 바람에 미스티아를 위험에 노출시키고 말았다. 하지만 인사가 너무 차갑지 않았나 하는 걱정과 아쉬움을 느끼고 있자, 미스티아도 "좋은 아침이에요."라며 인사했고 침묵이 흘렀다.

"시업식이 시작되려면 멀었을 텐데."

"어어, 오늘은 교내를 산책할까 해서……."

미스티아는 "네 방향으로 이어지는 복도에 가 보려고 해요."라며 그녀의 뒤에 있는 복도를 가리켰다.

"그런데 지나가시길래, 인사라도 드리려고……."

"그렇군."

알리였다면 '와―! 기뻐요!'라며 바보처럼 신을 냈을 텐데. 만에 하나라도 차기 이사장이 직원이었단 사실을 들키면 안 된다.

사람들이 평가하는 다리우스 필진은 말수가 적고 냉혹한 성격이니, 솔직하고 바보 같은, 천진난만한 인간을 연기할 필요가 있었다.

하지만 그런 인간을 사교계에서 본 적이 없어서 어떤 인간이 친근하면서도 기억에 잘 남지 않을까를 생각하며 연기했다. 미스티아는 타인을 구하는 것이 일상이니, 도움받기 쉬운 남자가 되기로 했다. 처음엔 연기가 과한 나머지 수상한 이미지가 강해져서 조금씩 조정해야만 했다.

미스티아는 이상하게 여기지 않았지만, 그때의 나는 항상 과했다.

알리로 있던 시간, 딜리아로 있던 시간, 전부 필진으로 있는 지금보다 짧은데도, 필진으로서 미스티아를 어떻게 대해야 할지 아직도 모르겠다.

"거긴 특정 교실밖에 없는 막다른 곳인데."

나는 미스티아에게서 시선을 돌려 네 갈래로 갈라진 복도를 언뜻 바라봤다.

각 복도는 가정과실, 미술실, 공예실, 체육관으로 이어진다.

"뒤쪽 복도도 막다른 길이지."

그리고 지금 내가 향하는 곳은 그 복도와 반대 방향인 이사장실이다.

"그럼 안뜰로 가야겠어요."

새로운 교사에 안뜰을 만들지는 고민이었으나, 단기간에 교사를 새로 세워야 했기에 의논은 길게 이어지지 않았다. 그래서 현재 교사의 안뜰은 만일 앞으로 시설이 더 필요할 경우에 활용하기 위해 반쯤 적당히 조성되어 있기만 했다.

예전 교사의 안뜰은 도서실 뒤편에 붙어 있었고, 벤치와 분수, 작은 화원도 있었지만 지금 안뜰은 분수 주변에 벤치를 둔 간소한 구조로, 나머지는 원예부에게 온전히 관리를 맡겼다.

실제로 이사회에서는 '학생이 꽃을 심고 자기 주도적으로 아카데미를 만들어 나간다'라는 그럴싸한 구실에 모두가 고개를 끄덕이며 납득한 모습이었다.

"꽃은 아직 많지 않아. 꽃을 보고 싶으면 건물 입구 근처 정원이 낫겠지."

건물 입구 옆은 아카데미에 들어와 가장 먼저 보이는 곳이어서 정원과 조각상, 딱히 의미가 없어 보이는 장식물로 화려하게 꾸며져 있다. 밋밋한 안뜰보다는 시간 보내기에 적합하리라고 생각하여 제안하자 미스티아는 고개를 기울였다.

"그런가요……? 예전 교사에 심겨 있던 식물들은……'?"

"교사를 철거할 때 처분되겠지."

불에 타지 않았다고 해도 아카데미에 화재가 있었던 흔적이 계속 남아 있으면 나라에서도 좋지 않게 볼 것이다.

사건이 일어나고 방화가 있었던 땅을 살 사람이 있을지 의문이었으나 '새로운 교사를 위해서'라며 소지한 땅을 양도해 준 네 인가가 손을 들고 나섰다.

구교사의 광대한 토지는 물류를 담당하는 대규모 시설을 건설하기 위해 사용한다고 한다.

그들이 제시한 계획표에는, 판매점에서 취급하는 물품을 가게로 보내는 게 아니라 물품을 구매한 손님에게 배달하는 사업을 시작하기 위해 인수한 물건을 분류하거나 재고로 보관하는 장소로 사용한다고 적혀 있었다.

신사업으로 인해 앞으로 세수가 늘어날 것으로 예상된다는, 나라와의 교섭을 위한 요망까지 착실히 정리되어 있었다.

미스티아가 그 가문의 영애를 도와줬기에 관계된 적 있는 가문이긴 하지만, 설마 그때 미스티아가 도와준 인간이 나라에 영향을 미칠 만한 사업을 시작할 줄은 몰랐다.

네인가의 현 당주는 이제 힘이 없고, 조기 세대교대를 바란다는 이야기를 들었을 땐 조바심도 났지만, 개천에서 용이 났다고 표현해야겠지.

"철거 공사는 언제부터 시작하나요?"

"토지 인도는 최대한 빠른 편이 좋아서 이번 주엔 시작할 예정이야. 놓고 온 물건이라도 있나?"

"아뇨. 그런 건 아니고…… 어, 그럼 실례하겠습니다."

뭔가 생각에 빠진 듯한 미스티아는 멍하니 고개를 숙이고 내게 등을 보였다.

창문으로 들어오는 봄 햇살을 받은 흑발은 흑진주처럼 반짝반짝 빛나고 눈부셨다.

딜리아였다면 말없이 미스티아의 머리에 손을 얹었겠지.

그때, 미스티아는 자주 내 손을 잡아끌곤 했다. 언젠가는 내가 이 손을 잡아 줄 거라고, 노을을 배경으로 맹세했었다. 하지만 이제 미스티아는 누군가의 손을 빌리지 않고 스스로 걷고, 친구를 만들고, 인생을 살아간다.

나는 이제, 필요 없겠지.

나도 미스티아에게서 등을 돌리고 내가 있을 장소로 향했다. 조금 열린 창문에서 벚꽃잎 한 장이 살랑거리며 들어와 복도에 떨어졌다. 나는 벚꽃잎이 밟히기 전에 주워서 밖으로 날려 보냈다.

이사장으로서 올해 행할 개혁은 세습제를 철폐하는 것, 그리고 귀족뿐만 아니라 평민도 다닐 수 있는 학교를 만드는 것이다.

언젠가 평민과 귀족의 분류가 사라졌으면 한다. 내 세대에는 이뤄지지 못하더라도 그를 위한 첫걸음을 내디딜 수 있다면 나쁘지 않다.

이사회를 납득시키는 것이 우선이지만, 내가 새로운 아카데미의 경비 비용과 시설 비용을 계속하여 부담하는 섯으로 어느 정도 지지는 기대할 수 있었다.

그 후에는 나라의 승인만 얻을 수 있다면 아카데미 운영의 세습제를 바꿀 것이다. 우리 가문 외에도 다른 공작가의 찬성표가 하나 필요하던 중, 생각지도 못한 도움이 찾아왔다.

"오랜만입니다. 이바라이트 공작."

나는 이바라이트 공작가의 접견실에서 나를 환대하는 공작에게 고개 숙여 인사했다.

"고개는 숙이지 말게. 자네에겐 빚을 졌으니까. 애초에 자네는 그렇게 쉽게 고개를 숙일 만한 위치가 아니야."

이바라이트 공작은 아카데미 운영의 세습제를 없애고 싶다는 생각에 명확한 지지를 표명해 줬다.

오늘은 그 감사 인사를 하기 위해 나는 이바라이트 공작저로 찾아왔다.

"그보다 이 정원을 보게. 손주가 꽃을 심어 줬다네."

안내받은 접견실의 창밖에는, 2개월 전 미스티아를 위해 방문했을 때 본 경치와는 다르게 스위트피와 장미, 재스민이 활짝 피어 있었다.

전에는 호화로움이 강조되었으나, 지금은 소박하고 시행착오의 흔적이 보였다.

이전 정원이 더 좋았다고 생각하는 사람도 있겠지만, 이바라이트 공작은 만족스러운 듯 눈웃음을 지었다.

"나도 도와줬지. 부끄럽지만 이 나이가 될 때까지 물뿌리개를 써 본 적이 없어서 나한테 물을 뿌렸지 뭔가."

"그것참 큰일이었겠군요."

"한심한 모습을 손주에게 보여 주고 말았네만, 그 후로 손주가 내게 보이는 경계심이 옅어진 기분이 들어서 말이야. 실수도 때로는 나쁘지 않아."

이바라이트 공작은 상대가 누구든 가차 없는 태도를 보여서 두려움의 대상이 되곤 했다.

세수를 기대할 수 없는, 부를 축적할 수 없는 사업이라면, 상대가 아무리 깊은 관계를 쌓아 온 가문이어도 손을 뺀다. 철저하게 효율을 중시하는 수완으로 나라로부터 두터운 신뢰를 받았다.

모든 것은 영지민이 굶주리지 않도록, 대대로 이어져 내려온 이바라이트 가문의 무궁한 발전을 목표로 추구한다고 들었지만, 핏줄에게는 나름대로 무른 구석이 있는 모양이었다.

"이번엔 제 제안에 찬성해 주셔서 감사합니다."

"편지도 받았네. 그리고 아까도 고개를 숙이지 말라고 말하지 않았나. 그리고, 나도 자네가 협력해 줬으면 하는 일이 있네만."

"협력?"

필진가에게 무엇을 바라는 걸까. 가만히 제안을 기다리고 있자 짧은 침묵 후 공작이 입을 열었다.

"여자의 행복은 결혼이라는 고정관념을 없애고 싶어. 그리고 동성이어도 결혼이 가능하도록 만들고 싶네."

"그건……."

"어렵다는 건 잘 알고 있네. 지금은 아이를 원하지 않으면 양자를 들여 후계로 삼는 방법도 생겨났지만 그것만으로는 부족해. 나는 아내와 결혼해 행복했지. 하지만 앨리스를 보다 보면, 앨리스는 멋진 영식과 결혼하는 것을 행복으로 느끼지 않는다는 생각이 들어. 선 자리도 마련해 봤지만 애초에 결혼 자체에 매력을 느끼지 못하는 것 같아서 말일세."

이바라이트 공작이 시선을 떨어트렸다. "미안한 짓을 했지."라고 덧붙이고는 고개를 들었다.

"자신의 행복 조건에 결혼이 없는 앨리스를 보고, 애초에 결혼이란 건 무엇인지를 생각하게 되어서…… 이 나라에서는 아직 동성끼리의 결혼이 인정받지 못한다는 것을 알게 되었어. 당연하다고 생각했지만 당사자가 지금 제도에 어떤 기분일까 생각하니 말이야, 그쪽도 진행하고 싶다는 생각이 들어서."

"알겠습니다. 다른 가문과도 교섭해 보죠."

"미안하네. 작년까지는 앨리스를 훌륭한 후계자로 키워서 나는 평온한 노년 생활을 보낼 생각이었다만, 아직 현역으로 오래 있을 생각이네. 할 일이 많아. 그러니 자네에게는 앞으로도 협력을 부탁할 일이 있겠지. 잘 부탁하네."

이바라이트 공작은 내게 손을 내밀었다. 악수를 청한다는 것을 깨닫고 손을 맞잡자 공작은 뒤돌며 작은 목소리로 말했다.

"예전에는 앨리스가 훌륭한 후계자와 결혼하면 죽어도 한이 없다고 생각했어. 죽음을 기다리고 있었지. 하지만 지금은 시간이 없는 게 두려워. 오래 살고 싶다네. 이 몸으로 욕심도 많지."

그렇게 공작은 "와인을 따야겠네."라며 옆에 있던 와인 래크로 손을 뻗었다.

"그렇게까지……."

"딸과 사위가 선물한 와인이야. 사이는 소원해졌지만 매년 생일에 나와 아내를 위한 와인을 샀다고 해. 그 아이를 길러 준 부부가 보관해 줬다네."

공작이 자신의 손주를 길러준 부부와도 관계를 이어 나가고 있다는 것은 어느 정도 알고 있었다.

미스티아를 위해서, 앨리스 하트펄이 지내는 가게는 감시 대상으로 두고 있다.

부부는 지금까지와 다름없는 생활 중이지만, 2주일에 한 번, 가게의 정기 휴일 저녁엔 공작을 초대하여 식사를 함께한다고 한다.

감시원으로부터는 부부가 공작에게 보이는 태도도 문제없어 보인다는 보고가 올라왔다.

실제로 공작을 만나 보니 이해가 갔다.

"자네도 함께 마시지. 자네 덕분에 나는 틀린 길로 빠지지 않을 수 있었어."

공작이 온화하게 웃으며 내민 유리잔을 받아 들었다.

공작은 미스티아의 의사에 방해가 된다면 마차 사고나 병사(病死)로 만들 생각이었다. 공작가의 주인 자리가 비어서 혼란이 일지도 모르지만 미스티아에게 영향만 없다면 상관없다. 하지만 공작은 '좋은 사람'인 것 같기도 했다. 미스티아가 바라지 않는 선택을 공작이 고르지 않아서 다행이었다.

"그럼, 잘 마시겠습니다."

담백한 건배를 한 후 유리잔에 입을 댔다.

술이 센지 약한지는 나도 잘 모른다.

맛있다고 느낀 적은 없지만, 흙탕물에 비하면 맛없지는 않다. 식감이 꺼끌거리지 않고, 냄새가 짙은 물은 몇 번이나 마셔 왔으니 판단하기가 어렵다.

내 식생활은 시간이 흐르면서 놀라울 정도로 변했다. 잔반에서 시작하여, 신부가 준비한, 아슬아슬하게 체력에 도움이 안 되지만 용모가 상하지 않을 정도의 유동식, 손님 앞에 나오는, 나를 괴롭히는 목적뿐인 음식.

포르테 고아원에서는 처음으로 빵, 샐러드, 수프와 고기, 혹은 생선으로 만든 메인 요리, 디저트까지 딸린 식사를 배웠고, 공작가에선 쓸데없는 장식이 달린 '섬세한 요리'라는 알 수 없는 형식의 식사를 했다.

선대 당주는 식사에 까다로워서 입으로 들어가는 것에 강한 집착을 보였다. 가끔 요리사가 마음에 안 든다고 해고하기도 했다. 평생 마셔도 다 마실 수 없을 정도로 오래된 와인을 대량으로 보관하고는 와인셀러에서 흐뭇하게 감상하곤 했다.

그런 인간이 강에 독을 풀었다.

그 독이 원인이 되어 이바라이트 공작의 가족은 이 세계에서 사라졌다고 해도 과언이 아니다.

원수의 피를 이어받았다기에는 옅고, 원수를 죽였다고 하기에는 나는 냉정했다. 그 선대가 착실했다면 이바라이트 공작은 시간이 걸리더라도 가족과 함께 지낼 수 있었을 테고, 나는 미스티아를 만나지 못했을 것이다.

"어떤가?"

"맛있군요."

거짓말을 했다. 맛은 예전부터 느끼지 못했다. 내가 괴로워 신음하고 오열하는 모습을 보기 위해서 준비된 식사로 인해 나는 미각을 잃었다. 하지만 공작은 내 거짓말을 알아채지 못했다. 언제나 나의 거짓말을 꿰뚫어 보는 것은 단 한 명뿐이었다.

"자네에게는 정말 감사해. 고맙네."

공작의 감사 인사에 나는 손을 내저었다. 미스티아는 친절을 베풀면 마음이 따뜻해지고, 감사 인사를 들으면 기쁘다 말했다.

나는 미스티아에게 감정을 배웠지만 지식으로만 알 뿐, 내 마음을 움직이는 것은 미스티아뿐이다.

하지만 감정이 불완전해도 미스티아의 행복을 바라며 살아가는 것은 가능하다.

전혀 불편하지 않다. 미스티아가 행복하다면.

와인을 마시면서 나는 거짓말을 들키지 않고 공작과 미래에 관해 대화했다.

다행히도 세습제의 철폐, 새로운 아카데미 계획, 그리고 이바라이트 공작의 제안도 전부 수월히 진행되었다.

봄이 끝날 즈음에는 나라에서 긍정적인 회답을 받아 본격적인 개혁을 진행하던 때, 그 일이 일어났다.

"미스티아가, 습격당할 뻔했다고?"

필진가의 서재에서 나는 충격적인 소식에 움직임을 멈췄다.

미스티아의 동향에 관해선 전부 보고하도록 부하에게 말해 뒀다.

유사시에는 반드시 지킬 수 있도록, 방화 사건 이후에는 조사를 시키는 대신 저택 외부에 있을 때 상시 감시를 붙였다.

"사전에 막았습니다만 지금까지처럼 은밀히 처리할 수 없는 상대입니다."

비서의 말에 최악의 상상에 다다랐다.

필진 공작가의 손으로 어떻게도 할 수 없는 상대는, 권력자 외에도 한 종류가 더 있다. 미스티아와 친하게 지내는 상대다.

사라진 것을 미스티아가 부자연스럽게 여길 상대, 신경 쓰는 상대. 나는 할 말을 잃고 긴 침묵이 지난 후에야 입을 열었다.

"누구지?"

"녹터가의 영식입니다. 아카데미 내에서 그녀를 끌고 가려고 해서 경비로 가장하던 감시원이 저지했다고 합니다. 그래서 아직 그녀는 영식이 악행을 꾸몄다는 사실을 모릅니다."

돌아온 대답에 눈을 감았다. 미스티아와 한때 약혼했던 상대.

지금 그를 죽이는 건 어렵다.

언젠가 이런 일이 일어날지도 모른다는 것은 각오했다. 하지만 이런 날이 오지 않기를 바랐다. 그 최악의 일이 일어나고 말았다.

"그리고, 하나 더."

"뭐지?"

두통을 느끼며 비서의 말을 기다렸다. 비서는 내 눈동자를 똑바로 바라보며 입을 열었다.

"그 행동을 하임가의 영식이 목격한 듯합니다. 하임가의 영식이 와이즈가의 영식과 언쟁할 때 우연히 마주쳤습니다. 복도가네 개 이어진 곳이라 감시원의 개입으로 세 사람이 만나는 것을 막을 수 없었다고 합니다."

시업식 날, 미스티아와 대화했던 복도를 떠올렸다. 그곳에서사건이 일어났다는 사실에 등에 식은땀이 흘렀다.

더는, 듣고 싶지 않다.

듣고 싶지 않은 말을 비서는 침착하게 이어 나갔다.

"비슷한 일이 또 일어날 우려가 있습니다……. 그녀를 지키기위해서라면서요."

가장 두려워하던 사태였다.

누군가의 것이 된다면, 그 인간과 백년해로할 수 있도록 뒤에서 손을 쓸 생각이었다.

하지만 미스티아는 아무도 고르지 않았다.

고르지 않는 사이에 누군가가 조바심에 무리해서라도 그녀를손에 넣으려 했다. 어디로 나아가야 할지 모를 막다른 골목에,미스티아가 끌려들어 가고 있다.

이런 상황만은 바라지 않았다.

"비슷한 일이, 그건, 어느 정도로……."

지금까지 가능성을 타인에게 물을 일은 없었다. 특히 미스티아는 반드시 행복해져야 하고, 그 외의 선택지는 없다고 믿었으니까. 하지만 비서는 손에 든 보고서에 시선을 내리며 담담히 말했다.

"여름이 시작하기 전까지는, 아마도."

차분한 목소리가 서재에 울려 퍼졌다.

조명이 원래부터 꺼져 있었는지, 대화 도중에 꺼졌는지 알 수 없었다.

심장이 거세게 뛰고, 몸 전체가 고동치는 듯한 기묘한 어지러움에 휩싸였다.

"이대로라면 미스티아 아렌은 여름을 넘길 수 없을 겁니다."

아아, 역시, 이 세계에 신은 없다.

만일 있다면 무척이나 교활하고 심술궂은 신이겠지.

"구할 수 있는 건, 당신밖에 없습니다. 당주님."

비서의 선고가 서서히 뇌리에 침식한다.

달아나듯이 창밖으로 시선을 옮겼다.

어느샌가, 미스티아가 습격당한 날의 밤처럼 천둥소리가 울리며 봄의 끝을 고하고 있었다.

꽃잎과 함께 내리던 비는 멈추는 것을 잊은 것처럼 끊임없이 쏟아졌다.

단지 행복해지기만 한다면, 그것만으로도 좋았다.

나와 이어지지 않아도 좋다. 다른 누군가와 결혼해도 좋다.

나라는 존재는 미스티아의 행복을 간절히 바라고 기도할 수 있다.

분명 그렇게 생각했다.

"오늘은 무슨 일로 부르셨나요?"

미스티아가 습격당할 뻔한 날로부터 보름.

나는 미스티아를 내 저택으로 불렀다.

자신이 위험에 처할 뻔했다는 것도, 앞으로의 일도 아무것도 모르는 미스티아는 새까만 드레스를 입고, 오늘부터 자신의 저택에 돌아갈 수 없단 사실은 상상도 못 한 채로 내 앞에 나타났다.

"이거, 어어, 입에 맞으시면 좋겠어요……."

조심스럽게 새하얀 상자를 내밀었다. 어렴풋하게 달콤한 향기가 퍼졌다.

"산딸기 타르트랑, 초콜릿하고 레몬이 들어간 파운드케이크예요."

"고마워."

감사 인사를 하며 받아 들자 미스티아는 고개를 살짝 가로저었다.

붉은 눈동자는 당혹감으로 흔들리고 있었다.

갑자기 불려 왔으니 당연한 일이다.

필진가로 향하는 마차 안에서 대체 무슨 일인지, 자신이 뭔가를 저지른 게 아닌지 자신에게 원인을 찾고 있었겠지.

그런 생각도, 회상도, 무의미한데도.

"오늘은 잠깐 내 놀이에 어울려 줬으면 해서 말이야."

미스티아를 잡아두는 방법은 간단했다.

저택에 초대해서, 내보내지 않으면 된다.

공작가와 백작가라는 가문의 차이는 그녀를 절대적으로 지키는 사용인들로부터 멀어지게 할 유일한 수단이자, 내가 항상 지니고 있던 패 중 하나였다.

그래서, 그런 짓을 벌이는 것이 두려웠다.

한 발짝만 잘못 내디디면 바닥없는 깊은 나락으로 떨어지는 길을 걷는 기분이었다.

"놀이, 인가요? 체스나 카드 같은 건가요?"

──그러고 보니 계속 비등비등했죠. 저희의 전적.

미스티아는 과거를 회상하며 웃었다.

미스티아는 지금 문을 등졌고, 나는 창문을 등지고 있다. 조금이라도 수상쩍으면 도망칠 수 있는 위치지만 세월과 지금까지의 인연이 미스티아가 품어야 할 불안을 갉아먹었다.

"숨바꼭질은, 어때."

"어어……."

미스티아는 눈을 동그랗게 뜨며 시선을 이리저리 움직였다.

우리가 순수하게 숨바꼭질을 즐길 수 있는 시기는 오래전에 지났다.

"도구가 없어. 체스판도, 카드도, 이 저택에는 없어."

그렇게 말하자 미스티아는 잠시 고민했다. 무슨 생각을 할지는 알고 있다. 이 저택에 오락거리가 없다는 생각에 나를 불쌍히 여기겠지. 그리고, 내 마음이 편안하기를 바라며──,

"알겠어요. 해요, 숨바꼭질."

태연하게, 스스로 개미지옥으로 걸어 들어가 추락한다.

"그러면 네가 숨어 봐. 이 저택에는 네가 들어가선 안 되는 곳은 없어. 어딜 가든 상관없으니까. 열을 세고 내가 너를 찾으러 가지."

예전에 놀았던 규칙 그대로, 나는 미스티아에게 숨도록 지시했다. 고아원에 있을 때, 숨바꼭질을 하면 아무도 찾을 수 없었던 미스티아를 나만이 찾곤 했다. 오늘도, 그렇다.

분명 미스티아를 금방 찾을 수 있겠지. 다만, 준비가 필요하니까 바로는 찾지 않을 것이다.

"그럼, 수, 숨을게요."

미스티아는 내게 등을 돌리고는 숨을 장소를 찾기 위해 방을 나갔다.

나는 눈을 감고 10을 센 후, 도깨비가 되었다.

미스티아가 숨는 장소는 거의 두 군데다.

창고에 있는 커다란 상자 안이나, 책상 아래.

고아원 아이들은 나무 위에 올라가거나 높은 위치에 있는 선반에 몸을 숨겼지만, 미스티아는 그렇게 체력과 운동신경이 있어야 하는 장소에는 절대 숨지 않았다.

그리고 성격상, 타인의 저택에 있는 옷장이나 캐비닛을 웬만하면 열지 않을 테니까 숨바꼭질이 시작한 위치에서 벗어나, 고민하며 나아가다가 점점 발걸음은 느려지고, 결국 적당한 방의 물건 뒤에 숨을 터였다.

그리고 마침 그 방은 고가품이 얼마 없는, '여기라면 숨어 있어도 가구가 상하지 않겠지.'라며 경계심이 느슨해지는 곳이겠지.

함께 있던 시간은 길지 않지만 미스티아의 행동은 간단하게 예측할 수 있었다. 이 예상이 실체 없는 망상으로 끝난다면 좋겠다.

하지만 미스티아는 분명 그곳에 있다.

나는 수도 없이 지나왔던 필진가의 복도로 나가, 미스티아를 찾기 위해서 발걸음을 빨리했다.

단지 한 곳만을 목표하면서, 처음으로 미스티아에게 '나쁜 짓'을 했던 과거를 떠올렸다.

그건 포르테 고아원에서 지내기 시작하고 어느 정도 시간이 지났을 때였다.

다른 영애, 영식이 봉사 활동으로 포르테 고아원을 위문하러 왔고, 나는 그날 처음으로 미스티아 또래의 귀족 영애, 영식을 보게 되었다.

"엄청 예쁘게 생긴 애다! 이름은 뭐야?"

밝은 목소리로 내게 다가온 것은 화려한 옷을 입은 영식이었을 것이다. 포르테 고아원에서 지내기 전엔 인간답지 못한 생활을 보냈지만, 당시 고객들이 내 외견을 평가하는 말은 매일 밤 들어왔다. 딱히 놀랄 일도 아니라 어떻게 대답해야 적절할지를 고민하고 있자 누군가가 내 성별을 정정했다.

"그 녀석은 남자야."

"어, 그렇구나⋯⋯ 엄청나네."

처음 말한 '엄청'과 두 번째 '엄청'에는 분명 다른 의미가 담겨 있었다. 내가 남자라는 사실을 전해 들은 영식들은 썰물처럼 빠져나가고, 다음엔 역전하듯이 영애들이 나를 둘러싸고 연달아 질문 공격을 해댔다.

지금 생각하면 추한 위문이었다.

진심으로 고아와 만나고 싶어 하는 인간이 적다는 사실은 알고 있었다. 그곳에는 미스티아와 친해지려는, 기회를 잡아 아렌가의 당주가 되고 싶어 하는 영식이거나 위문에는 관심 없지만 일단 체면을 위해 찾아온 영애뿐이었다.

전부 내 멋대로 한 추측이지만 이후 다른 사람과 함께 위문 온 적이 없으니 확신은 있다.

하지만 아렌가 주최의 위문이니까, 영애들의 관심을 적당히 흘리며 미스티아가 악평을 듣지 않도록 노력할 수밖에 없었다.

최대한 미소를 띠며 나는 영애들에게 고아원을 안내하고, 정원에서 기르던 채소를 설명했다. 위문은 장마철에 총 4회로 예정되어 있었다. 그러나 두 번째부턴 남자의 인원이 반으로 줄었고 영애들이 늘어났다.

어쩌다 들은 고아원 사람과 영애의 이야기로는 내 외모에 끌려 참가자가 늘었다고 한다. 그리고 아렌 백작은 그런 상황이 내게 좋지 않을 듯하여 걱정하고 있다……라는 이야기까지 덧붙었다.

내 입장은, 반대였다. 왜냐하면 내게 주목이 모인다는 것은 사람들의 시선이 미스티아에게 향하지 않는다는 거니까.

나는 그때 미스티아가 옆에 있는 것을 무의식적으로 당연하다고 생각하기 시작했고, 위문으로 미스티아와 나 사이에 누군가가 끼어드는 것을 별로 좋게 생각하지 않았다.

그래서 모두가 나를 둘러싸면, 미스티아는 평소처럼 다른 고아와 놀 테니 나쁘지 않다고 생각했다.

"딜리아 군, 우리 집으로 올래? 아버지도 남자아이가 있으면 좋겠대. 딜리아 군은 예쁘니까 내 남동생 삼아 줄게!"

머리카락이 돌돌 말린, 화려한 외양의 영애가 내 손을 잡고 그렇게 말했다. 분명 위문 3회차의, 점심 식사를 마친 후였다. 미스티아는 고아원의 아주 어린 아이들이 놀이로 만든 늑대의 습격을 받느라 멀리 있었다. 누군가의 가족이 된다는 생각은 해본 적도 없었고, 그 집안의 양아들이 되면 '귀족'이 될 수 있다고 생각한 나는 거절을 표하지 않고 "어?"라며 일부러 놀란 표정을 지었다.

"남동생?"

"동생이 싫으면 오빠여도 괜찮아. 딜리아 군 몇 살이야? 나보다 연상? 연하?"

"연상."

나이는 솔직히 자세히 모른다.

철이 들었을 땐 주변에 어른이 없었고, 어디서 태어났는지도 몰랐으니까. 다만, 철이 들었을 때부터 느낀 얼어붙을 듯한 겨울의 추위, 몽롱해지는 여름의 더위를 어렴풋이 생각해 보면 주위에서 예상하는 내 연령과 내가 지금까지 겪어온 추위의 수가 맞지 않는 듯했다.

"딜리아 군. 잘생겼으니까 고아로 있기엔 아까워. 그리고 언젠가는 여길 나갈 거잖아? 그러면 우리 집에서 지내면서 평민 신분 따위는 버리면 어때?"

소녀는 분명 나를 버려진 끝에 보호된, 갈 곳 없는 강아지처럼 인식하고 있었다.

버려진 불쌍한 강아지. 하지만 외모는 예쁘다. 예쁘게 생겼으니 불쌍하다고 여기고, 도와주고 싶고, 예쁘니까 얻고 싶어진다.

소녀의 눈동자가 그 사실을 확실히 말하고 있었다.

"아렌 님! 제게 딜리아 군을 주세요."

소녀는 미스티아를 향해 발랄하게 말했다.

나는 조금 고민했다. 포르테 고아원에서 나가고 싶진 않지만 귀족이 되면 미스티아와 함께하는 장래를 꿈꿀 수 있으니까.

하지만 소녀의 욕망에 반비례해 미스티아의 태도는 차가웠다.

"그는 물건이 아니에요. 그의 장래는 스스로 정해야 해요."

그때까지 나는 강하고, 상냥하고, 어리석은 미스티아밖에 몰랐다.

교회에서 산책하다가 구르듯이 나타난 미스티아, 자신이 위험해져도 나를 구해 주려던 미스티아, 내가 일반적인 상식을 모르는 것을 한심해하지 않고 전부 가르쳐 주던 미스티아.

모든 미스티아가 좋았다.

하지만 나를 위해 조용히 분노하는 미스티아를 보고, 나는 어렴풋한 흥분을 느꼈다.

미스티아는 주의를 주거나 혼낼 때는 있어도 화내는 적은 없었다. 그런 미스티아가, 나를 위해 화냈다. 귀족 영애를 상대하면서까지.

기뻐서, 끌어안고 싶었다. 그때까지 미스티아를 좋아한다고 생각했고, 감사의 마음도 전했다. 하지만 그 순간, 확실히 사랑스럽단 감정을 느꼈다.

영원히 사라지지 않는, 침침한 감정이 태어난 순간이다.

그리고 그 감정이 확실해진 건, 4회차 위문 때였다.

마지막이기도 하니, 그날만 참가해서 편하게 자신의 평판을 올리자고 생각한 거겠지. 1회차부터 3회차까지의 참가자보다 훨씬 많은 영애, 영식이 위문에 참가했다.

너무 인원이 많아서 어른뿐만 아니라 미스티아도 고아원의 안내 역할을 맡게 되었고, 나는 그 보좌로 미스티아의 옆에 있었다.

하지만 너무나도 대인원이 고아원에 위문을 온 탓인지 가끔 미스티아와 떨어지는 순간이 있었다.

아직 어린 아이가 실수한 것을 처리하거나, 영애들에게 둘러싸이거나.

그러는 사이에 미스티아와 길게 대화를 나누었던 영식이 나타났다.

"나, 위문에 오는 건 처음인데 이렇게 힘든 일이었구나. 아렌 씨는 대단하다."

그렇게 말하며 온화한 눈동자를 지닌 영식은 미스티아와 대화를 나눴다.

미스티아에게 말을 거는 영식은 지금까지 몇 명이나 있었지만, 미스티아의 무뚝뚝한 태도나 호의가 전혀 전해지지 않는 분위기 때문에 바로 포기하고 다른 영애에게 향하곤 했다.

하지만 그 영식은, 확실히 평범하고 귀족 중에서도 눈에 띄지 않는 그 남자는, 미스티아의 담담한 태도를 그대로 받아들이고, 포기하지 않고 미스티아에게 다가갔다.

마음에 들지 않았다.

고아원에서도 미스티아와 친하게 지내는 존재는 있다.

여자 옷을 입는 데에 저항이 없고 재봉을 좋아하는 토마스가 대표격이다.

하지만 미스티아는 토마스에게 자주 황당하단 표정을 지었고, 남자로 대한다기보다는 가족이나 친구처럼 대했다.

미스티아의 조용한 분노를 보기 전이었다면, 나도 무시했을지도 모른다.

하지만 영애와의 일이 머리에 떠오른 나는, 발칙하게도 미스티아에게 흉포한 충동을 품었다.

──그때 미스티아는 나를 위해 화냈다. 하지만 미스티아는 나를 자신의 것이라고 하지 않고, 나의 일은 내가 정해야 한다고 했다.

즉, 미스티아에게 나는 가장 특별한 존재가 아니고, 내가 다른 영애에게 가게 해달라고 하면, 그대로 보내 주리라는 뜻이었다.

싫었다.

나는 미스티아의 것이 되고 싶었다. 그때 날 구해 줬을 때부터 나는 미스티아의 것이었는데.

교회 지하에서 당한 짓도 미스티아에게 당한다면 행복하게 느껴질 정도로, 내 안에서 미스티아의 존재는 특별하고, 예외적이고, 대체 불가능한데.

미스티아가 나에게 품는 감정이 조금 더 강해졌으면.

나는 이미 남자의 존재는 안중에도 없었다. 그저 염원하듯이 미스티아가 남자와 대화하는 것을 바라보고, 남자가 일방적으로 미스티아와 티타임 약속을 잡는 것을 가만히 듣다가 그날은 끝났다.

티타임 약속을 지키기 위해서라며 위문회도 아닌데 그 영식이 포르테 고아원에 찾아온 날. 나는 자진해서 시동 역할을 맡았다.

티타임 장소는 포르테 고아원의 정원이었다.

영식은 오늘을 위해 한껏 멋을 부렸고, 그의 "함께 차를 마실 수 있어서 영광입니다." 하는 인사에도 미스티아는 멍하니 있었다.

그리고 홍차를 더 우려야겠다며 고아원 직원이 끓인 물을 내오려고 할 때, 직원 한 명이 테이블에 발이 걸렸다.

물을 내오던 직원은 안경을 선물 받아 시력이 좋아진 만큼 지금까지의 전후 감각과 달라 요즘 부딪히는 일이 많았다.

나는 미리 '이렇게 해 두는 편이 경치가 잘 보인다'라며 일부러 가든 테이블과 홍차와 커틀러리를 둔 수레 사이를 좁게 배치했다.

직원의 몸이 기울고, 뜨거운 물이 든 주전자가 미스티아에게 향했다. 하지만 피하지 않더라도 미스티아에게는 절대 물이 쏟아지지 않는 위치다.

미스티아의 사이에 누군가가 끼어들면, 미스티아를 누군가가 감싸려 하면, 그 인간의 등은 뜨거운 물에 화상을 입을 것이다.

영식이 바로 일어설 수 없도록 나는 그를 앉힐 때 테이블에 의자를 가까이했다. 나설 수 없다.

나만이, 미스티아를 감쌀 수 있다.

내가 바라던 결과를, 완벽히 얻을 수 있었다.

"미스티아를 지킬 수 있어서 기뻐."

필사적으로 화상 처치를 하는 미스티아에게 나는 그렇게 말하며 웃어 보였다. 애초에 등에는 교회에서 얻은 낙인이 있다.

화상으로 덮어 버리는 게 내겐 좋은 일인데, 미스티아는 당장이라도 울 것 같은 얼굴로 내 등에 필사적으로 물을 뿌렸다.

미래에 이 등 때문에 내게 불행이 찾아온다면, 미스티아의 마음속에는 계속 내가 있겠지.

결혼하지 못하더라도, 내가 불행한 표정을 지으면 미스티아의 마음은 내게 향할 것이다.

비록 그게 연정이 아니더라도.

기특하게도, 미안하단 표정으로 내 등에 약을 바르는 미스티아가 귀여워서, 사랑스러워서 참을 수가 없었다.

조금 더, 더 나를 봐줬으면 했다.

그렇게 어두운 충동을 절제할 수 없을 때였다. 필진가의 사람이 찾아와 미스티아와 떨어질 수밖에 없게 되었다.

미스티아의 신변의 안전을 위협당해, 나는 나의 어리석음을 깨달았다.

미스티아만 행복해지면 된다는 것을, 짓궂게도 필진을 계기로 깨달은 것이다.

내 안의 짐승을 죽이고, 미스티아의 행복만을 바랐다. 바랄 수 있었다. 그런데.

"어째서 이렇게 마음대로 되지 않는지."

스스로 행복을 향해 걸어가 준다면 참을 수 있었다.

나 말고 누군가를 선택해 준다면, 조용히 지켜보는 것만으로도 만족할 수 있었다.

나는 미스티아와 숨바꼭질을 하던 중이라는 사실을 떠올리고 정신을 차렸다.

지나온 길을 되돌아서 미스티아가 숨어 있을 방으로 다가가, 무거운 문을 열었다.

두꺼운, 빛이 비치지 않는 진홍색 커튼 아래에 작고 가녀린 발끝이 보였다.

딱 미스티아와 같은 키의, 가녀린 몸이 그곳에 있다.

나는 발걸음을 죽이고 커튼으로 다가갔다. 밖에서 들어오는 빛을 차단하는 그것을 붙잡고, 들췄다. 미스티아는 조금 놀라면서도 기쁜 듯이 눈을 가늘게 떴다.

"옛날부터 딜리아한텐 못 이기겠네요. 다음엔 제가 술래가 될 게요."

"……."

"딜리아?"

미스티아는 내 침묵의 진의를 살피려 한다. 붉은 시선이 쏟아져서 커튼을 붙잡은 손에 힘이 들어갔다.

"네가, 나를 찾았어."

미스티아의 눈이 크게 떠졌다. 그와 동시에 품속에 숨겨둔 손수건을 그 입가에 가져다 댔다. 의식이 있던 눈동자는 곧바로 흐릿해졌고, 이쪽으로 쏟아지듯이 그녀의 몸이 힘없이 쓰러졌다.

"이제 나는 너를 놓치지 않을 거야."

용서하지 않아도 좋다.

미스티아의 눈이 천천히 감겼다. 나는 가녀린 몸을 옆으로 껴안고 그대로 방을 나섰다.

미스티아를 붙잡은 날의 오후, 나는 아렌 저택으로 향했다. 미스티아를 일시적으로 감금하려면 아렌 백작과 부인의 협력이 필수 불가결했다.

나는 내 정체를 밝히고 딸의 신변에 어느 정도의 위험이 닥쳤는지를 전하고 내 요구를 받아들이게 했다.

불행인지 다행인지, 증거는 충분했다. 그리고 나는 미스티아를 부모님으로부터 떨어트릴 생각은 없다.

위험성이 높은 지금만큼은 떨어져 지내야 하지만, 모든 것이 안정되면 장소가 바뀌더라도 원래 생활로 돌려놓을 것, 미스티아의 동성 친구들도 같은 조건에서라면 만나게 해 줄 것, 그리고 임시 거주지에 아렌가의 사용인을 둘 것을 약속할 것. 백작과 부인은 내 정체를 듣고 놀라면서도 이런 조건을 붙여 내게 도움을 받게 되었다.

의아했던 것은 아렌가의 사용인들이 전혀 반발하지 않았단 점이다.

처음엔 미스티아를 걱정하여 소란이 일었지만, 설명을 들은 사용인들은 빠르게 짐을 꾸리며, 주변에 의심당하지 않으려면 누구부터 거주지를 옮겨야 할지를 논의하기 시작했고, 조금씩 필진의 사용인들과 교체하듯이 이동하자는 계획을 순식간에 정해 버렸다.

그렇게, 그날 밤에는 아렌가의 요리사와 미스티아의 전속 메이드가 필진 저택으로 이동했다. 전속 메이드에게는 미스티아의 시중을 맡겼다.

미스티아를, 내 저택에서 평생 지내게 할 생각은 없다. 공작가라고는 해도 위치가 특정될 만한 가능성이 있는 장소는 위험하다. 가장 안전한 것은 나라를 떠나는 것. 하지만 모든 일 처리를 단기에 끝내면 언젠가 발목을 붙잡히고 말 것이다.

미스티아를 재운 후, 필진가가 몰래 소유한 변경의 별장에 그녀를 옮겼다.

그 후로 5일이 지난 지금도 나는 미스티아와 만나지 않았다.

"범죄자가 아렌가를 노리고 있다고만 전했어도 됐을 텐데, 어째서 그렇게 겁주는 수단을 취하신 건가요?"

오늘은 포르테 고아원의 처우를 정하기 위해 원장을 만나러 온 참이다.

"지금 아가씨의 상태는 어떠신가요?"

간단한 질문에도, 대답할 수 없었다.

이 5일간, 주위에 동향을 들키지 않도록 하며 아렌가의 사용인을 움직였고, 미스티아의 결석에 그럴싸한 이유를 붙여 위장한 후, 몰래 당사자들을 처리하는 계획을 세우고, 세습제의 철폐에 이바라이트 공작에게 조력하기까지, 잠들 새도 없었다.

변명을 말하자면 끝이 없지만, 결국은 미스티아와 어떻게 얼굴을 마주해야 할지 모른다는 점이 가장 컸다.

미스티아의 전속 메이드로부터 미스티아가 패닉에 빠지진 않았지만 어리둥절한 상태라는 보고는 받았다.

미스티아를 숨겨 두는 것을 어떻게 미스티아에게 설명해야 할까. 이게 가장 큰 고민이었다. 범죄 조직이 아렌가를 노려서 나라로부터 보호를 명받았다고 말하면 미스티아는 자신과 엮였던 사람들을 걱정하고 외부를 의식하고 말 것이다.

같은 이유로, 아렌가가 나라에서 의심을 받아 국외로 도망가는 것을 돕겠다고 해도 같은 반응이겠지.

그러니 간단하게, 내가 미쳐서 미스티아를 가두는 게 가장 좋다고 생각했다. 전속 메이드와 요리사, 다른 사용인들은 인질로 데리고 왔다고 미스티아에게 전하고, 밖에 나가려고 하면 부모님이 위험해진다고 말하도록 사용인들에게 부탁했다.

하지만 정말 미스티아를 돕기 위해 연기하는 건지, 그저 욕망에 따르는 건지 잘 모르겠다.

나에게는 지금, 미스티아를 감금할 그럴싸한 동기가 너무나도 많다.

"당황한, 상태라 하더군."

쥐어짜듯이 그렇게 말하자 바스는 어깨를 움츠렸다.

"로맨틱하게 프러포즈하면 되는 것 아닙니까? 당신을 사랑하니, 부디 내 손을 잡아 달라고, 장미 꽃다발을 준비해서 무릎 꿇으면 되는 것을 일부러 사태를 복잡하게 만들어 자신을 궁지에 몰아넣어서 어찌할 생각이십니까?"

구혼할 권리는 이미 포기했다. 하지만 술래잡기라면서 미스티아를 잡았을 때, 확실한 행복을 느꼈다.

"당신도 아가씨도 고난을 좋아하시는 건가요. 괴로운 길만 선택하고…… 필진도 적당히 무너트린 후 사랑의 도피라도 하면 되는 것 아닙니까."

"바스…… 넌 선대의 일은 상관없는 건가."

"저는 당신의 비서와는 다릅니다. 저는 저를 풍요롭게 해 줄 사람을 모실 뿐. 아니면 존경할 만한 사람이거나요. 충성만으로는 침몰하는 배에 올라타지 않습니다."

포르테 고아원을 관리하는 원장은 노래하듯이 옛 주인을 야유했다. 그 사람은 부하 복이 없는 모양이다. 내 비서는 자신만의 영애를 지켜본 끝에 복수의 길을 걸었다. 지금은 그 복수의 공범이 된 내 최후를 지켜보겠다고 말하지만, 비서가 충성을 바치는 건 언제나 그 영애일 것이다. 그렇게 생각하면 나도 그 피를 확실히 이었다.

"게다가 지금, 저는 만족합니다. 젊을 적의 저는 꿈도 없고, 여성을 속이며 재산을 늘렸죠. 여성을 즐기고 기쁘게 해 주다가 속여서 가로챈 재산으로 고기를 먹고 술을 마시는 일을 최고로 삼았습니다. 하지만 화려한 세계에 몸을 두는 것보다 이렇게 미래의 가능성을 키우고 지켜보는 편이 평온하고 만족스럽습니다."

바스가 뭔가 의미를 담으며 입꼬리를 올렸다.

선대가 내 흔적을 지우기 위해서 던지듯이 이 남자의 손에 쥐어준 원장 자리는 의외로 나쁘지 않았던 모양이다.

"미스티아 님이 당혹스러워하시는 건, 분명 자신이 놓인 상황이 아니라 어째서 당신이 이런 일을 벌였는지에 대해서겠죠. 아아, 눈에 선하네요. 딜리아가 이런 일을 벌이는 건 분명 뭔가 원인이 있을 거야. 그 원인은 대체 뭘까? 고민에 고민을 거듭하다가 진상에 도달할지도──."

"바스."

타박하자 "당신에게 타박할 권리는 없어요."라며 바스는 상쾌하게 웃었다.

"이제 당신과 미스티아 님의 사이에는 목숨이 달린 고난이 너무나도 많습니다. 사람은 그것을 불행이라고 부르지만, 무척 슬프게도 아가씨는 당신이 저지르는 일이라면 감금이라는 중죄조차도 개의치 않겠죠. 분명 받아들일 겁니다. 인식이 비정상적이니까요. 당신도, 미스티아님도."

바스는 자기 머리를 손가락으로 가리키고, 그대로 눈꼬리, 볼로 선을 이어 나갔다.

"아가씨와 만나시는 게 좋을 겁니다. 제 상상대로라면 분명 당신에게 이렇게 물어보겠죠. 무슨 일이 있었나요? 딜리아는 나를 위해, 무엇을 하려는 건가요——라고."

바스는 미스티아의 말투를 흉내 냈다. 말투는 비슷하지만 미스티아는 아무도 따라 할 수 없다. 묘하게 연기 투가 나서 은근히 짜증이 났다.

"혼자만이 미스티아 님을 이해하고 있다는 생각은 큰 착각입니다."

이번엔 비난 섞인 바스의 말투였다.

"적어도, 너보다는 잘 안다만."

약간의 저항은 눈앞의 연기자에게는 전혀 통하지 않는 듯했다. 바스는 "그러시군요."라며 웃어넘기더니 나를 응시했다.

"가장 잘 알기에 보이지 않는 것도 있습니다."

일찍이 포르테 고아원 감시역으로만 존재했던 연기자는 마치 교육자처럼 웃으며 나를 배웅했다.

교회 지하에 있을 때, 눈을 팔리거나 귀가 수집품이 될 뻔한 적이 많이 있었다.

하지만 신기하게도 코를 건든 사람은 없어서인지, 둔하기는 하지만 내 후각은 가까스로 살아있다.

모든 맛을 느낄 수 없지만, 물보다 홍차가 맛있다고 거짓말은 하기 쉬웠고, 커피는 교회에서 마시던 흙탕물이 떠올라서 직원실에는 홍차 캔만 두었다.

그리고 미스티아가 커피보다 홍차를 더 좋아하기 때문이기도 했다.

오히려 알리로 지낼 적엔 홍차를 좋아하는 척까지 하며 핑계로 미스티아가 직원실에 들를 이유를 만들기 위해 노력했다.

나는 고아원에서 돌아오는 길에 비서와 마부에게 내일의 예정을 변경하겠다고 전하고, 시내를 들른 후 변경으로 향했다.

내일은 공휴일로, 원래 예정은 이사의 친목회에 출석하는 것이었지만, 미약한 두근거림과 죄책감이 행선지를 바꾸게 했다.

"도착했습니다."

마부의 목소리에 나는 곧장 마차에서 내렸다.

기세 좋게 내렸으나, 발걸음을 내딛기가 어려웠다. 조용히 숨을 내쉰 후, 신록이 우거지기 시작한 정원을 가로질러 미스티아가 지내는 저택으로 다가갔다.

정원은 아무래도 아렌가의 것과 비슷하게 할 상황은 아니라, 남의 눈에 띄지 않는 것을 고려하여 단장하지 않고 숲처럼 됐다.

시야를 가로막는 나무를 지나면 화려함도, 친근함도 느껴지지 않는 네모반듯한 벽돌 건물이 나타난다.

하늘에서는 중심의 정원을 사방의 벽으로 막은 듯이 보이는 구조인 이곳은 예로부터 필진가에 전해지는 별장이다.

이곳은 필진가의 직계에 해당하는 자, 가까운 하인만이 들어올 수 있다.

명의는 다른 사람이고, 이 주변도 일반인의 출입을 금지하여 이 토지의 영주도 이곳에 건물이 있다는 것은 모른다.

밀담이나 나라에서 내밀히 전령을 받을 때 사용되며, 숨겨져 있으면서도 가장 깨끗한 이 저택에서, 미스티아는 감금을 강요받고 있다.

미스티아는 내게 어떤 표정을 보일까. 원래부터 외부나 사교계로 나가길 즐기는 성격은 아니지만, 죄인 같은 취급은 정신에 부담이 될 것이다.

아렌의 사용인들을 옆에 두고, 최대한 생활하는 데에 익숙하도록 아렌 저택의 인테리어를 따라 했지만 결국 흉내일 뿐이다.

묵직한 문을 몇 개나 통과하여 저택 안으로 들어갔다. 오늘 아렌가에서 이 저택으로 이동한 문지기는 냉정한 시선을 내게 보냈다.

"딜리아, 살아 있었구나."

"너는 변하질 않는군. 토마스."

"평민 주제에. 꽤 출세했네."

독설을 뱉는 건 고아원 출신인 토마스다. 토마스는 싫다는 듯 나를 노려보더니 "여전히 짜증 나."라며 불쾌함을 숨기지 않는다.

"토마스도 귀족의 피잖아. 숨기고 있을 뿐이지."

토마스는 귀족 출신이다. 아렌가 저택의 사용인에 관해서는 필진의 후계자가 되고 선대 당주가 타계한 후부터 전부 조사했다.

평범한 마을 여자 외에도 타국의 기사 가문 출신, 서기관으로 일하던 자, 사기꾼에 괴물 등 문제는 수도 없이 많은 집단이다.

하지만 그 집단 중에서도 토마스는 가족에게 학대당해 아렌가에 흘러들어 왔다. 친족은 추한 본성을 지니고 있지만, 당사자의 유해성은 비교적 희박하다.

"그게 중요한 게 아냐. 고아원에 있을 때도 너는 특별 취급이었잖아. 드디어 네가 없어졌다고 생각했는데 전속 메이드가 나타나고, 너까지 돌아오다니 정말 최악이야. 너 말이야, 이제 다 컸고, 누가 봐도 차가운 공작이란 느낌이고, 전혀 안 귀엽거든? 그 점은 확실히 알고 있으라고."

고아원에 있을 때 토마스는 자주 "나와 딜리아! 어느 쪽이 귀여워?"라며 미스티아에게 대답을 강요하곤 했다. 그때마다 미스티아는 미간을 찌푸리며 어떻게 대답해야 할지 몰라 고민했다.

나로서는 '둘 다 귀엽지 않아.'라고 대답해 주길 바랐다.

"너는 변함이 없군, 토마스."

"나는 변함없이 귀여워."

"그런 의미가 아니야."

"뭐, 네가 날 귀엽다고 여길 이유도 없고, 너한테 귀엽다는 말을 들어도 기분 나쁘니까."

토마스는 "짜증 나네."라며 불만을 숨기지 않았다.

만일 미스티아가 나를 미워하거나, 내게 혐오감을 품는다면, 토마스는 기쁘게 날 죽이려 들겠지.

이렇게 기분이 나쁘단 것은 보고대로 미스티아는 당황한 것뿐이겠지. 그리고, 바스가 말한 대로⋯⋯.

"미움받으면 좋을 텐데. 네 어디가 좋다고? 내가 아는 사람 중에 너만큼 비틀린 녀석은 없다고."

"나도 그렇게 생각해."

"우와. 승자의 여유란 거야? 네 머리카락, 전부 엉켜 버렸으면 좋겠어."

악의 담긴 목소리에 고개를 가로저었다. 그럴 마음은 없었다고 내가 부정하자 토마스는 "충분히 짜증 나."라며 덧붙였다.

"자기가 미움받길 바란다는 건 지금 미움받지 않는다는 자신이 있단 거잖아. 자각 없는 척하면서 자랑이나 하고 말이야. 언젠가 아침에 일어나면 머리카락 다 밀려있을걸."

"그러면 네 짓이겠지."

하지만 토마스의 말을 듣고 깨달았다. 미스티아의 신뢰를 배신하는, 미움받을 짓을 했다고 생각하는 건, 미스티아에게 호의를 받는다는 생각이 전제로 깔려 있지 않으면 불가능하다.

생각해 보면 나서서 화상을 입었을 땐 미스티아의 호의를 확인하는, 시험하는 듯한 짓만 했다.

"붙잡아 놓고 방치나 하고 말이야. 모처럼 네가 악역이 되는 파격적인 좋은 조건으로 미스티아를 감금할 수 있는데, 네가 엉뚱한 데에만 몰두하면 조만간 사용인 중에서도 이상한 녀석이 나타날걸."

"이상한 녀석?"

물어보자 토마스는 당연하다는 듯이 "우리는 말야."라며 나를 손가락으로 가리켰다.

"미스티아가 아카데미에 다니거나 밖에 나가는 걸 모두가 엄청나게 반대했어. 하지만 미스티아에게 미움받고 싶지 않으니까 자유롭게 놔둔 거야. 그러니까 네가 감금해서 악역이 되고, 거기에 사용인들을 인질 취급한다는 건 우리한텐 최고의 조건이라고. 사용인들은 미스티아와 결혼하고 싶다기보다는 함께 있고 싶은 것뿐이니까. 하지만 네가 미스티아를 방치하고 있으면 자기만이 미스티아를 행복하게 만들 수 있다고 착각하는 녀석이 나올 거라고!"

혼내는 듯한 목소리로 "알았어?"라며 추궁하는 토마스를 물끄러미 쳐다보며, 아렌의 사용인들이 어째서 내게 협조적이었는지 확실히 이해했다.

애초에, 자신들끼리라도 미스티아를 가둬 놓을 생각이었던 것이다.

미스티아를 향한 충심과 의리 때문에 흉악한 수단을 꺼내기를 주저했을 뿐.

"충고, 감사하지."

"충고가 아니야. 경고라고."

"……확실히 그렇군. 마음속에 담아 두지."

나는 토마스를 스쳐 지나가듯이 미스티아가 있는 방과 이어진 계단으로 나아갔다.

"제대로, 평생 잡아 둬. 미스티아가 함께 있어 주는 것만으로도 좋다는 게 사용인들의 마음이니까. 제대로 안 하면 우리한테도 대책이 있다고."

등 뒤에서 들려오는 말에는 격려와 협박, 상반하는 감정이 담겨 있었다. 나는 가볍게 손을 들어 대답을 대신한 후 그 자리를 뒤로했다.

별장은 원래 건물이 제삼자에게 들켰을 때를 대비하여 외관은 폐허와 구별되지 않도록 했고, 사용 이유 때문에 인테리어에도 크게 돈을 들이지 않았다.

하지만 미스티아가 지낼 방, 화장실과 욕실만큼은 단장했다.

약 1년 정도의 감금 생활을 예정하기에 어느 정도 오락도 갖췄지만, 정신적 관리는 역시 아렌가의 사용인들에게 의지해야 한다. 창문이 있는 복도는 쓰게 할 수 없고, 앞으로 1년간 미스티아의 바깥 세계는 사방이 둘러싸인 안뜰뿐이다.

그리고 1년 사이에 사태가 정리되지 않는다면 미스티아의 감금 생활은 길어지게 된다.

미스티아를 위해서라고 생각하면 이렇게 직접 마주할 게 아니라 일에 몰두하는 게 맞을지도 모른다. 머리가 곧바로 미스티아와 만나는 것을 피하기 위한 변명을 만들어 내기 시작해서 나는 앞을 응시했다.

새까만 문은 철로 만들어졌다.

아이러니하게도 교회 지하에서 사용된 문과 같은 형태였다.

열쇠를 꺼내 문을 열자, 문이 하나 더 나타났다. 혹시 몰라 2중으로 된 문은 편의성을 무시하고 만들어져, 여닫을 때 상당한 힘이 필요하다.

안에는 검은 드레스를 입은 미스티아가 방 중앙에 있는 침대에 앉아 있었다. 그녀는 내 존재를 깨닫고는 걱정스러운 표정으로 뒤돌았다.

"딜리아."

이름을 부르는 목소리에, 이기적이게도 안도했다. 내가 누군지를 확인받은 기분이었다.

참을 수 없이 애가 탔고, 끌어안고 싶었다. 웃어 보이고 싶었다. 참을 수 없이 가슴이 뛰며 뜨거워져서 말없이 미스티아에게 다가가자 그녀는 차분한 눈으로 입을 열었다.

"혹시, 저는 투옥되는 건가요? 딜리아는 탈옥을 도와주려는 거고요?"

이건 무슨 소리인가.

내가 무엇을 하려는지 묻는 것이 아니라, 확실한 전제를 깔고 묻는 미스티아는 이미 감옥으로 향할 각오를 다진 듯이 목소리에 망설임이 하나도 없었다.

완전히 틀린 방향으로 생각하고 있는데도.

"전혀 아니야."

"그런데, 이상하잖아요. 숨바꼭질을 하자거나, 계속 슬픈 눈으로 절 쳐다보고, 어떻게 생각해도 딜리아의 행동은 본래 목적을 전부 감추고 누군가를 지키려는 태도였어요. 수단은, 중범죄에 해당한다고 생각하지만……."

전부 꿰뚫어 보고 있었다.

이 5일간, 갇힌 공간에 있으면서 미스티아는 나를 버리지 않았다. 하지만 미스티아는 자신이 노려지고 있다는 사실은 깨닫지 못했다.

그렇다면 평생 감춰야 한다. 미스티아를 노리는 인간은 평생 미스티아를 포기하지 않을 테니까.

"아니면 아버지나 어머니에게 무슨 문제가 생겼나요? 사기를 당해서 뭔가 나쁜 사업에 연관되었다거나……."

"그것도 아니야."

"그러면 어째서?"

"내, 감정이 알고 싶었어."

미스티아가 노려지고 있다는 것은 말할 수 없다. 하지만 미스티아는 내 마음을 꿰뚫어 봤다. 그렇다면 그것을 말하는 것만이 미스티아를 이해시킬 유일한 방법이다.

"나는 네가 행복했으면 해. 하지만 네게 이런 짓을 하고 싶은 마음도 있었어. 가두고, 누구에게도 빼앗기지 않도록, 나만이 독점할 수 있도록, 계속, 계속 그러고 싶었어."

"그건……."

미스티아가 할 말을 잃었다. 나는 다짐하는 기분으로 미스티아의 새하얀 팔을 잡았다.

"네가 괴롭지 않았으면 좋겠어. 화나는 일도, 슬픈 일도 없이 웃으며 지냈으면 좋겠어. 하지만 그만큼 걱정이나 분노, 그런 감정을 나를 위해 보여 줬으면 좋겠어. 너를 구하고 싶으면서도, 내 존재 때문에 괴로워 하는 네가 사랑스러워. 평생, 죽을 때까지 나는 이 마음으로 너를 구속하고 싶어 할 거야."

스스로도, 이 상태가 이상하고 어떻게든 해야 한다는 자각은 하고 있다.

그런데도 예쁘고 상냥한 미스티아가 나를 위해 화내거나 부정적인 감정을 드러내면 더할 나위 없이 마음이 충족된다.

행복하길 바라는데도, 아무 데도 갈 수 없는 미스티아를 보면 안심된다.

나 따위와 행복해지는 건 바라지 않지만, 옆에 있으면 기쁘다.

"평생, 여기서 지내 줬으면 해. 그러지 않으면 나는 미칠 거야."

미스티아는 대답하지 않았다.

단지 빤히 나를 바라볼 뿐이다.

미스티아는 무슨 생각을 할까. 대답을 기다리고 있자 조용히 숨을 들이켜는 소리가 들려왔다.

"아카데미의 친구나, 일단, 학생회를 돕는 일도 하고 있어서, 그쪽에 얘기를 잘 전달해 주실 수 있을까요?"

"그래도 괜찮나?"

"네. 전에 당신이 없어졌을 때, 저는 당신을 믿지 않고, 저한테 책임을 돌리며 도망쳤어요. 결국 당신을 잊었어요. 그 속죄예요. 그리고."

"그리고?"

"저와 가족이—— 부부가 되어 주세요."

미스티아는 거래를 제시하듯이, 자신의 인생을 내게 팔아넘기려 했다. 무슨 의도인지 귀를 의심하고 있자 미스티아는 엄하게 눈을 흘겼다.

"이상한 헌신을 받고 싶지는 않아요. 당신은 언제나 자신을 희생하려 하죠. 이 5일간, 당신이 모습을 보이지 않는 사이에, 죽으려는 게 아닌가 해서 속이 말이 아니었어요. 제 행복만 우선하는 당신을 어떻게 멈춰야 할까, 아무리 생각해도 대답이 나오지 않았어요."

미스티아는 자기 손을 쥐었다. 그리고 내 손목을 잡았다.

"당신은 제 가족이나 친구까지 구하려 했고, 실제로 구했죠. 하지만 당신도 제 친구고, 가족 같은 존재예요. 그런데 당신은 마치 자신이 그 범주에서 벗어난 것처럼 행동해요. 당신을 멈추려면 당신이 속한 범주에 제대로 이름을 붙일 필요가 있다고 생각했어요. 하지만 당신은 공작가의 사람이죠. 아카데미의 이사장도 맡고 있고요. 저 같은 것보다 대단한 사람이다. 그렇게 생각했어요."

──그런데. 하고, 미스티아는 씩씩한 목소리로 말을 이어 나갔다.

"당신의 어두운 마음을 듣고 결정했어요. 저는 당신과 결혼하지 않으면 행복해질 수 없어요."

저주와도 닮은 고백이었다. 인생을 구속하는 계약을, 미스티아는 스스로 꺼내 들었다.

"괜찮나. 너는 그래도."

"네. 그리고 시업식 날에 딜리아와 대화한 후에 어렴풋이, 딜리아가 저를 좋아하는 게 아닌지 멋대로 의식하던 참이어서."

"뭐?"

들은 말을 믿을 수가 없어서 나도 모르게 되물었다. 미스티아는 사람의 호의에 둔감한 편이다. 아카데미에서 다른 이의 고백을 이해하지 못하는 모습을 나는 몇 번이나 봐왔다.

"어떻게, 무슨 계기로?"

"구교사 도서실의 꽃이요."

미스티아는 그렇게 말하며 안뜰의 풍경이 보이는 창문을 가리켰다. 그곳에는 달리아와 장미꽃이 함께 피어 있었다.

시선 끝에는 달리아와 장미가 늘어서 있었다. 마치 내 정체를 꿰뚫어 본 그날처럼, 미스티아가 나를 똑바로 응시했다. 붉은 눈동자가 상냥해서, 미스티아가 직접 말하지 않아도 꽃들의 내력을 알 수 있었다.

"네가, 한 건가."

"네. 구교사에 남겨놓는 건 아쉬워서요."

미스티아는 창문 너머로 하얀 손가락을 새빨간 장미 꽃잎에 가져다 댔다. "가시가, 뽑혀 있어서."라며 덧붙이며 다시 나를 바라봤다.

"구교사에서는 도서실 뒤에 피어 있었고, 원예부에 있던 적도 있었다고 들어서⋯⋯. 네인 선배는 동아리에 가입하지 않았지만 선배가 회장을 맡기 전까지는 필수적으로 위원회에 가입해야 했다는 것을 생각하면, 동아리 활동도 비슷하지 않을까 하고⋯⋯, 직원으로 일하는 당신은 항상 혼자 있었고, 누군가에게 배우면서 식물을 키운다기보다는 키우는 방법을 알고 있는 듯했어요."

"훌륭한 추리군."

"거의 감이지만요. 하지만 정답이라 다행이에요. 남이 기른 꽃을 멋대로 훔쳐 오는 꽃 도둑이 되기는 싫었거든요."

미스티아의 꽃 도둑이란 말에 웃음이 터질 것 같았다.

진짜 도둑은 지금, 미스티아의 앞에 있다.

어쩌면 그들 중 누군가 한 명과 행복해질 수도 있었는데 내가 그 기회를 빼앗고 말았다.

"정말 괜찮나."

"네. 이 선택의 책임은 제가 질 거예요."

노을은 이미 졌다. 창밖은 밤으로 물들어 어둡기만 했다.

"너는 나를 받아들일 수 있나?"

살인범이라도.

무심코 말하고 싶어졌다. 하지만 그만큼의 책임과 각오를 미스티아에게 지게 할 생각은 없다.

"결혼은 단지 단짝이 되는 게 아니야. 마음만 이어져서도 안 되고. 너는, 내 아내가 될 수 있나?"

나는 미스티아의 볼에 손을 가져다 대고 얼굴을 가까이하며 내려다보았다. 입술이 닿을 만한 거리에서 멈추자 미스티아는 시선을 피하지 않고 나를 똑바로 바라봤다.

"알고 있어요."

부드러운 입술이 맞닿았다. 등 뒤로 가녀린 손이 닿았고, 심장 소리마저 겹쳐 들린다는 착각이 들 정도로 밀착했다.

"저는, 이 등의 책임도—— 질 생각이에요."

부드럽고 섬세한 손이 옷 너머로 등의 화상과 낙인을 어루만졌다.

나는 미스티아의 머리카락을 만지며 미스티아를 끌어안은 팔에 힘을 줬다.

"너는, 미쳤군."

"방금, 제가 괴로워하는 모습이 좋다고 말한 당신이 그런 말을 할 수 있나요?"

"그래. 너는 제정신이 아니야. 하지만—— 기뻐. 사랑해. 이제절대, 아무에게도 넘겨 주지 않겠어. 함께 지옥으로 떨어지자."

나의 미스티아가 돼서. 마지막에는 함께, 지옥으로 떨어지자.

이곳에서, 행복을 느낄 정도로 사랑을 쏟아 미치게 할 것이다.

"고마워."

나를 위해 미쳐 줘서.

입맞춤이 더욱 깊어졌다. 미스티아는 당황스러워하면서도 필사적으로 부응해 줬고, 나는 절대 놓치지 않도록 미스티아를 강하게, 아주 강하게 끌어안았다.

운명론, 숙명론이라는 것이 있다고 한다.

이 세계에서 일어나는 모든 일은 신이 미리 결정한 것이고, 어떻게 해도 사람의 힘으로는 바꿀 수 없다는 것이다.

사람이 죽는 것도, 죽이는 것도 전부 정해져 있고, 그 영향까지 신은 전부 알고 있다고 한다.

만일 정말로 이 세계에 신이란 존재가 있다면, 미스티아가 나를 구한 것도, 내가 미스티아를 지켜보고 싶어 하는 감정도, 미스티아가 연심 때문에 궁지에 몰린 것도, 전부 처음부터 정해져 있었다는 뜻이다.

그러면 이렇게 된 것도 운명이란 것일까.

미스티아의 고백을 받아들인 나는 그녀를 가둔 방을 조용히 나왔다.

다음에 만나러 올 수 있는 건 1개월 정도 뒤겠지. 함께 지낼 날이 오는 것은 역시 1년 정도 지나야 할 것이다.

지금 상태론 분명 미스티아는 행복하지 않겠지.

하지만 나는── 조용히 생각을 정리하며 뒤돌아, 굳게 닫힌 철문으로 시선을 보냈다.

"미스티아 님과 대화는 잘하셨나요?"

차가운 목소리에 뒤돌자 조명을 역광으로 받은 전속 메이드가 서 있었다. 실제로 마주하니 확실히 용모는 닮은 부분이 있는 듯했다. 어릴 적의 미스티아가, 비록 정신적으로 부하가 걸렸다고는 해도 동일시하는 것도 이해가 된다.

"그래."

"제게 내용을 말해 주실 생각은 없다는 것으로 이해해도 될까요."

"입적을 요구하더군. 정리가 모두 끝나면 그렇게 할 생각이야."

죽이려 드는 것도 각오하고 말하자 전속 메이드는 내게서 시선을 떼지 않고 입을 열었다.

"만일 미스티아 님이 불행한 길을 걷는다고, 미스티아 님이 아니라 제가 조금이라도 그렇게 생각한다면 저는 미스티아 님

을 데리고 당신 앞에서 사라질 겁니다. 두 번 다시 찾을 수 없는 곳으로 미스티아 님을 데리고 갈 테니 잘 부탁드립니다."

"이미 각오했어. 사용인들이 내 행동을 지켜보는 게 놀라울 정도야."

"그러면 마지막으로 하나 더."

그렇게 말하며, 피가 이어진 여동생은 철문을 손가락으로 가리켰다.

"저희는 당신의 소원이 아니라 미스티아 님의 소원을 우선할 거예요."

이상입니다. 라는 듯이 전속 메이드는 철문을 열고 안으로 들어갔다.

둔탁한 소리가 복도에 울려 퍼지고, 철문이 다시 굳게 닫혔다.

앞으로 1년. 1년 이내에 전부 결착을 낼 것이다.

그리고 미스티아를, 내가 내어 주는 행복으로 밀어 떨어트릴 것이다.

햇살이 쏟아지는 세계

딜리아가 나를 감금하겠다고 말했을 때, 게임의 강제력으로 무슨 일이 일어난 줄 알았다.

게임에서 미스티아는 가족과 함께 처형당한다.

실제 재판은 보지 못했지만, 미스티아의 부모님이 실은 나쁜 일을 해 왔고, 그 죄가 더해져서 부모님이 처형당했단 설정이었다.

이제 생각하지 않기로 결심했던 강제력을 다시 의심하게 될 여지가 역력히 남아 있었다.

아버지와 어머니는 그런 짓을 한 것처럼 보이지는 않았다.

하지만 좋지 않은 거래에 부모님의 명의가 남아 있어서 랜스데이 선생님에게도 스티브 씨에게도 정리를 부탁하긴 했다. 그래도 뭔가 아렌가가 위험한 상태가 되었고, 딜리아가 그것을 알아채고 뭔가를 벌이려는 것으로밖에 보이지 않았다.

하지만, 딜리아는 그것을 부정했다. 그가 거짓말을 할 때의 얼굴이 아니었다.

그래서 나는 딜리아가 자기희생을…… 자신을 망가트리면서까지 나를 지키려 하지 않도록, 결혼을 요청했다.

딜리아에게는 좀 더 좋은 상대가 있을 터였다. 애초에 우리는 신분 차가 있다.

딜리아는 내게 은혜를 느꼈고, 이성적인 의미는 없을지도 모른다.

애초에 내 감정은 연심일까. 딜리아가 모습을 나타낼 때까지 그를 지킬 방법을 생각하다 결혼의 가능성에 도달할 때마다 어떻게 해야 할지 알 수가 없었다.

고민에 빠져 5일을 보냈고, 결심이 선 것은 딜리아가 나를 향한 마음을 토로했을 때다.

딜리아를 생각하며 화내거나 고민하는 내 모습이 사랑스럽다는 말을 듣고, 각오를 다졌다.

각각의 인생에 제대로 책임을 지자고 생각했다.

그 후로 딜리아는 한 달에 두 번 정도 별저에 찾아왔고, 그때마다 우린 대화를 나눴다.

부모님과 앨리스, 헬렌 씨와 피나 선배와 편지를 주고받는 사이에 해바라기가 폈고, 나무가 붉게 물들었고, 눈이 내렸고, 꽃이 피었다.

딜리아는 1년이라고 말했지만 어쩌면 기간은 더 늘어날지도 모른다. 창가의 꽃을 바라보며 사용인들과 시간을 보내던 어느 날, 딜리아는 능청맞은 얼굴로 반지를 건네며 입을 열자마자 "같이 살자."라고 말했다.

그리고 그해의 여름, 마침내 나는 사용인 모두와 딜리아와 함께 새로운 저택에서 살게 되었다.

거주지도 해외로 바뀌었고, 등하교하지 않고 과제를 제출하는 형식의 아카데미로 옮겼지만, 아카데미를 졸업한 피나 선배가 "해외까지 신사업을 확장할 거야!"라며 근처로 이사 오는 등 변화가 많았지만 변하지 않은 부분도 있었다.

에릭은 타국에서 유학한다고 한다. 편지의 글씨가 조금 달라진 것 같지만, 타국의 글씨를 배우는 중이라 가끔 글씨체가 뒤죽박죽이 된다고 적혀 있었다.

딜리아는 앨리스의 조부인 이바라이트 공작에게 조력하는 듯, 달에 다섯 번 정도는 우리가 원래 살던 나라로 출장을 가느라 저택을 비웠다.

그렇다고는 해도 나머지 시간엔 저택에서 일을 하니 얼굴을 마주하는 횟수는 훨씬 많아졌다.

그렇게 딜리아, 사용인 모두와 함께 살게 된 이후로 첫 가을을 맞이하게 되었다.

창밖에선 빨강, 노랑 등 따뜻한 색으로 물든 나무가 시원한 바람에 흔들리며 나뭇잎을 떨어트렸다.

"벌써 이렇게 시들었나. 나무를 새로 심을까, 아니면 울타리를 늘려야 하나."

새로운 저택의 정원에서 딜리아는 미간을 찌푸렸다.

오늘은 그가 일을 쉬는 날이라, 함께 정원을 산책하기로 했다. 아렌가의 정원에 비해 나무가 많은 정원엔 새롭게 정자가 세워져서 꽃과 풀 냄새가 한층 더 짙어진 느낌이었다.

"그래도 나무는 저택 부지 밖에도 많아요."

이 저택은 숲속에 지어졌다.

위치는 조금 높은 언덕 위. 전에 살던 나라보다 땅값이 싸다는 이유로 딜리아는 주위의 산과 숲을 샀다고 한다.

시내로 나갈 때는 언덕을 내려간 후 호수를 넘어야 할 정도로 대자연에 둘러싸여 있다.

"너를 숨겨 두지 않으면 불안해."

"하지만 주변은 거의 산인걸요. 사유지니까 사람이 멋대로 들어올 일도 없고요."

"빨리 곰과 멧돼지의 조교가 끝났으면 좋겠군."

딜리아의 말을 듣고 나는 발을 멈췄다.

"조교라니요?"

"내가 널 좁은 곳에 가둔 사이에 청소부장이 터득한 기술인 모양이더군. 주위에 풀어놓겠다고 했어. 너와 나, 사용인, 그리고 네 친구 외의 다른 사람이 이 산에 들어오면 바로 잡아먹으러 올 거야."

딜리아는 태연하게 말했지만 너무나도 위험하다. 바로 그만뒀으면 한다.

"안 돼요. 말리러 갈 거예요."

"평범한 곰을 식인 곰으로 바꾸는 게 아니야. 원래 이 산에 있던 곰과 멧돼지를 네 마부와 전속 메이드, 문지기 두 사람이 잡으러 다니고 청소부들이 조교 했을 뿐이지. 원래 사람을 해치는 짐승을 네게 해를 끼치지 않도록 만든 것뿐이야."

멜로와 다른 사람들이 곰과 멧돼지를 잡고 리자 씨가 조교 했을 줄은 몰랐다.

그보다 정말 위험하니까 잡지 말고 그대로 두는 게 좋지 않았을까⋯⋯. 동물 친구들이라고 하기에는 무서운 방식인데⋯⋯.

대답을 못 하고 있자 딜리아는 "멧돼지는 삶으면 맛있다고 해."라며 내 표정을 살폈다.

"아뇨…… 리자 씨가 조교한 동물을 굳이 잡아먹고 싶지는 않아요……."

나는 고개를 가로젓고 딜리아와의 산책을 재개했다.

이전에 살던 나라에선 가을의 다과회 시즌이다.

하지만 이 나라에선 그저 차를 마시거나, 견문을 넓히는 다과회는 열지 않는 듯했다.

먼 옛날, 귀족들이 '누가 가장 화려한 파티를 여는지, 누가 가장 아름다운 복장을 사교계에 선보이는지'의 경쟁이 거세진 나머지 나라의 재정까지 영향이 미친 적이 있어서, 지금 이 나라 사람들은 가족이나 친구 외의 사람과 파티를 여는 것을 기피하는 성향을 지녔다고 들었다.

따라서 사교계라는 것도 존재하지 않고, 많은 인원이 모여 대화하는 것은 일할 때뿐인, 부지런한 사람이 많고 타인의 일에 개입하지 않는 조용한 나라라고 한다.

실제로 조용한 사람이 많고 다들 담담한 분위기였다.

그래서 타인이 부지 내에 들어올 일은 없겠지만, 경비로 곰과 멧돼지가 주변을 뛰어다니는 것도 좀 복잡한 기분이었다.

"너는 식욕이든 뭐든 정말 옅군."

"그런가요? 식사는 좋아하는데……."

"나를 향한 경계심도 옅지."

딜리아는 조금 불만스러워 보였다.

딜리아 상대로 경계심을 품을 순 없지 않나. 그와 나의 관계에는 부부라는 관계성이 추가되었다.

가장 가까이서 봐온 부부는 아버지와 어머니인데, 두 분이 서로 경계심을 품은 모습은 본 적이 없다.

"1년 동안 너를 가두는 동안 네가 망가질까 봐 걱정했어."

"하지만 첫날부터 멜로와 솔 씨가 옆에 있었고, 애초에 숨바꼭질 도중에 어딘가로 끌려간 거라 망가질 일은 없고 당황했을 뿐이에요."

"보통은 겁을 먹잖아."

"하지만 역시 딜리아를 무서워할 수는 없죠. 다른 사람이라면 정말 진심으로 무서워했겠지만……."

딜리아는 딜리아다.

무슨 일을 하든.

그러니 무서워할 수 없다. 일그러진 고백도 놀라긴 했지만 혐오스럽진 않았다.

나는 그대로 딜리아와 근처 정자의 의자에 앉았다.

"딜리아는 제가 무서워했으면 좋겠어요?"

예전에 그는 부정적인 감정을 보이는 내가 사랑스럽다고 확실히 말했다.

내가 물어보자 딜리아는 내 머리카락을 어루만졌다.

"모르겠어. 네 감정은 전부 원해. 고아원에서 나를 물건 취급하며 가지고 싶다고 했던 아이에게 화내는 네 모습을 의식한 후로, 이게 나의 고칠 수 없는 성향이라고 생각했어. 그런데, 나는 그저 네 감정적인 모습이 좋은 것일지도 몰라. 평소 너는 담담하니까. 이렇게 너와 살면서 그런 생각을 하게 됐어."

"그렇군요……."

"나 때문에 네가 변하는 게 기쁜 것 같아. 내 안에서 네 존재는 절대적이라 숭배하는 마음도 있지. 그래서 그 절대적인 네가 나 때문에 마음이 움직이는 것을 보면 충족돼."

딜리아는 나를 빤히 내려다봤다. 그러고는 눈 아래를 살짝 쓰다듬었다.

"저는 당신이 즐겁고, 기쁘고, 평온하다면 기뻐요. 당신의 사랑법을 이해하는 건 어려울지도 모르겠죠."

하지만.

"저는 딜리아와 계속 함께 있을 거예요."

나는 주변에 사람이 없는 것을 확인하고 발돋움을 해 딜리아에게 키스했다. 그는 예상하지 못했는지 눈을 크게 떴다.

"어릴 적 내게 얘기해 주면 믿지 않겠군. 미스티아가 내게 키스하다니."

"억지로 한 듯한 기분이……."

"아니. 억지여도 상관없어. 나는 기쁘게 받아들일 테니까."

결혼도 억지로 받아들이게 했던지라 이런 말을 들으면 억지로 딜리아를 휘두른 듯한 기분이 더욱 짙어진다.

복잡한 표정으로 있자 딜리아가 부드럽게 웃었다.

"이번엔 뭘 고민하는 거지?"

"아뇨. 왠지 딜리아를 억지로 붙잡은 것 같아서……."

"아무리 생각해도 반대잖아."

딜리아는 웃으면서 내 볼에 손을 얹었다. 완만한 곡선을 그린 눈이 진지해지고, 나는 빨간 노을과 해바라기색의 눈동자에 사로잡혔다.

"내가, 너를 잡은 거야."

내 등에 손을 얹은 그가 지그시 눌렀다. 그와의 거리가 0이 되었다.

"바깥에서 너무 가까이 있는 건……."

"입맞춤은 되고, 끌어안는 건 안 되나?"

딜리아가 귓가에 속삭여서 나도 모르게 어깨를 움찔거릴 뻔했다. 그의 시선이 평소와 다르게 뜨거워서 눈을 피할 수 없었다.

"키스는, 잠깐이니까……."

"하하. 안심해. 오늘 사용인들은 모두 겨울 준비로 바쁘니까."

"혹시 산책하자고 한 게……."

평소 딜리아는 실내에 있는 것을 좋아한다. 서고에서 나를 무릎에 앉히고 책을 읽거나, 바느질하는 나를 빤히 바라보거나, 요리를 대접해 주거나.

"단둘이 여유롭게 대화를 나누고, 꽃을 구경하고, 하늘을 올려다보고 싶었으니까."

딜리아는 '단둘이'를 강조했다. 확실히, 식사할 땐 대부분 사용인 모두가 함께 했고, 단둘이 있을 시간은 잘 때 정도다.

"고아원에서 너와 헤어진 후로 계속 네가 부족한 생활을 해왔어. 아직 같이 산 지 오래되지도 않았잖아. 압도적으로 네가 부족해."

딜리아는 나를 끌어안으며 귀와 목덜미에 키스했다. 그러더니 내 쇄골에 자기 이마를 비비적거리더니 코를 움직였다.

나도 비슷하게 반응하는 게 좋을 것 같아서 천천히 딜리아의 쇄골 부근에 내 이마를 가져다 댔다. 어쩐지 안심이 되었다. 숨을 들이켜자 해바라기와 비누 향과 함께 딜리아를 닮은 상쾌하고 차분한 향기가 났다.

"나를 따라 하는 건가?"

딜리아가 즐거운 듯이 나를 바라보더니 이마에 키스했다.

"마음이 진정되네요. 왠지 졸려졌어요."

"나도 진정되지만 졸려지진 않아. 네가 더 가지고 싶어질 뿐."

낮고 달콤한 초콜릿과 같은 속삭임에 나도 모르게 고개를 들었다. 그와 동시에 입술이 닿아서 잠깐이 아닌, 길고 긴 키스가 시작되었다.

"딜리아."

"네가 부족하다고 했잖아. 이제 나는 너를 지켜만 보지 않겠다고 결심했어. 전부 내 것으로 만들 거야. 죽을 때까지, 죽은 후에도."

그렇게 말하며 딜리아는 촉촉한 눈으로 나를 바라봤다.

"이제 저는 당신 거예요. 앞으로도, 당신뿐이에요."

나도 그를 바라보며 입술을 맞췄다. 딜리아는 전에 나를 지옥으로 떨어트리겠다고 했다. 하지만 그가 이렇게 행복해 보이고 충족되는 이곳이 지옥이라면, 어디든 떨어져도 상관없다.

"사랑해요."

나는 딜리아를 끌어안았다. 틈이 없을 정도로 꽉.

청명한 하늘은, 새빨갛게 물들어 가고 있었다.

결실

SIDE: Darius

고아원에서 지낼 적, 미스티아를 놀라게 한 적이 있었다.

그건 내가 내 생일을 몰랐을 때의 일이다.

고아라면 특이하지 않은 일이지만, 다른 인간은 자신이 좋아하는 날을 생일이라고 대답하면서 기쁘게 미스티아의 축하를 받는다고 한다.

그런데 나는 생일 질문을 받았을 때 없다고 대답해서 놀라게 하고 말았다.

그 후로 내 생일을 생각하게 되었고, 모처럼이니 미스티아와 만난 날을 생일로 하고 싶다고 하자 "이미 지났잖아요?"라는 대답이 돌아왔고, "실제로 그날에 태어났을 가능성도 있어."라며 받아치기를 반복했다.

생일이 정해진 다음 날, 미스티아는 내게 달리아꽃을 선물해 줬다. 하얀 달리아의 꽃말을 알려 주며 "태어나 줘서 고마워."라며 축하해 줬다.

그리고 미스티아를 감금한 해, 내 진짜 생일을 알게 된 미스티아는 그날 나를 축하해 주려고 했으나 나는 미스티아와 정한 날에 축하받고 싶다고 했다. "그럼 아예 두 번 축하할까요?", "그럼 네 생일을 매월 축하해도 되나?"라며 또 문답이 오갔고, 함

께 지낸 지 반년 정도 된 어젯밤, 미스티아는 내 생일을 축하해
줬다.

미스티아는 케이크를 직접 굽고, 내가 여전히 일기를 쓰는 것
을 알고 수제 일기장도 만들어 줬다.

표지와 뒤표지에는 새하얀 가죽에 자수가 되어 있어서, 두꺼
운 가죽을 다루다 다치지 않았는지 걱정되면서도 참을 수 없이
기뻤다.

파티가 끝나고 평소처럼 둘이 잠들었으나, 원래 나는 잠을 깊
게 자지 못하는지 항상 새벽이 되기 전에 눈이 떠진다.

그건 오늘도 똑같았다. 옆에 잠든 미스티아의 머리카락을 어
루만지거나, 잠꼬대하는 미스티아를 끌어안거나, 드러난 등에
키스하며 시간을 보내고 있자, 묘하게 그 신체가 따뜻한 것을
깨달았다.

미스티아는 아이 체온과 비슷하지만, 그래도 체온이 높다. 열
이 난다고 할 수도 없는 미묘한 온도였다. 목 부근을 만져 확인
해 봐도 묘하게 따뜻했다.

하지만 전속의가 "아저씨 심심한걸."이라며 틈만 있으면 미스
티아를 진찰하니, 감기에 걸렸다면 바로 약을 처방했을 것이다.

일단 오늘 다른 의사에게도 진찰을 받아보자. 어떤 병이 가능
성 있을지를 하나하나 머릿속으로 열거하다가 터무니없는 가능
성에 도달했다.

교회 지하의 일이 있기 때문인지, 내가 미스티아를 만족시키
고 나도 미스티아로 만족하는 것은 가능해도, 그 결과로 미스티

아를 어머니로 만들 순 없다. 필진가에서 조사했을 때도 확실히 그런 결과가 나왔다.

그렇다고 해도 미스티아가 나를 배신했을 리가 없다.

미스티아가 멋대로 뭔가를 했으리라 생각할 수도 없다.

내가 저택을 비울 때 말고 미스티아는 내 품 안에 있다.

생각해 보면 전속의의 진찰이 계속된 것은 나와 미스티아가 단지 같은 침대에서 자기만 하지 않았을 때부터 한 달 정도 지났을 때였다.

하지만 나는……

무슨 일이 일어났는지 몰라 어슴푸레한 창밖으로 시선을 보냈다. 안뜰의 꽃들은 어둠에서 떠오르듯이 어렴풋이 피어 있다.

그러고 보니 미스티아가 정원사에 관해 말하며 "계절이 다른 꽃을 피우게 할 수 있다.", "연구를 한다."라고 말했다.

허브티가 맛있다며 권유받은 적도 있었다.

정말, 미스티아의 몸에 일어나는 일이 사실이라면 준비해야만 한다.

나는 잠든 미스티아에게 키스한 후 빠른 발걸음으로 방을 나왔다.

사용인들이 쉬는 장소에 노크하지 않고 들어가자, 사용인들은 아침 준비를 하는 참이었다.

갑자기 난입했는데도 불구하고 사용인들은 놀라지 않고 내게 주목했다.

"내 식사에 뭔갈 했나?"

커피를 마시며 타국의 신문을 읽는 정원사와, 면도하는 요리사에게 시선을 보냈다.

요리사는 면도기를 놓고 당당한 얼굴로 "요리는 완벽했습니다만."이라고 말했다.

그렇다면 허브티가 원인인 듯하여 정원사에게 고개를 돌리자 미스티아의 전속의가 입꼬리를 올리며 다가왔다.

"그렇게 무서운 표정 짓지 마시죠. 식사 요법과 치료잖습니까? 지금 아렌가는 아가씨에게 주워진 불량배들의 모임이지만 자기 특기 하나쯤은 있다고요. 그 지혜의 결정인 거죠."

──아시겠죠? 라고 동의를 구하며 전속의가 말했다. 단독으로 벌인 일이 아닌 건가.

"또 누가 연관되어 있지?"

내 질문에 정원사가 말없이 손을 들었다.

"포레스트 군은 연구자 성향이라서요. 아가씨는 가족을 원하셨죠. 주인어른께서 부지런히 1년간 자기 행복에 방해되는 인간을 처리하는 한편, 저희 우수한 사용인 일동은 치료 약을 만들고 있었습니다."

나는 모르는 사이에 치료받고 있었나.

어떤 것을 했는지 물어보자 집사는 태연하게 "주인어른의 식사와 차에 섞었습니다."라고 말했다.

"원래 아가씨가 출산할 때 만에 하나라도 목숨을 잃지 않도록, 랜스데이와 포레스트는 여성의 몸에 관한 약품 연구를 거듭

해 왔죠. 그리고 가족을 만드는 건 주인어른의 몸도 관계가 있으니까요."

야근의 교대를 하는 듯한 체격이 좋은 문지기가 그렇게 말하며 지나갔다.

"언제부터……?"

"당신이 아가씨를 가두기 전부터요. 아가씨는 자꾸 위험한 일에 뛰어들죠. 만전을 기하는 게 사용인의 임무이니까요."

어느샌가 뒤에 있던 전속 메이드는 눈을 가늘게 뜨며 내 옆을 지나가 사용인 방으로 들어갔다.

"당신은 아가씨가 고른 사람입니다. 저희는 아가씨와 아가씨를 행복하게 만드는 존재를 지키죠. 자기 한 명만이 아가씨를 행복하게 만들 수 있다고 생각하진 마세요. 부디, 잊지 않으시길."

집사의 말을 시작으로 사용인들은 자신의 직무로 돌아갔다.

나와 미스티아의 피가, 이어졌다고……?

진짜 부부가 되는 것만으로도 더할 나위 없이 행복했는데.

"고마워."

감사 인사를 하자 사용인들은 가볍게 고개를 끄덕여 답했다.

미스티아와, 나의 아이.

내 아이가 태어난다는 사실엔 마음이 움직이지 않는다.

하지만 미스티아의 아이가 태어나고, 그 아이가 내 피를 이었다고 생각하면 기쁘다.

하지만 미스티아가 위험해지지 않을까 불안하기도 하다.

"고마워."

다시 한번 인사했다. 나중에 아이와 함께 이 방을 찾고 싶었지만, 애초에 아이가 태어날 땐 다들 한자리에 모일 것 같다는 생각이 들었다.

창문으로 들어오는 반짝거리는 아침햇살은 겨울의 끝을 고하고 있었다.

Melo

천국이자 지옥

매혹의 천사

멜로는 나의 천사고, 세계에서 가장 귀여운 여자아이이다.

거기에 내 연인이라는 관계성이 추가된 지 1년. 나는 경영학과 의학을 병행하느라 눈코 뜰 새도 없이 바쁘지만 새로운 여학교에서 멜로와 함께 공부 중이다.

오늘도 그건 마찬가지다. 나는 멜로와 함께 새로운 학교의 복도를 걸었다. 단풍이 진 풍경에 서서히 얕은 눈이 쌓이기 시작하더니, 이제는 숨을 내쉬면 입김이 서리는 계절이 되었다.

"얼마 후에 댄스파티가 열리네요."

옆을 걷는 멜로가 복도 게시판을 가리켰다. 그곳에는 타교의 남학생들을 초대하여 왈츠를 춘다는 내용이 적혀 있었다.

"댄스파티…… 여기에도 있구나."

댄스파티는 남장하고 앨리스를 에스코트한 기억이 강렬하게 남아 있다. 그리고 멜로와 하늘을 날았던 것도.

그러고 보니 앨리스가 보낸 편지에 귀족 아카데미에서 댄스파티가 열리는데 거기서 루키트 님과 맛있는 것을 먹고 싶다는 내용이 적혀 있었던 것 같은데…….

"미스티아 님은 참가하시나요?"

"멜로와 춤출 수 있다면 참가하고 싶네……."

그렇게 말하며 벽보를 확인해 보니, 아무래도 자유 참가가 아니라 강제 참가하는 학교 행사인 듯했다. 어째서 멜로는 참가하겠냐고 물어본 걸까.

"하지만 여성만 입장하는 건 안 되나 봐요."

멜로는 벽보 하단에 있는 주의 사항을 손가락으로 가리켰다.

여성끼리 입장하는 건 안 된다.

귀족 아카데미에서도 그랬다. 하지만 올해는 사정이 다르다. 멜로와 함께 댄스파티 회장에 들어갈 수가 없다는 뜻이기도 하니까.

멜로는 밤 연회에도 사용인이라서 회장 안에 있을 수 없었다.

귀족 아카데미도 같이 입학……할 수는 없지. 하지만 이 학교에서는 반 친구가 되었으니까 댄스파티에서도 같이 춤출 수 있으면 좋았을 텐데.

멜로와 함께할 수 없다고 생각하니 마음이 무거워졌다. 지금까지는 외로움은 느껴도 이렇게까지 안타까운 감정이 든 적은 없었는데.

멜로가 없는 파티는 파티라고 할 수 없다.

나도 모르게 억지스러운 생각을 하다가 고개를 가로저었다.

옆에 있던 멜로가 고개를 기울여서 나는 "아무것도 아니야." 라고 대답하고 멜로의 손을 잡고 걸었다.

"……댄스파티, 가고 싶지 않으세요?"

마음을 떠보는 듯한 질문이 뒤에서 들려왔다. 나는 애매하게 얼버무리며 멜로와 교실로 향했다.

"아렌 씨! 멜로 씨! 댄스파티 얘기는 들으셨나요?"

교실에 도착하자마자 나와 멜로는 반 학우들에게 둘러싸이고 말았다.

여학생들은 반짝이는 눈으로 우리를 주목했다.

이 학교는 귀족 아카데미와 다르게 13세부터 15세까지가 다니는 중학교, 15세부터 18세까지 다니는 고등학교로 나뉘어 있고, 17세로 편입한 나와 멜로는 '선생조차 바뀌지 않는 폐쇄적이고 심심한 일상에 갑자기 나타난 다른 세계 사람'이라고 한다.

매년 열리는 익숙한 행사를 앞두더라도 새로운 사람이 있으면 즐거운 듯 자주 이렇게 우리를 둘러쌌다.

"네. 남학교 분들이 오신다던데……."

"맞아요! 다른 사람이라고요! 저희는 무척 기뻐요! 저희끼리 하는 게 아니라 새로운 얼굴을 볼 수 있는 것만으로도 마음이 요동친다고요!"

웃음을 터트리듯, 반 학우들은 모두 열광적인 모습이었다. 생각해 보면 학식에서 새로운 메뉴가 나왔을 때도 3년 만에 새로운 식사야! 라며 기뻐했고, 언제나 신선한 무언가를 바라는 듯했다.

"그렇게나……."

"그도 그럴 게 저희는 언제나 같은 얼굴을 보고, 같은 교사를 돌아다니고, 바뀌는 건 계절뿐이라고요. 겨울은 춥고 여름은 더운 정도의 변화뿐이라니, 마치 감옥 생활 같잖아요. 올해는 아렌 씨와 멜로 씨가 들어와서 새로운 바람을 느낄 수 있었지만 역시 여긴 감옥이에요. 의자에 앉아서 지루한 공부만 강요당하는 감옥이라고요."

감옥이라는 단어를 세 번이나 말했다.

다들 신선함이 부족하여 울적해하지만 이 학교의 편차치는 높다. 이과는 외국을 포함해도 톱클래스다. 하지만——,

"저희, 좀 더 화려한 뭔가를 하고 싶어요. 폭파라거나."

우수함이 가져온 폐해인지, 다들 화려한 것, 실험, 새로운 것을 좋아했고 평범히 앉아 공부하는 것을 '지루한 애들 장난'이라며 싫어하는 학생이 많았다.

화학실에 있는 약품을 슬쩍 훔쳐서 새로운 물질을 만들려 하는 등, 특히 화학이나 과학기술에 강한 관심을 보였다.

실험해서 애니메이션 장면처럼 폭발을 일으키면 "축하해! 새로운 한 걸음을 내디뎠구나!"라며 서로 축하했고, 내가 경영을 배우러 왔다는 사실을 알자마자 "내 연구는 엄청난 투자 가치가 있어."라며 상당히 적극적으로 투자 유치를 했다.

"아렌 씨와 멜로 씨는 예쁘니까 아무나 골라잡을 수 있을 테니 부럽네요. 어떤 남성이 좋은지 희망 사항이 있나요? 소개해 드릴 테니 부디 제 미래 연구에 대해 들어 주시지 않겠어요?"

멍하니 있자 오늘도 마찬가지로 '나도, 나도!' 하며 다들 연구를 팔고자 나섰다.

연구자에게 자신의 후원자가 될 인물을 조기에 찾는 것은 중요하다고 한다.

나도 모두를 구할 수 있는 연구라면 지금 알아 두고 싶다.

"아직 정해진 게 없어서……."

실은 멜로 외의 사람과 춤추고 싶지 않다. 하지만 에스코트는 남성으로 정해져 있다.

내가 멜로를 에스코트하고 싶지만 규칙은 규칙이다.

아쉬운 감정을 마음에 숨기고, 나는 이 마음을 들키지 않도록 멜로와 함께 반 학우들과 대화를 나누기 시작했다.

댄스파티 당일까지는 귀족 아카데미처럼 댄스 수업이 배정되었다.

그리고 아주 먼 곳의 남학교 학생들을 초대하여 학교 측이 미리 학적번호를 토대로 짠 페어로 댄스 연습을 하게 되었다.

나는 상대 학교의 반장과 조를 짰고, 멜로는━━,

"멜로 씨는 갈리움가의 영식과 페어라니 부러워라……."

같은 반 여학생들이 멜로와 갈리움가의 영식의 댄스를 보며 황홀한 표정을 지었다.

연습은 끝났지만 선생님들도 두 사람의 댄스를 홀린 듯이 바라봤다.

멜로와 페어인 잭 갈리움은 이 나라의 백작들 중에서도 가장 유명한 영식이다.

누구에게나 신사적이고 지략이 뛰어나며 영애들에게 인기라고 한다.

레이드 녹터에게서 상큼함과 친근함을 빼고 장엄함을 부여한 인상이었다. 갈리움가는 숙박 시설과 같은 관광 분야를 독점한 가문으로, 잭 갈리움은 그 가문의 장남. 댄스 수업이 시작하기 전엔, "갈리움 님과 같은 페어가 되어서 실험에 투자받고 싶어!"

라며 같은 반 여학생들이 모두 의욕적이었다.

그런 와중에 페어 자리를 얻게 된 멜로는, 춤을 추면서도 계속 나를 바라봤다.

그런데도 댄스는 망설임도 없었고 실수도 없었다.

애초에 나는 멜로에게 댄스를 배웠다. 다른 사람에게 가르쳐 줄 수 있을 정도로 그녀는 댄스가 능숙하다.

한편 잭 갈리움도 우아한 스텝과 턴을 선보이며 보는 사람들을 깜짝 놀라게 했다.

"뭔가 그림 같네."

내 옆에 선 남학생이 중얼거렸다. 확실히, 그림 같았다.

"그러고 보니 아렌 씨는 댄스 페어 이미 정해졌어?"

"아뇨. 아직이요."

실은 참가하고 싶지 않아요. 라고 말할 수는 없었다. 그저 질문받은 내용에 대답하자 옆에 있던 남학생은 "연습 상대와 페어가 되는 게 일반적이래."라며 내게 손을 내밀었다.

"페어 상대를⋯⋯?"

"공학이라면 몰라도 우리는 댄스 연습 때만 만날 수 있잖아? 갑자기 모르는 영애에게 파트너 신청을 할 수도 없으니까. 나도 가능하다면 그 관습에 따르고 싶은데, 괜찮아?"

——우리 학교는 페어 상대가 없으면 놀림당하거든.

그 말에 대답하지 못하고 나는 춤추는 멜로를 바라봤다.

멜로는 잭 갈리움과 파트너가 되는 걸까.

왠지 가슴이 술렁거리며 불안해졌다.

애초에, 멜로가 사용인들이나 예전 학교 관계자 외의 다른 남자와 있는 것을 처음 본 듯했다.

"그리고 페어로 춤춘 사람과 결혼하는 일도 많아서, 연습 페어 말고 다른 사람에게 파트너 신청하기에는 더 힘들어. 너 걔를 좋아하는구나 하며 서로 놀리니까."

"그렇군요……."

왠지 멜로가 멀게 느껴졌다.

하지만 애초에 지금은 댄스 연습이니 이런 불안을 품을 필요가 없다. 그보다 나는 왜 이렇게 마음이 불편한 걸까.

대화한 적도, 그리고 아마 앞으로도 대화할 일 없는 잭 갈리움에게도 어딘가 우중충한 불편함이 느껴지고……

정말 이상한 이야기지만, 멜로의 손을 잡는 건 나여야 한다는 생각을 지울 수 없었다.

"아렌 씨?"

"앗, 아, 아무것도 아니에요. 댄스 연습을 계속하죠."

나는 고개를 가로저으며 내 파트너를 향해 몸을 돌렸다.

어쩐지 내가 지금 어떤 표정을 짓고 있는지 생각하기가 두려워서, 나는 고개를 숙인 채로 댄스를 재개했다.

잭 갈리움과는 대화할 일 없겠지.

그렇게 생각한 게 실수였을까. 그와 대면할 기회가 곧바로 찾아오고 말았다.

"처음 뵙겠습니다. 미스티아 아렌이라고 합니다……."

"잭 갈리움입니다."

그가 내민 탄탄한 손에 주눅이 든 채, 나는 조심스레 악수했다.

처음 댄스 연습을 마치고 일주일이 지난 어느 날의 점심시간.

남학교 학생들은 식당에서, 우리 여학교 학생들은 어딘가 밖이나 교실에서 식사했으면 좋겠다──라는 학교 측의 통지에 따라, 나와 멜로는 "오늘은 바깥이 따뜻하니까."라며 안뜰 벤치에서 점심을 먹게 되었다.

그리고 멜로와 함께 식사하려던 때, 잭 갈리움이 나타났다.

"멜로 씨와 할 말이 남아 있어서 나왔는데. 나도 같이 식사해도 될까?"

잭 갈리움은 식당에서 샌드위치를 주문한 듯했다. 포장을 들고 벤치 앞에 있는 분수대 가장자리에 앉았다.

"남은 할 말? 얘기는 이미 끝났을 텐데요."

멜로는 나를 위해서 도시락에 든 바질 소테를 자르며 물었다.

"네 가문을 듣지 못했잖아. 모처럼 페어가 됐으니까 너에 관해 알고 싶어."

"저는 이분의 사용인이고 특별입학으로 들어왔을 뿐인 고아예요. 말씀드릴 가문명은 없고, 저는 이분의 그림자로 살아가고 있습니다. 갈리움 님의 중요한 시간을 나눠 받다니 송구하군요."

냉정한 목소리로 말한 멜로는 자른 바질 소테를 내 입가에 가져다 댔다.

이 상황에서 식사하기에는 무척 불편하다.

"사용인? 너는 시중을 받으려고 일부러 사용인을 입학시킨 거야?"

책망하는 듯한 말투에 나는 당황했다.

멜로의 입학은 그녀의 간절한 부탁이었으나, 지금도 바질 소 테를 내게 먹여 주는 중이고, 그녀의 "제가 하게 해 주세요.", "안 되나요?"에 마음이 약해져서 목욕 시중까지 받는 이상 부정 하기는 어려웠다.

"아니, 화, 화를 내는 건 아니야. 이 학교의 학비는 가볍게 낼 수준이 아니니까 조금 놀라서……."

내가 어물거리자 잭 갈리움은 미안하다는 듯이 어깨를 늘어트 렸다.

나도 수긍하고자 "괜찮아요."라며 고개를 가로저었다.

"아가씨는 제가 없으면 살아갈 수 없거든요."

하지만 내 말을 덮어버리듯이 멜로가 당당히 말했다.

확실히 그건 사실이지만 지금은 그런 말을 하기에 좋은 타이 밍이 아닌 듯한데…….

"그렇구나. 하지만 나는 멜로 씨에게 흥미가 있어. 아렌 씨도 멋진 영애라고 생각하지만 자기가 그림자라고 비하하진 않았으 면 좋겠네."

잭 갈리움의 격려에 멜로는 대답하지 않았다.

초조하게 지켜보자 그는 "부탁이야. 너는 멋지니까."라며 다 시 말했다. 그의 눈동자에는 확실한 사랑이 담겨 있었고, 말에 서도 멜로를 향한 호의가 전해져왔다.

이 페어를 계기로 결혼까지 이어진다는 이야기가 신빙성 있게 느껴질 정도로, 시간이 지날수록 각자 서로의 페어와 친분이 깊어졌다.

그건 멜로와 잭 갈리움도 마찬가지일지도 모르겠다. 멜로는 잘 모르겠지만, 그는 확실히 멜로를 좋아하고 있다.

"알겠어요."

멜로는 고개를 숙였다. 지금 그녀가 어떤 표정을 짓고 있는지는 모르겠다.

"고마워. 물어보고 싶은 건 더 있지만…… 아, 나는 아렌 씨와도 친해지고 싶으니 네 이야기도 해 줘."

잭 갈리움은 내게 상냥한 시선을 보냈다.

3인조여도 누군가 한 명을 소외시키지 않는, 상냥하고 시야가 넓은 성격인 듯했다.

하지만.

어쩐지 멜로와의 식사를 방해받는 기분이 들었다.

단둘이 식사하는 건 일상인데도, 나와 멜로는 언제나 함께 식사할 수 있는데도, 잭 갈리움은 나를 소외시키지 않으려고 배려해 주는데도.

멜로와 단둘이 먹고 싶었다는 생각이 들었다.

그런 감정을 느끼는 나도, 마찬가지로 싫었다.

"미스티아 님?"

멜로는 방울토마토가 꽂힌 픽을 잡고 멍하니 있는 내 얼굴을 들여다봤다.

너무 가까워서 놀란 나는 "아무것도 아니야."라며 얼버무리고 점심 식사를 이어 나갔다.

떨떠름한 마음이 해결되지 않았지만 댄스파티 날은 점점 다가왔다. 그리고 파티 날이 다가올수록 주변 학생들은 페어와의 거리가 계속해서 가까워졌다.

그리고 그건 멜로와 잭 갈리움 페어도 예외는 아니었는데……,

"다음 휴일에 시내에서 산책이라도 하지 않을래? 가극을 보는 것도 좋아. 긍정적으로 생각해 주면 고맙겠어."

"휴일은 아가씨를 보필해야 해서요."

멜로는 잭 갈리움의 열렬한 권유를 바로 끊어냈다.

점심 식사 사건 이후로 잭 갈리움은 멜로에게 맹렬하게 대시 중이다.

멜로에게 데이트 신청을 하거나, 편지를 쓰고, 점심시간 전에 식사를 같이하자고 권유하는 등 상당히 적극적이었다. 멜로는 흥미 없어 보였지만, 그를 좋아하는지 싫어하는지를 물었을 때 "아무렇지도 않아요."라고 대답했으니 싫어하지는 않는 모양이다.

솔직히 끈질기다는 생각이 들지만, 멜로와의 시간을 방해받으며 생긴 개인적인 감정이 들어가서 그런지는 모르겠다.

하지만 멜로와 잭 갈리움이 대화하는 장면을 보면 마음이 불편해지는 건 확실해서 기분이 복잡했다.

"오늘은 여성이 남성이 에스코트, 남성이 여성에게 에스코트 받도록 해요. 남성은 힐을 신어야 합니다. 서로가 서로의 움직임, 어떤 상황인지를 실제로 체험해서 당일에 활용해 주세요."

남학생과 여학생의 역할 교대…….

확실히 댄스에 있어서 양쪽 파트를 습득하는 것은 좋은 일이다. 전체를 파악할 수 있으면 예상치 못한 사고도 대응할 수 있으니까.

"그럼, 시작!"

선생님의 호령에 맞춰 홀 안에서 일제히 댄스가 시작되었다.

남녀 가리지 않고 모두가 어색한 모습이었다. 내 페어도 익숙하지 않은 힐 때문에 몇 번이나 휘청거렸다.

"조금 더 체중을 제게 실으면 안정될 거예요."

"하지만……."

"저는 괜찮아요. 그리고 힐을 신고 넘어지면 발목을 삐기 쉬우니까 제 말대로 해 주세요."

"고마워."

페어인 그가 내 손을 잡고 신체를 기댔다. 나는 천천히 스텝을 밟기 시작했다. 멀리서는 멜로가 잭 갈리움을 에스코트 중이었다.

멜로는 자주 에스코트 역할을 맡아 내게 댄스를 가르쳐 주곤 했다.

그래서 지금도 막힘없이 에스코트할 수 있고, 귀족 아카데미에서 앨리스를 에스코트한 적도 있었다.

천천히 턴을 돈 후 페어가 춤추기 쉽도록 스텝을 밟았다.

주변 사람과 부딪히지 않도록 빈 곳으로 이동하다 보니 멜로와 잭 갈리움 페어가 가까워졌다.

두 사람은 춤추며 대화 중인 듯했다.

"멜로 씨는 나를 좋아하지 않는 걸까?"

"딱히 아무 생각도요."

잭 갈리움의 질문에 멜로는 빠르게 대답했다.

춤을 추는 중에도 멜로는 대시를 받는 모양이었다.

지금은 수업 중인데……라는 생각이 들었지만, 페어의 손을 놓고 주의를 줄 순 없었다.

"하지만 계속 아렌 씨의 시중만 드는 건 서로 좋지 않다고 생각해. 너는 네 시간을 보낼 필요가 있어. 이 학교의 규칙에도 적혀 있잖아? 서열의 개념을 없애는 건."

시중. 그 울림이 마음에 무겁게 얹혔다.

멜로는 내 시중을 들어 준다.

음식을 먹여 주고 싶다고 하고, 욕실에선 몸도 씻겨 주고 싶다고 한다. 하지만 결국 나는 그녀의 시중을 받고, 멜로의 시간을 쓰게 만든다.

연인의 역할과도 다르다.

연인이란 관계가 되었지만, 내가 멜로에게 해 준 것은 아무것도 없다.

연인이란 관계가 아닌 잭 갈리움이 나보다 더 멜로에게 뭔가를 해 주려고 한다.

나도, 멜로에게 무언가 해 주고 싶다.

나는 기숙사로 돌아가는 길에 혼자서 시내로 나가야겠다고 마음먹으며 페어의 에스코트에 집중했다.

멜로에게 뭔가 선물을! 이라는 생각을 떠올린 나는 시내로 나가기로 했다.

혼자 외출하면 멜로가 걱정하며 따라오려고 할 테니, 마부 솔 씨에게 동행을 부탁해서 빠르게 액세서리 판매점으로 향했다.

연인으로서 멜로에게 뭘 해 줄 수 있을까. 고민한 결과 커플 액세서리를 선물하기로 했다.

반지는 아직 이르려나……. 헤어 액세서리보다 목걸이나 팔찌 쪽이 좋으려나, 가는 길에 계속 고민한 결과 팔찌를 고르기로 했다.

언젠가 반지를 받아 달라고 말하고 싶다.

"멜로가 정말 기뻐할까……."

솔 씨는 턱에 손가락을 대고 고개를 기울였다.

"액세서리 말고 다른 게 낫나요……?"

"아니. 멜로는 아가씨가 옆에 없으면 안 되니까, 오늘 이렇게 떨어진 것 자체로 불안해할 것 같아."

"그럴까요……."

멜로가 내가 없으면 안 된다니. 아마 그런 일은 없으리라 생각한다. 오히려 반대다.

멜로는 학교 선생님도, 연구자도 될 수 있고, 다양한 가능성을 지녔다. 운동신경이 뛰어나니까 분명 전문 호위도, 기사도 될 수 있겠지.

"응. 확실해. 분명, 물건보다는 아가씨가 가만히 있어야 기뻐할걸."

"으음……."

내가 가만히 있어야 기뻐한다니……. 확실히 자주 가만히 있으라, 얌전히 있으라는 말을 듣긴 하지만 그런 말을 들을 정도로 난동을 부린 적은 없었다.

지금까지 위험한 일을 많이 당했으니, 그걸 생각해서 내가 가만히 있는 것을 진심으로 기뻐하는 걸까 싶었지만 그것도 아닌 것 같다.

"아, 도착했네요. 바로 둘러보죠."

나는 솔 씨를 데리고 액세서리점으로 들어갔다.

멜로에게 어울리는 액세서리를 고르고 싶어서 안을 물색하고 있자, 생일 기념 보석이나 꽃말을 이미지로 한 보석, 별자리 유래의 액세서리 등이 빼곡히 늘어서 있었다. 전부 선명한 색조로, 조명을 받아 반짝반짝 빛났다.

그중에서도 더욱 반짝이는 건, 월장석(月長石)과 일장석(日長石)이 조화된 꽃 팔찌였다.

색도 하얀색과 빨간색으로, 멜로의 머리카락 색과…… 내 눈동자 색을 닮았다.

태양과 달을 표현한 팔찌는 마침 두 점이 세트여서 운명이 느껴졌다.

"이걸 살까……."

"그냥 아가씨가 얌전히만 있으면 문제없을 텐데……."

솔 씨가 은근한 눈으로 나를 흘겨봤다.

나는 잠시 고민한 후, 그 팔찌를 구매했다.

팔찌를 산 나는 그 후에도 잠시 솔 씨와 시내를 돌아다니다가 묵고 있는 기숙사로 돌아왔다.

팔찌는 언제 건네는 게 좋을까. 솔 씨와 헤어진 후 고민하며 기숙사로 향해 걷고 있자 코너에서 잭 갈리움의 모습이 보였다.

멜로를 만나러 여기까지 온 건가⋯⋯?

놀란 마음으로 다가가자 그는 내 쪽으로 뒤돌더니 씁쓸한 표정을 지었다.

"아렌 씨. 잠시 시간 괜찮아?"

"네⋯⋯."

실은 지금 바로 돌아가서 멜로에게 선물하고 싶은데, 그는 심각해 보였다.

빠르게 기숙사에서 떨어진 공원으로 향하는 그의 뒤를 쫓자, 잠깐의 침묵 후 그는 나를 향해 뒤돌았다.

"솔직히, 숨김없이 말하자면 너는 멜로 씨에게 너무 기대는 것 같아. 식사도 함께, 등하교도 함께, 기숙사 생활도 함께. 딱히 건전한 우정이나 주종 관계로 보이지 않아. 주종 관계라면 제대로 선을 그어야 하고, 우정이라고 하기엔 너무 가까워."

거리감을 생각해야 한다고 말하면서 잭 갈리움은 논하는 듯한 말투로 말했다.

"너는 댄스 수업 때도 항상 멜로를 보고 있지. 마치 감시 같

아. 그러면 당하는 당사자는 숨이 막힐 거야."

나는 확실히 멜로를 봤다. 그게, 감시가 될 수도 있다고……?

생각도 하지 못했다. 감시라니, 그럴 생각은 없었다.

하지만 제삼자가 보고 그렇게 생각한다면 멜로는 상당한 부담을 느끼겠지.

둘을 보면서 멋대로 불편한 감정을 느끼는 것도 들켰을지도 모른다…….

어떻게 대답해야 할지 모르겠다. 액세서리점의 종이봉투를 든 손에 땀이 배어 났다. 심장이 조여드는 듯이 뛰어서, 괴로웠다.

"저는——."

"솔직히 말할게. 나는 멜로 씨에게 정식으로 교제를 신청하려고 해."

그는 진지한 시선으로 나를 꿰뚫어 봤다.

"갈리움가의 아내로, 멜로 씨를 원해. 도덕적으로 생각하자면 네게 말하기 전에 우선 멜로 씨에게 마음을 전해야 했겠지. 하지만 그녀는 너를 모시고 있어. 예의를 생각하면 네게 먼저 말할 필요가 있었어."

확실히. 멜로의 마음이 중요한 일이다. 그리고 그녀의 입장을 생각한 고백일 것이다.

그는 성적도 우수하고 갈리움 백작가는 내가 이 나라에 오기 전에도 이름을 들었을 정도로 권위 있는 가문이다.

그 가문의 부인으로, 멜로가 선택되었다.

"나는 반드시 멜로 씨를 행복하게 만들 거야. 그러니 부디, 그녀가 여성으로서 누릴 수 있는 행복에, 부디 협력해 줘."

멜로가, 여자로서 누릴 수 있는 행복.

나는 댄스파티에서 멜로를 에스코트 할 수 없다.

조금씩, 가슴 언저리가 욱신거렸다.

"혹시 아렌 씨는 멜로 씨를 평생 독점하고 싶은 거야? 그건 지나친 감정이야. 사람과 사람이 교류하는 것을 제삼자가 방해할 수는 없어. 그건 한 사람의 성장을 막는 추한 감정이야."

그가 말하는 대로, 확실히 즐겁지는 않다.

멜로가 칭찬받으면 기쁘고, 모두가 멜로의 우수함을 알았으면 한다.

하지만 멜로가 고백받았다는 이야기를 들으면 불편한 감정이 마음에 퍼져 나갔다.

내 거인데.

멜로는 결코 물건이 아니지만, 지금은 독점하고 싶어서 견딜 수 없었다.

멜로의 마음이 중요한데, 나와만 대화해 줬으면 하는 바람을 지니게 된다.

멜로는 내가 상냥하다고 하는데, 이런 나를 알면 환멸을 느끼지 않을까.

애초에 이런 마음을 숨기려던 것 자체가, 떳떳하지 못한 추한 생각을 하고 있다는 증거가 아닌가.

머리가 욱신거리며 아파졌다. 나는 대체 어떻게 해야 좋을까.

"갈리움 님의 태도야말로 사람과 삶의 교류를 방해하는 게 아닐까요?"

가만히 서 있자 뒤에서 차가운 목소리가 들려왔다. 멜로가 뒤에서 걸어와 내 옆에 서더니 잭 갈리움을 노려봤다.

"딱히 언쟁하고 싶은 마음은 없어서 제대로 말씀드리진 않았는데, 저는 당신과의 미래를 생각한 적도, 생각할 일도 없어요. 그러니 미스티아 님이 없다고 제가 당신 곁으로 갈 일은 없습니다."

"멜로 씨……."

멜로의 말에 잭 갈리움은 놀란 표정을 지었다. 멜로는 개의치 않고 나를 향해 고개를 돌렸다.

"악역 영애란 것이 뭔지 그 행동 이념은 아직도 모르겠습니다만, 역시 미스티아 님에게는 어렵겠네요."

"어……?"

"그럼, 갈리움 님. 죄송하지만 물러나 주세요. 그리고 수업은 그대로 진행하겠지만 파티의 파트너는 이전에도 말씀드린 것처럼 거절하겠습니다."

멜로는 그대로 나를 자신의 품에 끌어안았다.

"제 운명의 상대가 존재한다면 틀림없이 미스티아 님이겠죠. 당신이 아니라요. 당신은 제 행복을 만들 수 없어요. 왜냐하면, 제 행복은——."

팔이 이끌려 자세가 무너졌다. 정신을 차리고 보니 멜로의 남색 눈동자가 바로 앞으로 다가와, 눈 깜짝할 새에 키스 당했다.

"미스티아 님 그 자체이니까요. 저는 미스티아 님을 사랑하고, 고백해서 승낙받은 연인입니다. 식사 시중도 목욕 시중도, 미스티아 님과 닿기 위해서예요. 왜 닿고 싶은지, 설명해 드려야 할까요?"

"그, 그럴 리가. 너희는 둘 다 여자잖아?"

"벌써 몇 년 전부터 그런 생각으로 저는 미스티아 님을 포기하려고 했어요."

멜로가 바로 되받아치자 잭 갈리움이 입을 다물었다.

"물러나 주세요. 아. 저와 미스티아 님의 소문을 학교에 퍼트려도 상관없어요. 그쪽 남학교는 모르겠지만, 이 여학교에서는 학생끼리 이어지고 타국의 혼인 제도를 이용하기 위해 나라를 떠나는 인간이 매년 나온다고 하더군요. 폐쇄적인 공간이어서인지 다들 연애담을 꽃피우고 타인의 관계에 혐오를 품지 않으니까요. 애초에 다른 학생들도 저와 미스티아 님이 연인 관계란 걸 알고 있어요."

멜로는 술술 설명했지만, 나는 그런 이야기를 들은 적이 없다.

멜로에게 고개를 돌렸다. 그녀는 태연한 얼굴이었다.

"다들 총명하고 상상력이 풍부해서요. 저와 당신이 나라에서 쫓겨나 이 여학교로 사랑의 도피를 온 거고, 주종 관계는 연애 관계를 숨기기 위한 거짓말이고, 남들 몰래 달콤하고 퇴폐적인 시간을 보낸다고 생각해요."

"나라에서 쫓겨나다니……."

"그렇게 생각하는 편이 즐거운 거겠죠. 미스티아 님에게 괜한 사람이 접근하지 않도록 일부러 그런 척하기도 했습니다만."

"어어……."

나라에서 쫓겨난 게 아닌데…… 그리고 멜로는 언제 그런 척을 한 걸까……. 내가 연달아 알게 된 여학교의 내부 사정에 놀랄 때, 잭 갈리움은 갈피를 잡지 못하고 멍하니 서 있었다.

"그게 대체 무슨……."

"저는 애초에 연애 감정을 품지 못하는 사람이었어요. 그 예외가, 미스티아 님이죠. 그리고 저는 미스티아 님이 여성이든 남성이든, 제가 남자였어도, 미스티아 님을 사랑했을 거예요. 그럼 실례하겠습니다."

멜로는 내 팔을 잡고 말없이 기숙사를 향해 나아갔다. 뒤를 돌아보니 잭 갈리움은 그저 멍하니 서 있을 뿐이었다.

멜로와 함께 복도를 걸었다. 그 후로 멜로는 아무 말도 하지 않았다. 내 손을 잡은 손과 분위기에서 그녀가 화가 났다는 것이 강렬하게 전해져 왔다.

이윽고 침실로 돌아오자 그녀는 손을 뒤로 해 문을 잠갔다.

"멜로, 뭔가——."

화난 게 있는 거야? 입 밖으로 내기 전에 멜로가 나를 침대로 쓰러트렸다. 갑작스러워서 혼란스러워하는 사이에 그녀는 내 손목을 붙잡아 시트 위로 고정했다.

"화났어요. 엄청나게."

손에 힘을 주며 멜로는 그렇게 말하고, 내게 키스했다.

평소처럼 좋아하는 감정이 담긴 게 아니라, 강제적이고 잡아

먹는 듯한 키스에 현기증이 나면서도 어떻게든 멜로의 사정을 듣고자 저항하니 그녀가 거세게 내 손목을 쥐었다.

"저는 원래 행복을 필요로 하지 않았어요."

맑은 목소리가 침실에 울려 퍼졌다. 달빛을 받은 멜로의 얼굴은 어딘가 자연스럽지 않았고, 그녀의 은발은 달빛을 반사해 반짝였다.

"갈리움가의 영식에게 추궁당할 때, 저는 기대했어요. 저는 당신의 몸과 마음을 지키고 싶어요. 하지만 그 이상으로 제가 당신을 사랑하는 것을 이해받고 싶었어요. 그래서 바랐어요. 미스티아 님이, 저를 미스티아 님의 것이라고 주장하기를. 왜냐하면, 계속 고민했잖아요? 미스티아 님은…… 저와의 관계를, 갈리움 님이 제게 다가오는 것을……."

"멜로……."

"저는 짐승과 마찬가지예요. 눈앞의 사냥감을 잡고 본능에 따라 살아가죠. 당신이 사랑을 알려 줘서 저는 행복을 알았어요. 애초에 연정은 제게 필요 없는 감정이었다고요. 그런데 당신이, 저를 바꿨어요. 그런데 어째서 불안해 하는 거죠?"

멜로는 나를 침대 위로 누르며 차가운 시선으로 내려다봤다.

"갈리움가의 영식이 멋대로 제 행복을 말할 때, 당당하게 말해 주길 바랐어요! 당신은 제 손에 죽을 뻔했잖아요. 지금이라면 자신 있게 말할 수 있어요. 저는 그날 동반 자살에 실패했어요. 당신과의 미래를 비관하고! 지금은 자신 있게 말할 수 있죠. 당신이 절 받아 준 지금, 저는 당신을 확실히 죽일 수 있어요.

서로 사랑하는 사이로 끝맺음 짓고 싶을 정도로, 당신을 사랑하고 있는데! 그걸, 상대가 남자라고, 신사적이라고, 상냥하다고, 외양이 좋다는 이유로 어째서 당신이 낙담하고 고민할 필요가 있나요."

독에 잠식당해 신음하듯 말하며 멜로는 내 손목을 꽉 쥐었다.

"저는 이렇게나 당신을 사랑하는데. 당신 말고 다른 사람은 관심 없어요. 당신만이 저의 인생의 예외가 되었다고요. 그런데 어째서…… 어째서 몰라 주시는 거죠."

멜로는 나를 끌어안으며 낮게 신음했다.

나는 계속 질투했다. 잭 갈리움과, 멜로를 보고.

하지만 멜로는 나를 좋아한다고, 사랑한다고 말해줬다. 불안을 느낄 필요는 전혀 없었는데.

독선적이었다.

"멜로, 미안해."

"……."

"질투하느라, 멜로의 감정을 생각하지 않고 멋대로 고민해서 미안해……. 앞으로 전부 말하겠다고 했으면서."

"……."

멜로는 여전히 말이 없었다. 나는 조심스럽게 그녀의 등 뒤로 팔을 둘렀다.

"나한테, 자신이 없는 것 같아. 그러니까 스스로, 자신을 가질 수 있도록 해 볼게."

결의를 담아 고개를 들자 멜로는 고개를 가로저었다.

"그건 그것대로 안 돼요. 지금보다 더 매력적으로 바뀌면 정말 죽여서 단둘이 되는 방법밖에 없어요."

"하지만."

"앞으로 저희 앞에 어떤 인간이 나타나든, 설령 제가 그 인간에게 호의를 품는 것을 보더라도 아가씨의 환각과 착각일 뿐이니까 지금 여기서 맹세해 주세요."

"맹세? 뭐를……?"

"아가씨가, 절대로 저를 포기하지 않는다고요. 물러나지 않겠다고. 저를 이 손으로 죽이겠다고."

"멜로를 죽이다니."

그럴 수 없다. 있을 수 없는 일. 그런 짓은 하고 싶지 않다.

"그거랑 같은 거예요. 이제 와서 제가 다른 인간에게 흥미를 품을 리 없어요. 있을 수 없는 일이라고요. 하지만 아가씨는 있을 수 있다고 생각했어요. 그게 용서가 안 돼요. 이 이상은 불가능할 정도로 사랑을 전했는데, 죽을 뻔하고도 제 마음을 가볍게 보다니. 그러니까 만일 앞으로 제가 다른 사람에게 빼앗기거나, 당신이 다른 사람에게 질투할 일이 생긴다면 저를 찔러 죽이거나, 아니면——."

멜로는 천천히 얼굴을 가까이했다. 입술을 꾹 눌러 그대로 호흡이 빼앗겼다.

"이렇게, 저를 빼앗아 주세요. 반드시. 그러지 않으면 용서하지 않을 거예요."

"아, 알았어……."

"맹세해 주실 건가요?"

"매, 맹세할게요."

마치, 결혼식 같았다. 이 와중에 그런 생각이 들었다.

"그럼 앞으로는 당신의 연인으로서, 당신의 존재가 제 안에서 얼마나 큰지 알아보는 시간을 가질까요."

멜로는 내 머리카락을 살짝 쥐고 키스했다. 정신을 차려보니 드레스의 리본이 스르르 풀리고 있어서, 지금 무슨 일이 일어날지를 깨달았다.

"멜로……?"

"당신이 졸업할 때까지 기다릴 생각이었는데, 진심으로 후회하고 싶을 정도로 전해 드릴게요. 미스티아 님. 찬찬히 깨달아 주세요. 당신이 얼마나 잔혹하고, 제가 얼마나 잔인한지를……. 달콤하고, 상냥하게 희석해서 당신에게 쏟아부어 드릴 테니까요."

남색 눈동자는 요염하게 빛났다. 나는 그 반짝임에 홀린 채로 멜로의 상냥하고 달콤한 입맞춤에 눈을 감았다.

"아가씨. 글씨가 떨리고 계세요. 그리고 아까부터 쉬운 함정 문제에도 고전하시는 것 같은데, 어째서죠?"

상냥한 햇빛이 쏟아져 들어오는 공부방에서, 귓가에 달콤한 속삭임이 흘러들었다. 책상에 둔 손이 나도 모르게 떨려서 나도 모르게 쥐고 있던 펜을 놓을 뻔하자, 뒤에서 뻗어온 손이 펜을 붙잡았다.

내 손가락 위로 움직여 펜을 쥐게 하는 이 손의 주인은, 물론 멜로다.

"공부에 집중이 안 된다니까……."

"왜죠?"

나는 나도 모르게 비난이 담긴 목소리로 말했다.

멜로와의 관계가 진전된 지 3일. 멜로가 가깝다.

지금, 나는 멜로의 무릎 위에 앉아 있다. 보호자가 아이를 안은 듯한 자세였는데 너무나도 밀착되어서 긴장되었다. 공주님 안기나 쌀 포대처럼 안길 때는 종종 있었지만 이건 너무나도 '불건전해요!'라는 말을 들을 만한 자세가 아닌지…….

"하지만 아가씨는 바로 다른 사람을 도와주려고 어딘가로 뛰쳐나가시잖아요. 이렇게 붙잡아야 공부에 집중하실 수 있을 테니까요."

멜로는 내 머리카락을 손가락으로 빗으며 흡혈귀처럼 목덜미에 키스까지 했다.

숨을 내쉬며 나를 바라보는 멜로는 아름답고 요염해서 더욱더 어떻게 해야 할지를 모르겠다.

떨어지려고 해도 배 위에 팔이 단단히 휘감겨 있었다. 벗어나려고 몸을 비틀 때마다 붙잡은 힘이 강해지기만 해서 개미지옥에 빠진 기분이었다.

"제대로 얌전히 있어 주시면 상을 드릴게요. 미스티아."

조금 낮은 속삭임을 듣고, 멜로가 이 정도로 위험한 아이였다는 사실을 깨달았다.

좀 더 맑고, 천사 같고, 이런 일은 아무것도 모르는 순백의 이미지였는데.

"요즘 멜로는 불건전해요."

"그러면 상은 필요 없으신가요?"

"갖고 싶어."

내 대답에 멜로는 조용히 웃었다. 그야 그녀는 귀여우니까.

멜로를 좋아해서, 사랑스럽게 느껴진다.

"그럼 얌전히, 이대로 공부하세요. 그러면 특별한 상을 드릴
테니⋯⋯."

멜로는 차분하게 속삭인 후 천천히 내 입술을 물었다. 달콤한
향기에 취하면서 나는 그녀와의 키스에 몸을 맡겼다.

정숙한 악마

SIDE: Melo

미스티아 님은 누군가를 사랑하기에는 자기주장이 너무 부족하다.

전부터 품은 불만이었다. 사랑하는 사람을 위해 물러날 수 있다는 말은 좋게 들리지만 집착이 부족하다. 그리고 그 부족한 집착은 자신의 목숨에 대한 가치관에도 직결되어 있어서 이대로라면 안 되겠다고 생각했다.

내 욕망에 따른다면 목숨의 위험이 없도록 같은 방에 가두고 사슬로 묶어 두면 된다. 하지만 그건 애완동물이나 다름없다.

어느 정도 자유는 보장하고 싶다. 그를 위해서는 자신이 사랑받는 소중한 존재란 사실을 이해해야 한다.

그리고, 내게서 사랑을 받고 있다고 확실히 타인에게 주장할 수 있었으면 좋겠다. 그런데 사랑한다고 해도 자신도 좋아한다며 부끄러워할 뿐이고, 내 진짜 마음이 전해진 기분이 들지 않았다.

도리어 댄스파티 회장에서 화려하게 올라타 버릴까 하는 정신 나간 생각이 들 정도로, 미스티아 님은 나를 향한 애정이 깊어지지 않는다.

미스티아 님다운 일인지, 그렇지 않은지를 따지자면, 미스티아 님답지 않다고 생각한다. 하지만 미래를 생각하면 미스티아 님은 담담한 성격에 비해 엉뚱한 행동을 하는 이상, 내게 더 이 끌리고, 그 마음을 통감할 필요가 있었다.

상처입히고 싶지는 않다. 그래서 잭 갈리움이 내게 호의를 보였을 때, 나는 일부러 그를 배제하려 하지 않았다.

실은 춤추는 중에 사고를 가장하여 파티에 나가지 못하게 만들 생각이었으나, 미스티아 님은 미약하게나마 나를 향한 독점욕의 조짐을 보였다.

조금씩 독점욕을 키워서, 무슨 일이 있어도 상대를 독점하고 싶고 독차지하고 싶다는 감정을 품게 하자. 그리고 그 독점욕이 자신에게 향한다는 것을 깨닫고 미스티아 님이 내게 얼마나 소중한 존재인지를 이해하게 만들자.

그리고 길을 가다 죽기 직전인 사람을 보면 바로 도와주러 가는 나쁜 버릇을 완전히 치료할 생각은 없으니, 적어도 지금보다는 소극적으로 나서게 하자.

솔직히 후자가 우선도가 높다. 녹터도 하임도 몰래 처리하긴 했지만, 모든 게 끝날 때까지 정말 많은 수고가 들었다. 아가씨의 인생은 길 터였다. 미스티아 님이 말하는 '게임'이 엮여 있다고 해도, 10세부터 15세가 될 때까지 그 정도로 귀찮은 인간과 많이 만났다면, 아가씨가 100살을 산다고 생각했을 때 앞으로 대략 15명 정도의 중증 방해자가 나타난다는 뜻이다.

그리고 중증뿐만 아니라 경증 방해자는 연간 30인 정도 나타난다. 현기증이 났다.

그저 아가씨를 지키기만 한다면 몰라도, 자유롭게 살게 하면서 아가씨의 인생을 더욱 풍부하게 만들어야 한다고 생각하면 이대로는 놔둘 수 없다.

　그런데 설마 잭 갈리움이 나를 위한다며 미스티아 님을 공격까지 할 줄은 전혀 예상하지 못했다. 거기에 책망을 받는 미스티아 님의 얼굴에서 '멜로의 행복을 생각하면 내가 물러서야 해'라고 생각하는 것이 선연히 전해져 와서 화를 내고 말았다.

　당신은, 제게 죽을 뻔했어요.

　여름에 한 약속을 잊으셨나요.

　그렇게 제 행복을 바라신다면 그냥 궤짝에 들어가 주시지 않겠어요.

　덮칠 거예요.

　다양한 감정이 뒤섞여서, 미스티아 님이 내 마음을 받아 줬을 때, 그녀가 졸업할 때까지는 내 것으로 만들지 않겠다고 결심한 마음을 깨고 말았다.

　이제 이 수단밖에 없다고 정당화하는 마음도 당연히 있었다. 하지만 미스티아 님은 나를 사랑한다고 말해 줬고, 내 마음을 충족시켜 줬다.

　결국 내 감정을 움직이는 것은, 짐승이 사람이 되었다고 착각하게 하는 것은, 미스티아 님뿐이다.

　미스티아 님에게 독점욕을 확실히 자각시키기 전에, 내가 그렇게 자각하고 말았다.

"미스티아 님. 제대로 제 손을 잡고 계세요."

그리고 다가온 댄스파티 당일. 나와 미스티아 님은 댄스홀 옥상에 올라와 있었다. 오늘 밤은 달빛이 무척이나 아름답고, 기와와 나무가 달빛을 받아 신비롭게 빛났다.

남녀 페어가 의무인 이상, 나와 미스티아 님은 댄스파티에 참가할 수 없다. 하지만 함께 춤추고 싶어서 나와 미스티아 님은 하늘을 배경으로 왈츠를 추기로 했다.

댄스파티는 결석하게 되었지만 반 친구들이 협력해 준 덕분에 혼나지 않고 잘 끝날 듯했다.

깍지를 낀 손가락으로 시선을 돌리면, 나와 미스티아 님의 손목에 걸린 팔찌가 작게 빛났다.

미스티아 님에게 받은 선물. 보석의 의미는 순수한 사랑과 정열이라고 한다.

의미를 알고 선물했는지 물어보자 점원에게 그 이야기를 듣고 고른 것이라는, 예상치도 못한 반격이 돌아왔다.

천천히, 달빛을 받으며 미스티아 님과 왈츠를 즐겼다. 턴을 돌며 얼굴을 가까이하자, 흑발을 휘날리는 미스티아 님이 볼을 붉혔다.

가끔 미스티아 님은 피학적인 모습을 보인다.

조용하고 담백한데 조금 강제적으로 굴면 촉촉한 눈으로 나를 바라본다. 기대하고 있는 건가 착각하게 만드는 마성의 눈빛에, 나는 언제나 몰리고 있다.

지금까지 나는 언제나 내가 미스티아 님을 쫓고 있다고 생각했다.

하지만, 나도 모르는 새에 내가 몰리고 있었던 게 아닐까 하는 생각마저 들었다.

"자, 장난치지 마……."

"장난이라뇨?"

"얼굴 가까이해서 반응을 구경하잖아……."

들키고 말아서 난 쓴웃음을 지었다.

얼굴을 가까이했을 때 미스티아 님의 반응은 조금 바뀌었다.

전에는 '오늘도 귀엽다' 같은, 조금 담백한 반응이었으나, 요즘은 볼을 붉히거나 어떻게 해야 할지 모르겠다는 표정으로 나를 보거나, 키스를 기대하는 눈빛을 보냈다.

겁날 정도였다.

마성이란 생각밖에 들지 않았다. 미스티아 님이 순수한 천사라는 사실은 변하지 않지만, 그래서 더욱 두렵다.

"그야, 볼을 붉히는 당신이 귀여우니까요."

"멜로가 좋으니까 긴장하는 거야……. 그리고 요즘 멜로는 뭐라고 해야 할까…… 요염한 느낌이고."

"제가요?"

즉, 그 말은 미스티아 님이 내게 매력을 느낀다는 걸까.

자신을 죽이려 한 인간을 앞에 두고 요염하다며 부끄러워하다니.

사랑스럽다.

"제 어디가 요염한가요? 저는 미스티아 님이 더 고혹적이라고

생각하는걸요? 예를 들면…… 이 물기 어린 눈으로 제 이름을
부르며 달콤한 숨을 내쉴 때…… 유혹당하는 것 같아요."

"유, 유혹, 유혹이라니……!"

미스티아 님은 당황하며 시선을 이리저리 움직였다.

나는 충동적으로 미스티아 님의 목덜미에 입술을 가져다 대고
속삭였다.

"언제나 저는 당신에게 유혹당하고 있는걸요."

입김을 불자 재밌게도 미스티아 님의 몸이 움찔거렸다. 이대
로 내 생각으로 가득 차면 좋을 텐데. 아무도 돕지 않고, 아무도
보지 않은 채로.

"미스티아 님의 심장 소리가 꽤 격렬해졌네요. 이렇게 천 너
머로도 쿵쿵, 쿵쿵 뛰는 소리가 들려와요. 아름답네요."

그렇게 말하며 미스티아 님의 가슴에 내 귀를 가져다 댔다.

고동조차 사랑스럽다.

이 심장을 멈추지 않아서 다행이다.

내 기억이 되돌아왔을 때, 어째서 나는 그때 죽지 못했을까 하
는 강한 후회에 휩싸였다.

지금은 다르다. 살아 있기를 잘했다.

"미스티아……."

이름을 부르며 그녀의 볼을 어루만졌다.

새빨간 눈동자는 달빛에 반짝여 한층 더 환상적으로 보였다.

입술을 가까이하자, 그보다도 먼저 입술에 부드러운 것이 닿
았다.

미스티아 님이, 키스를……

"미스티아, 님?"

"벌이에요."

항의 섞인 목소리와 함께 닿은 입술은, 꿀처럼 달콤했다.

이건 내게 벌이 아니라 상이다.

하지만 중독성이 강한 독과도 닮았다. 절대 벗어날 수 없는 사슬과도 비슷했다.

하지만 이렇게 입술을 맞대고 있자니, 벌일지도 모르겠다는 생각이 들었다.

세계에서 가장 감미롭고 빠져나갈 수 없는 감옥이, 미스티아 님―― 아니, 미스티아다.

그렇다면 나는 제 발로 그 감옥에 들어가 계속해서 벌을 받자.

나만의, 유일한 감옥에.

"미스티아, 사랑해요. 영원히, 저는 당신의 것이에요."

그리고.

"당신은, 영원히 저의 것이에요."

후기

　항상 신세 지고 있습니다. 이나이다 소입니다. 이번에 '악역 영애입니다만 공략 대상의 상태가 이상합니다' 6권을 읽어 주셔서 정말 감사합니다.

　2018년에 시작한 WEB 버전 소설 연재가 끝나고, 2020년부터 시작한 단행본에서도 무사히 미스티아가 누군가를 골라 행복해진 후의 모습까지 보여드릴 수 있어서 감개무량합니다. 마침 지금 후기를 적고 있는 건 11월 중순으로 클리어 파일 특전을 마친 참입니다만, 2018년부터, 그리고 그 후에 공략대상이상에 관심을 보여 주신 여러분을 계속 기다리게 해서, '드디어 보여드릴 수 있게 되었어……'라는, 장거리 달리기를 완주한 기분이 듭니다. 후기를 적는 건 소설 7권, 만화판 3권으로 마침 10권째입니다만, 지금까지는 '감사 인사를 하고, 이름에 오타가 없게……'라는 생각으로 머리가 가득해서 우왕좌왕했습니다만, 지금도 우왕좌왕하고 있습니다. 그래서, 아렌가가 있는 세계의 이야기와, 바깥 세계 이야기를 조금 하겠습니다.

　트위터에서도 가끔 말했습니다만, 아렌가의 사용인들은 게임에서는 모두 미스티아 아렌의 인생과 연관되지 않았던 사람들입니다. 기본적으로 다들 죽거나, 옥중에서 형이 집행되기를 기다리는 사람들입니다. 뺏거나 빼앗기는 일뿐이던 그들이 기억이 있는 그녀와 만나, 빼앗는 사람이 아니라 무언가를 주고받는 사람이 되었다는 뒷이야기를 꼭 들려드리고 싶었습니다.

얀데레, 사랑한 나머지 피폐해진 사람에게 사랑받는 상대의 가문은 어느 정도 강도와 경도가 있어야 부서지지 않는다는 생각으로 찾아온 사용인들입니다만, 좋다고 해 주시는 분들이 계셔서 기뻤습니다.

그러면 바깥 이야기를.

연재 초기부터 '소설가가 되자'에서 이 작품을 즐겨 주신 독자 여러분. 뒷이야기가 궁금하다는 감상을 남겨 주시거나, 어떤 캐릭터가 좋다고 말씀해 주신 여러분, 팬아트로 응원해 주신 여러분 덕분에 무사히 공략대상이상은 추락하지 않고 무사히 착지할 수 있었습니다. 정말 감사합니다.

그리고 2020년 초여름에 아마도 가장 심했던 유행병이 맹렬한 기세를 뽐내고 모두가 괴로운 시기에 단행본이 발매되었습니다. 모두가 마음의 여유가 없어져서 기력조차 빼앗기는 시기였고, 아직도 그런 증상이 이어지는 분도 당연히 계시리라 생각합니다. 그런 어려운 상황 속에 이 책을 읽어 주신 여러분. 정말 감사합니다.

공략대상이상 소설의 스토리는 엔딩을 맞이했지만, 아타카 선생님의 만화판은 소설판의 좋은 부분과 아타카 선생님의 힘이 합쳐져 더욱 새로운 모습으로 점점 재밌어질 예정이니 부디 잘 부탁드리겠습니다.

그러면, 슬슬 작별 인사를 드리겠습니다.

공략대상이상 캐릭터 디자인, 그리고 1권 전자판 특전 일러스트, 각 권의 표지와 권두 일러스트, 삽화, 스탠드 아크릴 코스터 일러스트 등 아름답고 화려한 작품을 그려주신 하치피스☆왕 선생님. 피폐한 세계관인데도 많은 분의 시선을 받을 수 있었던 건 분명 하치피스☆왕 선생님 덕분입니다. 정말 감사합니다.

공략대상이상 만화판 본편, 코믹스 각 권 표지, 컬러 일러스트, 2권 특전 포스트 카드 등 가련하고 선명한 세계를 그려주신 아타카 선생님. 일상과 피폐가 교착하는 세계를 뚜렷이 그려주신 덕분에 일본뿐만 아니라 해외에서도 더욱 많은 독자분을 만날 수 있었습니다. 정말 감사합니다.

두 분이 그려 주신 세계를 정말 좋아해서, 함께 일할 수 있어서 행복했습니다.

그리고 1권, 2권을 담당해 주신 야마시타 님, 감사합니다. 스탠드 아크릴 코스터 굿즈 발매에 힘써주신 시바타 님, 기획부 여러분, 감사합니다.

3권부터 공략대상이상을 맡아주신 담당 편집자 후카와 님, 오오타 님, 원고에 관해 언제나 정성스러운 감상과 교정안을 보내주셔서 정말 감사합니다. 두 분 덕분에 대중에게 무언가를 발표하는 일에 긍정적으로 나설 수 있었습니다.

그리고 교정의 구시켄 님, 오타가 많은 원고를 언제나 세세하게 수정해 주셔서 정말 감사합니다.

TO북스 여러분, 그리고 연극화에 연관된 모든 분, 정말 감사합니다. 부디 앞으로도 공략대상이상을 잘 부탁드리겠습니다.

마지막으로 저의 유일무이한 친구에게, 당신 덕분에 지금 제가 살아 있습니다. 고마워.

결말이라고 게임의 엔딩롤처럼 길어졌습니다만, 마지막으로 공략대상이상을 응원해 주신 여러분, 지금까지 즐겁게 읽어 주셔서 감사합니다.

부디 앞으로도 공략대상이상을 즐겨 주시면 감사하겠습니다.

그럼 이만!

이나이다 소

만화판 제10화

일러스트 하치피스☆왕
디자인 AFTERGLOW

그 후에 화상을 입은 여학생은 곧바로 의원으로 옮겨졌다.

큰 문제는 없었고 흉터도 남지 않는다고 한다.

일단은 안심이다.

어서 오세요.

다녀왔습니다—

후우

오늘은
어리광을
부려볼까.

바로 약을
가져올게요.

응.
부탁해도
될까?

이 정도는
스스로
해야겠지만

당연하죠.

이 화상은
어쩌다?

앗.

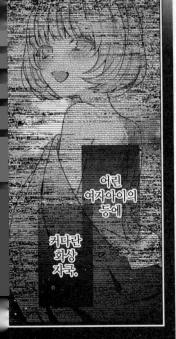

어린
여자아이의
등에

커다란
화상
자국.

화상......
이라고 하면...

멜로가
날 감쌌던 일이
떠오르네.

다음 날

......저기.

미스티아 아렌 씨 맞지?

안녕하세요…

누구지?

어제 동생이 화상을 입은 걸 도와줬다며?

네…

내 이름은 빅터 네인.

네게 감사 인사를 하러 왔어.

아무 것도.

정말... 멜로였나?

왜 그러세요? 미스티아 님.

─어라?

머리카락 색이 달랐나?

멜로는 소중한 존재다.

옛날 일이라 기억이 흐릿한 건가.

그런가요?

미안, 멍하니 있어서.

고마워.

아뇨. 당연한 일인걸요.

멜로는 오늘도 세계에서 제일 귀엽네.

알고 지낸지
5년뿐이지만.

나는 괴롭지 않아.
주인을 걱정할 뿐이야.

보시는 대로
건강한걸요.

저는
아무렇지도
않아요.

그런 경향이
있다는 건
알고 있다.

웅성

웅성

시험 결과

1위 레이드 녹터
2위 미스타아이언
3위

아니야.
나중에 봐.

주인

?

아니야……
그런 의미가
아니라.

──저기,
주인.

나
좋아해?

…그렇구나.

딱히 에릭을
소외시키려는 게
아니라…
기다려 줬으면
좋겠어.

아마
오늘 중에
아카데미 측에서
설명할 테니
그때까지는…

기분 탓이라면
죄송하지만,

하임 선배,
괴로울 때
질문이 많아지지
않나요?

당연하지… 가
아니라,
당연하죠.

왠지 안색이
나빠 보이는데…

用務員室

아...... 당신은.

실례합니다. 미스티아 아렌이라고 합니다.

똑똑

아마 여기가 맞겠...지?

네.

그래. 함께 차라도 마실까요?

아뇨, 저는....

아뇨, 아뇨. 신경 쓰지 마세요.

어제의 감사 인사를 드리러...

그런 거라면..

선물을 받았는데 혼자 마시다간 상할 것 같아서 저를 도와준다는 생각으로 부탁드려요.

의심하는
건가?

……

어라?

……어어?

아뇨.
전속 메이드와
정원사에게
부탁하고 있어요.
두 사람은
우수해서ㅡ.

종이
울렸네.

에휴

띵
딩
동

동

오늘은
왜 이렇게
타이밍이
안 좋지.

……저기.

그러면
다시 만났을 때
확인하는 게
좋으려나…….

그래도
아까 말하지 않은
걸 보면 급한 일은
아니겠지…

에릭의
용건을
묻는 걸
깜빡했어.

그 여학생분은 미스티아 님이 없었다면 상당히 위험했을지도 몰라요.

그분의 가문을 적대하는 로무크가의 사주를 받았다고 해요.

거기 있었던 것도 조리원으로 분장한 사람이었다네요.

네?

사고가 아니라 고의적인 범행…?

——어라? 어떻게 그런 것까지 아는 거지?

조리원과 직원 같은 기술직은 평민 출신이 대부분일 텐데

귀족의 사정을 너무 잘 아는 것 같은…?

원래 네인가는 공작가와 가까우니 적도 많겠죠.

그러니 미스티아 님도 조심하세요.

네.

저기.

엑?

아직 제 이름도 말씀 안 드렸죠!

죄송해요!

깜짝

아-악!

이상한 방.

...책을 좋아하는 사람인가?

미스티아 님은 거기 앉아 주세요.

실례할게요.

혹시 단지 그거 때문에?

홍차까지 타 주셔서 감사해요.

네.

미스티아 님은 무슨 일로 오셨나요?

어제 일을 감사드리고 싶어서…

여기요.

감사합니다.

저는 수레로 옮겼을 뿐인데요.

어제는 저도 굉장히 불안해서… 직원님의 괜찮다는 말에 저도 안심했어요.

아뇨….

그렇군요. 자주 실수하는 타입이라 그런 건줄…

후

죄송해요, 선생님. 하실 말씀 이란 게…

딱히 없어.

시, 실례하겠습니다…….

알리 씨에게 인사를 전한 다음 날.

나는 국어 준비실로 피난을 왔다.

1 - A

일의 발단은 수십 분 전으로 거슬러 올라간다.

…단지 네가 곤란해 하는 것 같아서….

선생님……!

정말, 정말 죄송합니다!

저야말로 갑자기 인사드리겠다고 찾아왔으니 신경 쓰지 마세요.

죄송해요. 이름도 말씀드리지 않고….

알리 씨군요. 잘 부탁드려요.

저는 알리라고 합니다!

괜찮아요.

죄송해요. 손수건은 세탁만 하고. 돌려드릴게요.

아뇨! 돌려드리게 해 주세요.

여기요.

괜찮으려나?

네! 맡겨 주세요

그럼, 어. 잘 부탁드립니다.

딱히 인사받을 만한 무슨 일이 있은 일은 아니야.

있으면 바로 내게 말해줘.

네!

정말 선생님과의 약속을 잊은 줄 알고 당황했지만

선생님은 날 배려해 준 것이었다.

선생님, 감사합니다.

팟

네! 갈게요!

기적이다!

감사해요

선생님

이렇게 나는 지옥을 빠져나올 수 있었다.

- 완 -

그러고 보니 오늘 아침에 희망일을 제출했지….

네 집은 마지막 날 마지막 순서로 해도 괜찮나?

네. 괜찮아요.

……가정 방문….

아예 제시 선생님 종교를 만들고 싶어질 정도다.

바로 종교를!

네?

기분은
최고였다.

어제는
은신처를
확보했고
오늘을
무사히
넘기면

2일간의 휴일!
한숨 돌릴 수
있어!

언젠가 본
기억이
있는데

드

오늘을
무사히 끝내자.

즈

어떻게 봐도…
같은 뒷모습….

두근

무슨
소리지?

언제든
나쁘이니까
신경 쓰지 마.

와아악
그래도
되나요?

편할 때
와도 되니까.

그럼 됐고...
그리고 점심은
여기서 먹도록.

어차피
나밖에
없으니까.

네.

멀리서 나는
소리 같군.
신경 쓰지 마.

유사시에만 오기로
마음속으로 정하고
나는 안심하고
도시락을 먹을 수 있었다.

하지만
너무 오래
있으면
선생님이
불편하겠지.

오늘 같은
일이 일어나면
바로 여기로
도망치자!

준비실에서 식사!
여긴 은신처다.
안전해.

두근러브의
중요 인물.
히로인에게
정보를 주는
서포트 캐릭터.

전부
떠올랐다—.

'재밌어
보이니까.'
그런 이유로만
움직이며
소문을 퍼트리고
다니는 문제아.

내게
집착한다고
오해하며
흥미를
보였다.

그는
레이드
녹터와
에릭이

이대로
클라우스의
주목을 받으면
무슨 일이
일어날지 모른다.

——어떻게 해야….

악역 영애입니다만
공략대상의 상태가 이상합니다

악역 영애입니다만
공략대상의 상태가 이상합니다

GALLERY

제3권 권두 일러스트는 테마인 제이의 오렌지 컬러를 메인으로 했으며,
일러스트 의뢰 콘셉트는 '사랑의 불꽃'.
미스티아는 공략 대상들의 색이 섞인 액세서리를 착용하는 등 세세한 부분까지 신경 썼습니다.

~이나이다 소 선생님의 코멘트~

각 권의 표지와 권두 일러스트 모두, 하치피스☆왕 선생님께서 액세서리를
세세하게 써 주셔서 감사함에 고개를 들 수 없습니다.
액세서리 착용 부위의 의미를 조사하며 공략 대상 각자에겐 어떤 파트가
어울릴지 고민하며 의뢰 드렸습니다. 그 외에도 루키트는 속편의 레이드 루트
악역 영애란 의미로 메인 드레스의 컬러링을 하늘색으로 했고,
남자에게 잡혀 지낼뻔한 일을 비유하여 새장을 넣어달라고 부탁드렸습니다.
다리우스는 복선으로 알리의 안경과 딜리아의 일기를 함께 부탁드렸습니다.

제3권 '깨진 유리구두를 신다' p39의,
미스티아가 위장에 구멍이 뚫릴 것 같은 압박감에 시달리며
참가한 스터디 모임 이벤트 장면.
일러스트 의뢰 콘셉트는 '사이 좋은? 스터디 모임'.

제4권 권두 일러스트는 테마인 로베르토의 보라색을 메인으로 했으며, 공략 대상 4인의 턱시도 차림!!
바닥에는 미스티아를 연상시키는 흑장미 꽃잎이 흐트러져 있고,
배경은 폐교회로 하여 어딘가 피폐함이 느껴집니다.

~이나이다 소 선생님의 코멘트~

게임에서 공략 대상들은 각자 메인 컬러의 정장(1권 권두 일러스트)을 입습니다만,
미스티아를 사랑하게 되어서 그녀의 색을 도입하고 싶어졌다는 의미로 본편에서는
검은색을 지정했습니다. 대비적으로 권두 일러스트는 전신 일러스트에 화이트 턱시도입니다.
신발까지 디자인해 주셨고, 넷 모두 본심이 드러나는, 있는 그대로의 표정으로 부탁드렸습니다.
공략 대상의 메인 컬러를 각각 권두 일러스트의 컬러로 하고 싶다고 부탁드렸을 땐
로베르토까지 나오면 좋겠다······ 그때까지 쓸 수 있으려나······라는 생각에
위장이 쓰리곤 했는데, 4장이 전부 모였을 땐 압권이었습니다.
참고로 장소는 바그라 교회입니다.

제4권 '드디어 무도회로' p25의, 아카데미 파티의 이미지 신.
앨리스를 참가시키기 위해 고군분투했지만, 연달아 자신에게 댄스를
신청하는 공략 대상들 때문에 '왜 이렇게 됐지?'라며 당황하는
미스티아를 부탁드렸습니다.
처음으로 미스티아와 공략 대상 전원이 등장하는 표지입니다.

각자의 테마 컬러로 완성된 여성 모임 장면.
제5권 '악역 영애의 해방' p58에서, 피나가 제안한 티타임이 개최된다면......
이라는 주제로 일러스트를 의뢰했습니다.

~이나이다 소 선생님의 코멘트~

1권 권두 일러스트에서 턱시도가 복선으로 먼저 등장해서,
이번 표지는 심플하게 미스티아의 드레스 참고 자료가 더 고민이었습니다.
기본적으로 미스티아는 옷차림을 크게 신경 쓰지 않고 자연스럽게 주위의 취향을 받아들이므로,
미스티아가 어떤 등장인물을 선택해도 자연스러운 드레스 모양을 지정했고, 하치피스☆왕
선생님께서 아름답게 그려주셔서 감개무량합니다.
권두 일러스트는 피나, 빅터, 루키트의 트리플 메인 컬러입니다. 멜로에게 드레스를 입힐지 고민했습니다.
아마 이 티타임 후에, 이번엔 자신이 대접하겠다며
미스티아가 멜로에게 대접하는 둘만의 티타임이 열리리라 생각합니다.

제5권에서는 드디어 결혼식 신의 일러스트.
'미스티아는 누구를 고를지를 알 수 없도록 미스티아는
공략 대상 네 명과 이어진 리본을 들고 있습니다.
네 명이 리본을 든 손도 각자의 개성이 드러나도록 의뢰했습니다.

5권 권두 일러스트와 대비되는 듯한,
기적적으로 아렌가 주최 파티에 초대된 남성 모임(모두 성인)의 IF 신.
그들의 성장한 모습을 부탁드렸습니다.

~이나이다 소 선생님의 코멘트~

표지는 공략 대상들의 테마 컬러로 물든 장미……뿐만 아니라,
루키트와 앨리스, 네인 쌍둥이와 클라우스 등 미스티아 아렌과 연관된 사람들의
꽃을 그려달라 부탁드렸습니다. 1권 권두 일러스트는 앞으로 나올 복선 아이템을 부탁했고,
캐릭터 스탠드 외에도 메인 정장 차림을 찬찬히 감상할 수 있는 귀중한 작품으로 완성되었습니다.
권두 일러스트는, 앨리스의 메인 컬러인 핑크는 1권 표지, 멜로와 딜리아의 메인 컬러인
하얀색은 5권 표지에 적용되었기 때문에, 마지막은 클라우스의 메인 컬러로
시크한 분위기를 부탁드렸습니다.
그리고 모처럼 생긴 기회……라는 생각으로 성인 모습의 남성진 집합을 부디……!
라며 하치피스☆왕 선생님께 의뢰 드렸습니다.

후일담다운 온화한 표정의 미스티아와
공략 대상들의 오후 한때의 이미지 신입니다.
미스티아의 이미지 플라워인 장미는
공략 대상들의 테마 컬러로 물들었습니다.

악역 영애입니다만 공략 대상의 상태가 이상합니다 6

2024년 10월 15일 1판 1쇄 발행

저　　　자 이나이다 소
일 러 스 트 하치피스☆왕
옮 긴 이 강유정
발 행 인 유재옥
총 괄 이 사 조병권
담 당 편 집 정지원

출판본부장 박광운
편 집 2 팀 정영길 조찬희 박치우 정지원
편 집 3 팀 오준영 이소의 권진영
디자인랩팀 김보라 차유진
디지털사업팀 박상섭 김지연 윤희진
라이츠사업팀 김정미 맹미영 이윤서
영업마케팅팀 최원석 이다은
물 류 팀 허석용 백철기
경영지원팀 최정연
인쇄제작처 ㈜코리아피앤피
발 행 처 ㈜소미미디어
등　　　록 제2015-000008호
주　　　소 서울시 마포구 토정로222, 502호 (신수동, 한국출판콘텐츠센터)
전　　　화 편집부 (070)4164-3962, 3963 기획실 (02)567-3388
　　　　　　 판매 및 마케팅 (070)4165-6888 Fax (02)322-7665

ISBN 979-11-384-8432-9 (04830)
ISBN 979-11-384-3479-9 (세트)